I0761372

El crimen de la magistrada

Francisco Pérez de Antón

El crimen de la magistrada

El papel utilizado para la impresión de este libro ha sido fabricado a partir de madera procedente de bosques y plantaciones gestionadas con los más altos estándares ambientales, garantizando una explotación de los recursos sostenible con el medio ambiente y beneficiosa para las personas.

El crimen de la magistrada

Primera edición: julio, 2023

ISBN: 978-607-383-320-2

Impreso en México – *Printed in Mexico*

A María Consuelo, por tantos años,
tanto amor y tanta vida

Permitir una injusticia significa abrir el camino a todas las que siguen.

Willy Brandt

I. Un caballero sin par

Uno

Eran doce los mariachis, todos vestidos de blanco…

[No fue así, perdón, empecé mal].

Eran doce los heraldos, vestidos de púrpura y oro, cinturones de cuero repujado y siete estrellas bordadas en el peto de percal. Su porte era solemne y cortesano, pese a que, por sus grandes sombreros de petate, más parecían integrantes de un mariachi que los pregoneros del desafío.

[Fue lo primero que llamó mi atención, por eso me equivoqué, pero aún faltaban otras sorpresas].

A una orden del maestrante, se llevaron a los labios sus larguísimas trompetas. Vibraron las doce a dúo y sus floreadas fanfarrias colmaron de ecos el campo donde se iba a celebrar el combate. Ondeaban las banderas, flameaban los gallardetes: la justa iba a empezar.

Con el corazón dando saltos, dirigí mi cabalgadura a la tribuna de honor. Un atento examen del público que la ocupaba me permitió descubrir que la mayoría era, como yo, gente joven. Las damas, seductoras y vivaces; los caballeros, apuestos y gentiles. Ellos tomaban vino australiano; ellas sorbían refrescos de fresa. Y por un momento no pude evitar la inquietante sensación de que yo no era una persona real, sino un personaje —Ivanhoe, Lancelot, Amadís— arrancado de un libro de caballerías o una novela de sir Walter Scott.

Detuve mi alazán frente a la tribuna. Sobrevolando el toldo que la protegía y sujeto a dos astas de metal colgaba un vistoso estandarte en el que se podía leer: Viaje con nosotros a USA, y debajo, American Airlines.

Incliné la cabeza con respeto y extendí mi lanza a la dama mancillada por cuya honra me aprestaba a combatir. Vestía como las otras una blanquísima túnica hasta los tobillos, pero a diferencia de sus asistentas y madrinas cubría el rostro con un velo negro que solo permitía ver sus labios pintados de vívido carmín.

La dama se puso de pie y ató al extremo de la pica un pañuelo de seda. Lo hizo con determinación y rápidos ademanes al tiempo que murmuraba oscuras frases en latín cuyo sentido no alcancé a descifrar.

Confuso por lo que parecía un acertijo que evocaba el que la esfinge formuló a Edipo en Tebas, pero movido por la emoción con que la dama lo había expresado, conduje al trote mi cabalgadura enjaezada con una frazada momosteca hasta uno de los extremos del estadio dividido a todo lo largo por una valla como de un metro de altura, hecha de tablas pintadas con aceite quemado de motor. Su nombre era Explanada 5 y, algo más allá de sus límites, pude ver un templo de cúpulas azules rodeado de casas blancas.

Al otro extremo de la valla aguardaba mi antagonista, un tipo despreciable que se había atrevido a recitar a la dama del velo una trova cuyo estribillo rezaba así: dama, dama / de alta cuna, de baja cama / señora de su señor / mujer por un vividor. Nos separaban la pericia y la edad y éramos tan opuestos como el yang *y el* yin*: yo era el caballero blanco, él era el caballero negro.*

Desde donde yo me hallaba podía distinguir el rictus burlón de su boca maldecida. Era obvio que no estaba arrepentido de su afrenta a la dama del velo y que si había acudido a combatir conmigo era para sostener el agravio, no para enmendarlo.

Atronaron los atabales el aire, volvieron a sonar las trompetas, el gentío se volvió un hervor. Y un juez de toga y gafas ahumadas alzó una banderola a cuadros y la bajó con enérgico brío.

Llevé a la horizontal mi lanza, afiancé firme el escudo y clavé mis tenis en los ijares de la cabalgadura, la cual respondió al espoleo con una brusca galopa acompasada por los crujidos de la silla y el tintineo de los hebillajes.

Como un trueno lejano, llegó a mis oídos el clamor de la multitud dividida en fanáticos de facciones adversas. El caballero negro cabalgaba hacia mí jadeando con la misma cadencia que lo hacía su corcel. Las trompetas daban alaridos y los tambores aterraban a las aves mientras yo volaba al encuentro, o quizás debo decir al encontronazo, de mi afán por reparar una injusticia.

Guardo en la memoria las imágenes de este extravagante sueño que se detiene justo en el instante que los jinetes están a punto de chocar. Lo viví hace muchos años, en el ínterin de un tiempo deshilvanado de mi vida y todavía hoy me sorprenden sus dislates. Los sueños tienen la rara virtud de poner ante nuestros ojos situaciones absurdas. Todo está desordenado allí y nada parece en su sitio. Emociones, lugares, experiencias que alguna vez afectaron nuestras vidas, se descabalan y confunden con las preocupaciones y deseos del que sueña. Lo que sugiere que nuestro subconsciente no es tan insondable ni tan listo como algunos suponen, sino el aprendiz de brujo que, llegada la noche, se pone el cucurucho del gran mago cuando este se ha ido a dormir y todo lo distorsiona y revuelve.

Debo decir así y todo que no obstante las incoherencias y los desatinos, mi sueño, un sueño lúcido a juicio de los expertos, pues me daba cuenta de que estaba soñando, tenía una rúbrica sonora, un componente de realismo incontestable que hasta la fecha me sigue provocando escalofríos. Y era la figura de la dama del velo profiriendo un horrísono alarido que sopló por el campo de la justa como una ráfaga de viento impetuoso que enmudeció a la delirante multitud.

Pero antes de referir la verdadera y trágica historia que provocó tan inverosímil pesadilla, permítanme que me presente. Mi nombre es Rodrigo Láynez y soy abogado penalista. Uno de los mejores del país, según extendida opinión. No es vanidad ni arrogancia, sería tonto de mi parte adornarme con tales ínfulas. Son mis colegas quienes lo dicen. Y si ellos, que son más de cuarenta mil, están de acuerdo en otorgarme ese cumplido, no seré yo quien les contradiga. No soy, pues, un abogado importante, soy un abogado eficaz. Gano juicios y demandas en los que el delito de sangre es su médula.

Hubo sin embargo un tiempo, apenas recién graduado, en que creí no haber nacido para este oficio. De aquella etapa pavisosa de mi vida recuerdo haberme dicho a menudo que lo mejor que podía hacer con mis habilidades verbales y persuasivas era utilizarlas como actor de cine mudo.

Y no iba muy descaminado. Tenía veintitrés años y acababa de aterrizar en el planeta de la abogacía por el cual me desplazaba lo mismo que un astronauta en la Luna, vale decir, dando de acá para allá saltitos a cámara lenta. Guardaba, eso sí, ciega confianza en la justicia a la cual tenía por Blancanieves y no esa bruja con quien las buenas gentes tropiezan cuando caen en manos de abogados, jueces y fiscales que desvían o deforman los procesos y las leyes.

Entre toda la confusión y el despiste que suponen para un principiante iniciarse en esta difícil profesión, había empero una luz que alumbraba mi camino. Y esa luz era la magistrada Rosalía Albayeros en cuyo bufete había conseguido trabajo como su asistente a prueba. Fue ella quien me inició en el práctico saber de esta pelea de gatos que es la abogacía penal, donde estos se clavan a unos, aquellos sacan los clavos de otros, todos temen perder el juicio y quienes lo ganan acaban pagando por él lo mismo o casi que si lo hubieran perdido.

Su fatídico deceso interrumpió prematuramente mi aprendizaje. El saber y la seguridad que ella me proporcionaba se habían esfumado. Contaba con mis padres, desde luego, pero un mentor que encauce y guíe tu carrera profesional no es algo que se encuentre con frecuencia. Por añadidura, la magistrada había abandonado este mundo con el estigma de la prevaricación y la posdata de la maledicencia. La opinión pública es una crédula esponja que se deleita exprimiendo insensatas fantasías de lo desconocido y lo oculto. Y en el caso de Rosalía Albayeros, las críticas y los rumores eran implacables con ella.

El suceso prometía convertirse en la habitual llamarada de tuza: crimen sensacionalista, mucho morbo en las tertulias, escandaloso ruido en las redes y los medios, y mucho Jesús María, para al cabo disiparse en el éter sin dejar otro rastro a su paso que el de un escueto: «¿El crimen de la magistrada? Ah, sí, qué horror, qué vergüenza». Y yo me resistía a aceptar que el recuerdo de Rosalía Albayeros se quedara en una historia canalla y vulgar como la que corría de boca en boca.

A raíz de la tragedia, el bufete se disolvió y yo me quedé sin empleo. Y fue mientras buscaba otro, y al compás de mi exaltada ceguera, la luz más temeraria de la vida, pero también la más gallarda y febril, que resolví arrojarme a la galante batalla de rescatar el nombre de quien había sido mi preceptora. El alarido de la dama había provocado en mí una profunda desazón. Tengo esa debilidad, ponerme del lado de quienes sufren el flagelo de la desgracia. De ahí que, sin pensarlo ni poco ni mucho, y no importando cuán doloroso fuese el encontronazo con el caballero negro, resolviera acudir en auxilio del prestigio de la magistrada, convencido de que hacerlo era un imperativo y necesario acto de justicia.

Las páginas que siguen tratan de cómo me fue en la aventura, pero no me sonroja ofrecer un breve adelanto de ella. Hay tres clases de ignorancia, escribió un sagaz y experimentado caballero de la corte francesa, sobre el ecuestre entusiasmo del recién llegado a un oficio: saber mal lo que se sabe, no saber lo que es necesario saber y saber mucho de lo que a nadie le importa. Y yo, válganme los cielos, era la más acabada expresión de las tres.

II. Hay alguien en el jardín

Uno

La sospecha de que mi pasión por la justicia y la verdad era mayor que mi talento para llegar hasta ellas cayó sobre mí como un fardo luego de cuatro caóticos meses de entrevistas, indagaciones y consultas sin método. Había perdido la seguridad de primera hora y ya no me sentía tan galán como el día en que empecé la pesquisa. Carecía de la sagacidad y la audacia necesarias para sonsacar información a las personas, simular lo que no sentía o evaluar debidamente la información que escuchaba. De resultas, la investigación empezó a languidecer: datos contradictorios, hechos inconexos, testimonios que se repetían o no agregaban nada nuevo al caso. No avanzaba en absoluto y, peor aún, no acababa de llegar al corazón de la tragedia. Era, dicho con toda franqueza, demasiado pajarito, debilidad que recibiría su doctorado una lluviosa tarde de septiembre, durante mi primer encuentro con Alejandro Cruz.

Un colega me había recomendado entrevistarme con este personaje tangencial del drama (o eso era lo que yo creía, me refiero a lo tangencial), por disponer de información valiosa y poco conocida sobre el origen y las causas del crimen. Pero aun suponiendo que esto fuese verdad, cosa que yo no tenía esperanzas de sacar nada en limpio ni Cruz demasiados deseos de hablar conmigo, al cabo de dos tentativas, logré concertar una cita con él en su oficina.

Lograr su cooperación no fue sencillo, al menos en los primeros compases. El tipo era de plática difícil y propenso a enrollarse y a desviar la conversación por vericuetos que no parecían llevar a ningún lado. Y para mayor escarnio hacia mi persona, no obstante haber estado anuente a platicar conmigo, dispuso escuchar mis motivos tras el severo y envarado gesto de un monje budista, mientras yo me esforzaba con atolondrado arrojo en desplegar ante él las artes del viejo Demóstenes.

Diez minutos más tarde, mi entusiasmo empezó a perder fuelle. El prolífico repertorio de por tantos y por cuantos que había preparado para la entrevista no conseguía establecer la empatía visual y emocional necesarias para atraer el interés de Cruz. Ninguna labia, ninguna elocuencia, parecían valerme. Y por si eso no fuera bastante, un relámpago cegador paralizó el flujo de mi oratoria, y el trueno que vino atrás envió mis últimas palabras a las simas del olvido.

No supe qué más decir. El arte de la persuasión, que es la destreza esencial de mi oficio, se pinta con frecuencia en el semblante de quienes me afano en convencer. Un leve asentimiento de cabeza, unos labios entreabiertos, una mirada comprensiva, son signos de que estoy consiguiendo mi propósito. Pero yo no había observado ninguno de esos indicios en el rostro de Cruz mientras le pedía su ayuda para reconstruir en su integridad la desdichada historia de la magistrada.

Volví desalentado los ojos al ventanal del edificio de oficinas en que nos hallábamos y los dirigí a la turbulencia que bullía sobre Villa Canales y el lago. La oscuridad había penetrado furtivamente en el valle y se desplazaba por entre los elevados edificios situados al sur de la ciudad. Cabeceaban las jacarandas próximas a la avenida Las Américas, brillaban las calles con reflejos de asfalto y, en el octavo nivel del edificio, el viento silbaba como una plaga de víboras. Mi discurso se había cortado en dos sin visos de continuidad y yo me empecé a temer que la entrevista fuese a concluir lo mismo que una procesión: cada cristiano por donde había venido.

Cruz me escrutó de abajo arriba con la expresión del profesor molesto por la torpeza del alumno que no puede explicar algo tan simple como el principio de Arquímedes. Suspiró con gesto de haber agotado su paciencia y aprovechando el final del trueno pronunció, entre condescendiente y compasivo, la homilía forestal que aquí reproduzco.

—Este es un país de árboles. Altivos, solemnes, robustos, coloridos, melancólicos, discretos. Hay árboles por todas partes. Ni la tala clandestina ni el desarrollo urbano han podido con ellos. A poco que uno los cuide, se multiplican como cuyos y vuelven a tupir las florestas. De ahí que los mexicanos llamaran a nuestra tierra así, Quauhtemallan, lugar de árboles. Y mucho me temo que ese sea el motivo de que nos vayamos a menudo por las ramas. Nos encanta el eufemismo, el circunloquio, el fíjese, el no llamar a las cosas por su nombre. Especialmente ustedes, los abogados. Rara vez son claros y directos, como si tuviesen temor a las palabras y a llamar a las cosas por su nombre. Para sacarles unos granos de trigo es necesario aventar no sé cuántas toneladas de paja.

Me sentí como encerrado en uno de esos oscuros aposentos que aparecen en las películas de horror donde las paredes se te acercan de manera inexorable. Pero, ¿qué podía replicar un jovencito de limitadas destrezas, que estaba allí de prestado y además agradecido por el tiempo que Cruz le concedía?

—Usted quiere reconstruir el caso Albayeros —agregó Cruz con gesto ambiguo y alzando con suficiencia las cejas—. Piensa que si ata su información a la mía le sería posible construir una imagen de la magistrada más objetiva y ecuánime de la que corre por ahí. Hay sin embargo lagunas que no ha podido explorar y siento que le da sonrojo descender a sus secretos más oscuros. Teme herir mi sensibilidad y se va por los eucaliptos y los álamos y le da no sé cuántas vueltas al asunto. Y no es ese el camino, licenciado. No puedo decir me llevé mal con la magistrada, pues solo me encontré con ella una vez en mi vida. Fue conmigo reticente, desconfiada y poco amistosa, no obstante mi buena voluntad y mi interés en desvelar la identidad de unos restos humanos en los cuales ella, por pura lógica, debía estar más interesada que yo. Y eso nunca lo podré entender. Usted venera su apellido; a mí no me parece que sea digno de memoria alguna. La admira porque fue su preceptora; a mí solo me enseñó su mal genio. Hubo muchos que la lloraron cuando murió, pero fueron más los que repetían aquello de «ya sabía yo que esa señora no era trigo limpio», entre ellos este que le habla. No fue digno de una dama lo que me hizo, y no le quepa ninguna duda de que no fue, ni de lejos, la persona que usted cree que era.

Supuse que allí mismo concluiría la procesión y que mi propósito de atar los cabos de la historia naufragaba justo antes de llegar a puerto.

Pero Cruz iba al parecer por otro rumbo.

—Este es el problema de los personajes públicos. Se encuentran tan alejados de nosotros que solo podemos opinar de ellos en términos de cómo nos caen de mal o de bien. Pero incluso si los conociéramos de cerca, acordará conmigo que no son como son en realidad, sino como uno los percibe. Puede que con la magistrada del insólito apellido me haya ocurrido algo semejante, pero respecto a los hechos que usted desea conocer, le digo, nada tengo que ocultar y sí mucho que decir.

Mostró sus manos como los musulmanes cuando oran, con las palmas hacia arriba, y dijo:

—Pensé que me costaría decir esto, pero al fin lo he dicho. Así que le contaré mi lado de la historia, aunque no por las razones que le han traído aquí. Lo hago porque el paso del tiempo me ha convencido de que referir lo que sé del caso Albayeros puede ser una catarsis provechosa. Convocar a la memoria es una manera de descifrar el pasado, lo que le será muy útil también a usted.

Disimulé un suspiro de alivio y aplaudí con las orejas: si una cucharadita de crema chantilly me hubiese acariciado el paladar en ese instante no la habría sentido tan dulce.

El barco de papel que era mi sueño de reivindicar el nombre de Rosalía Albayeros parecía enderezar su rumbo y por primera vez desde que empezamos a platicar sentí que aquel hombre y yo podríamos entendernos.

Cruz tomo un sorbo de café y prosiguió de esta guisa.

—Antes de que ponga en marcha su grabadora, sin embargo, voy a explicarle la situación en la que me hallaba cuando sucedió el crimen. No era precisamente el mejor momento de mi vida. Lo que es más, el día que en el jardín de mi casa apareció aquel bulto enrollado en lo que a primera vista me pareció una frazada momosteca, yo carecía de la serenidad necesaria para manejar la conmoción, el acoso y las agresiones que vendrían después. Alguien había dañado el nombre de mi padre y el mío y amenazaba la seguridad de mi familia en medio de un desajuste personal del que todavía experimento réplicas. Estaba hundido en la atonía y la desgana propias de mi condición mental. Amanecía cada mañana fatigado y regresaba del trabajo sin otro deseo que el de reponer el insomnio de la noche anterior.

»Hoy puedo llamar por su nombre a la dolencia que me afligía, mas por aquellas fechas ignoraba el origen de un desasosiego que venía disolviendo mi espíritu como lo hace el cambio climático con el hielo de los polos. No piense mal, licenciado, no era el climaterio masculino. Simplemente había perdido el norte de mi vida. Nada parecía tener sentido a una edad en la que te preguntas si eres todavía joven y te desplazas por este valle de lágrimas como un tipo despistado lo haría por un centro comercial. Se detiene frente a las vitrinas, observa los rostros de gentes que nunca volverá a ver, saluda a este o aquel otro, compra un libro o una corbata, paga, se va y, al rato, nadie se acuerda de que estuvo allí.

»Era aterrador ver de este modo la vida. No tenía noción de qué hacer con el resto de ella ni abrigaba la menor esperanza de que aquella especie de fatiga vital se fuese algún día a revertir. Por un tiempo creí haber hallado una luz luego de plantearme si, con cuarenta y dos cumplidos, mi problema no obedecería a haber alcanzado demasiado pronto los objetivos que un día me tracé siendo joven y si, por ir tan deprisa, mi tren no se habría pasado de estación y me había abandonado en una latitud remota, lejos de mi espacio y de mi tiempo.

»Debía esta conclusión a unas palabras que escuché en una cena de amigos. Los dos dramas más turbadores de la vida, dijo alguien esa noche, son: no haber cumplido tus sueños, uno, y el otro, haberlos cumplido. Este último caso se parecía mucho al mío y yo lo asumí sin más porque me sentía cómodo con él. La facilidad con que había conseguido mis propósitos tenía la culpa, me dije muy convencido. Pero pronto descarté esta conclusión por parecerme una solemne estupidez atribuir la crisis que vivía a lo listo que yo era.

Cruz había tomado la palabra para sí en régimen de monopolio y no pensaba por lo visto soltarla, al paso que yo descubría por qué a los magistrados de la Real Audiencia de Guatemala les llamaban oidores. Conque di por sentado que, si quería obtener la información que pretendía, debía resignarme a escuchar a Cruz con paciencia franciscana.

Su testimonio no sería muy lineal que digamos, pero eso no me sorprendió. Colegas, familiares, amigas de Rosalía Albayeros, así como otros testigos a quienes había escuchado, tenían siempre algo más que contar, algo periférico, aunque no banal, para justificar su vinculación con la magistrada. Más que como oidor, esas personas me habían hecho sentir unas veces como confesor, otras como sicólogo y otras como alumno de primaria. Pero siempre encontré en sus disquisiciones algún lado desconocido de la tragedia. Así que resolví seguir escuchando a Cruz frase tras frase, pausa tras pausa, y cada vez con más curiosidad.

—Me quedaba una opción, por supuesto: dejar de hacer lo que hacía y enderezar mi vida por otros rumbos o en alguna ocupación más apasionante de la que había seguido hasta la fecha —continuó—. Pero no me vi atraído por ninguna de las que llegué a contemplar. De otra parte, una decisión así hubiese significado tirar por la borda quince años de trabajo y poner en grave riesgo la seguridad de mi familia. Por eso nunca hablé del asunto con Ofelia, mi esposa, pese a que había empezado a notar que nuestra relación se deterioraba a causa mía. Me preocupaba que su carácter, un tanto compulsivo a veces, pudiera empeorar nuestra relación. Y ese sería el motivo de que un día le dijera que sí, que me parecía bien construir en el jardín delantero de la casa una piscina, ni muy grande ni muy profunda, para nuestras hijas pequeñas.

»En algún momento, lo confieso con toda llaneza, me arrepentí de haber optado por esa salida y pensé decirle a Ofelia que quizá fuese más práctico comprar una piscina inflable, una de esas de colorines que venden en El Juguetón, pues las niñas crecerían rápido y en poco tiempo dejarían de utilizar la otra. O que cuál era la razón de construir una piscina hecha y derecha, si eran contadas las semanas del año que podían aprovecharla, dado el lugar en que vivíamos. Pero no quería discutir, no tenía ánimos para nada. Y acabé por decirle que me parecía bien, decisión que, examinada hoy con la frialdad que proporcionan el tiempo y la distancia no pudo ser más desastrosa. Pues gracias a la bendita piscina mi casa dejó de ser mi hogar, mi jardín se convirtió en un yermo y mi existencia en un purgatorio.

»Hasta ese día, mi andanza por la vida no había sido muy distinta a la de uno de los numerosos habitantes de la Tierra Media, si usted me entiende, una de esas personas a quienes los encuestadores preguntan por qué candidato votarán en las próximas elecciones, dónde piensan pasar las vacaciones de fin de año o cuál es su desodorante favorito. Y no me avergüenza confesarlo, la verdad. Nunca aspiré a llamar la atención ni a ser icono de ninguna cosa. Había logrado lo que siempre quise tener: una vida independiente, sin demasiadas ambiciones, pero también sin mayores sobresaltos, una esposa que me amaba, dos niñas encantadoras, una de cuatro años y otra de cinco, un blanquísimo maltés con ojos como el azabache que respondía al nombre de *Bradpitt*, y una lorita verbosa y coqueta que cada mañana nos despertaba a todos cantando aquello de "bésame, bésame mucho" para luego de una pausa exclamar con timidez: "¡Ay, no!". Pagaba religiosamente mis impuestos y nunca se me pasó por la cabeza evadirlos, pues respetaba la ley como un buen hijo respeta a su madre. Era miembro del Club Rotario, tenía un grupo de buenos amigos, contaba con un sólido seguro de enfermedad y de vida y solo me quedaban seis años para terminar de pagar la hipoteca de mi casa, una bonita vivienda situada en la urbanización El Liquidámbar, camino de San José Pinula, con paredes de ladrillo visto, techo de dos aguas y tejas rojas y un amplio jardín al frente donde, como le digo, mi esposa dispuso construir la piscina.

Mi conocimiento y mi pasión por la tecnología aplicada a la salud me habían llevado a dominar el sector de equipamientos médicos y hospitalarios, y esperar cada año ventas y beneficios superiores al anterior era casi una rutina. Soy bueno para vender, licenciado. En especial los enseres de este negocio: escáneres, ultrasonidos, equipos de electrocirugía, sistema de visualización de las vías biliares, quirófanos completos, minicámaras para endoscopías. Tengo buen rollo y conozco el mercado. La naturaleza me dotó además de una buena memoria. Puedo evocar nombres, rostros, hechos, datos, con una facilidad de la que yo mismo me sorprendo. Las cosas iban tan bien que, unos meses antes de que el bulto apareciera en mi jardín, decidí con Giordano Burgos, mi socio, fundar una empresa para importar vinos australianos.

»Nada, pues, me sobraba ni me faltaba. Sentía que los dioses me habían bendecido con el ideal de los sabios; ni envidiado ni envidioso, sin más de lo debido, pero tampoco sin menos, y feliz con lo que tenía. Alimentaba la infantil creencia de que esa seguridad duraría toda la vida. Solo esa fatiga que le digo me inquietaba. Vivía una vida cómoda, pero no sabía cómo salir del callejón mental en el que me había perdido.

»Más allá de todo eso, cobijaba el presentimiento de que algo me iba a suceder muy pronto. Algo grave, quiero decir. No era la profecía de ninguna echadora de cartas o algún brujo. Me había ocurrido otras veces. Pienso, por ejemplo, en el día antes de mi primer matrimonio, cuando sospeché que la relación no iba a funcionar como yo esperaba, o en los primeros años de la edad madura, cuando la juventud se me empezó a escapar y no podía hacer nada para impedirlo. Uno intuye esos cambios de igual modo que barrunta el aguacero, o el peligro, o la muerte, y teme y agoniza con ellos porque, entre una etapa y la que sigue, entre una y otra edad, se experimenta la inquietante sensación del extravío. Usted pertenece a una generación más joven que la mía, pero tal vez haya vivido algo semejante. El flujo de la vida se interrumpe, no hay más allá ni más arriba, ni manera de regresar a la etapa anterior donde uno se sentía seguro. Y fue en esas circunstancias en que, cierta mañana de un frío febrero, Celeste, una de las empleadas de la casa, entró en el *pantry* donde Ofelia y yo desayunábamos (las niñas se habían ido ya al colegio) y sin aviso ni preámbulo anunció:

—Fíjese, don Alejandro, que en la puerta hay unos hombres que quieren hablar con usted.

Me dirigí rápidamente a la entrada de la casa. Eran varios hombres, en efecto, todos con overoles celestes y gorras del mismo color. La impresión que recibí de ellos fue la de esos empleados de circo que barren y rastrillan la arena, meten y sacan los aparatos de los alambristas y arman y desarman el jaulón de las fieras.

El que parecía el jefe de la *troupe*, un hombre de mediana edad, aire campechano, labios gruesos y sonrisa afable, se adelantó a sus compañeros y dijo:

—¿Es usted don Alejandro Cruz?

Miré por encima de su hombro. A la orilla de la acera habían estacionado un *pickup* en cuya portezuela estaban dibujadas unas ondas azules con un rótulo que decía «Piscinas San Juan» y, atrás del *pickup*, pude ver un camión de esos que se utilizan para transportar piedrín y arena. Y sin más ceremonia, los invité a pasar.

De la palangana del *pickup* sacaron azadones, palas, un rollo de cinta amarilla, dos carretillas de mano, un saco de cal apagada, una cinta métrica, un nivel de burbuja, una escuadra, un cedazo y una regadera de jardín sin la alcachofa.

Sobre las baldosas de la entrada a la casa hicieron un encaminamiento con tablones que se prolongaba hasta el jardín y, utilizando la regadera, de cuya boca manaba un chorro de cal en polvo, dibujaron el perímetro de la piscina y lo bordearon con la cinta de plástico amarillo, como si fuera la escena de un crimen. Por último, levantaron cuidadosamente el césped en tepes rectangulares, lo sacaron en las carretillas y se pusieron a excavar.

Dos horas más tarde, el jardín tenía el aspecto de haber sido invadido por una legión de taltuzas. Las carretillas salían a la calle botando tierra maloliente, raíces, palitroques, hojarasca y larvas de gallina ciega ante la expresión horrorizada de mi esposa por el desmadre en que había caído su jardín y la música ranchera que salía de un pequeño transistor colgado de uno de los podocarpos cercanos al perímetro de cal.

Sabedor seguramente del estrés que provoca una invasión de esta índole, el supervisor de la obra se acercó a Ofelia y le dijo:

—No se preocupe, señora. Esto será pasajero. En un mes, mes quince días —abanicó la mano derecha—, su jardín será un paraíso. Ahí va a ver.

Ofelia pretendió no haber escuchado el comentario de Zeledón. En sus sueños había contemplado un jardín de las delicias, trasladado hasta allí por manos de ángeles, con su laguna de agua color cielo y su árbol de la vida, rodeado de aceras muy blancas y ornada de plúmbagos azules, una buganvilia nazarena y las pequeñas estatuas del Dormilón y el Mudito emboscadas tras un seto de gladiolos, y no aquella masacre.

Pobre Ofelia. No podía con el desorden. La ilusión del bíblico vergel que alguna vez dibujó su imaginación se había evaporado al ver la indiferencia de los hombres de overol celeste que lo destripaban con azadones, como si su trabajo consistiese en llegar hasta las más lóbregas cavernas de la Tierra. La niebla matutina encenizaba el revuelto escenario y su grisura parecía prefigurar la inminente presencia de una aparición.

Pasé el brazo por los hombros de mi esposa y la apreté contra mí. Ella ronroneó como un gatito y pareció tranquilizarse un tanto. Y no sé si fue a consecuencia de eso o porque mis sentidos me engañaban, el caso es que me invadió una especie de conmoción sideral, como si de pronto me hubiese quedado solo en el mundo con Ofelia.

Los apagados golpes de los azadones percutían en mis oídos como si un atlante se acercara a grandes pasos. El hedor se acentuó, tal cual suele ocurrir cuando la tierra virgen abre su vientre a los mortales luego de haber guardado millones de años en su seno arbustos, hojas, zompopos y una gruesa capa de humus. Y de improviso, la cadencia de los golpes se vio interrumpida por un cloc amortiguado y seco, semejante al de una cazuela de barro que hubiese sido quebrada por uno de los azadones.

»Ofelia me pellizcó el brazo y yo le pregunté, medio en broma, medio en serio, si no habríamos dado con uno de esos tesoros de cerámica que los mayas utilizaban en sus ceremonias. Su respuesta fue una mirada que parecía decirme no seas bruto. Y con razón. El primer asentamiento humano de la ciudad había sido Kaminaljuyú, al Oeste del valle, más de tres mil años atrás, y a la fecha no se tenía noticia de que por el Este hubiese existido en el pasado una comunidad parecida.

»Me fijé en el rostro del empleado que había causado el estropicio. Estaba lívido, el infeliz, acuclillado en el lugar donde había golpeado con el azadón, al tiempo que con una paleta de albañil limpiaba con suavidad y extremadas precauciones la tierra de la superficie que cubría lo que empezaba a parecer un túmulo funerario.

»Con sucesivas y cuidadas raspaduras fue dejando al descubierto una especie de envoltorio ceñido por un lazo de nailon color naranja. Y cuando al fin apareció el bulto completo y nítido, resultó estar envuelto en lo que me pareció, como le dije antes, una frazada momosteca de dibujos descoloridos. Sin embargo, por el material de que estaba fabricado el lazo, caí al momento en la cuenta de que el hallazgo no podía ni remotamente ser una tumba precolombina.

»El hombre del overol se puso repentinamente de pie. Había desenvuelto uno de los extremos de la frazada y se veía muy asustado, lo mismo que sus compañeros, quienes para entonces rodeaban ya la excavación. Caminé a grandes zancadas hacia donde se encontraba el grupo. Me faltaba el aire y sentía un ardor frío en las raíces del cabello.

»A mi espalda oí un gemido. Ofelia corría al interior de la casa cubriéndose la boca con las manos. Desde la distancia había vislumbrado lo que yo observaba ahora de más cerca. Y era que la parte destapada del bulto no era ninguna olla precolombina, sino un cráneo resquebrajado y terroso, con las órbitas de los ojos vacías, un gran agujero donde alguna vez hubo una nariz, y la boca distendida en una carcajada siniestra.

Alejandro Cruz aspiró con fuerza y dejó escapar el aire lentamente.

—Cuando uno vuelve la vista atrás, tiene la impresión de que su vida ha sido diseñada y gobernada por un destino fijado de antemano. Pero es solo una apariencia, créame, un espejismo. Pues cuando uno se gira y tiende la mirada hacia adelante, concluye que, eso que llamamos vida, no es sino un desordenado tropel de imponderables que corren en dirección hacia ti fustigados por el azar y que te pasan por encima antes de que puedas reaccionar y echarte a un lado. A la gente desprevenida como yo nos suelen ocurrir estas cosas. Abrigamos la creencia de que controlamos nuestro entorno, cuando es el entorno el que nos controla; vivimos atrapados en él, pensando que somos libres, siendo en realidad sus cautivos. Y esto es lo que quería decirle antes de empezar, licenciado: mi implicación en el caso Albayeros fue del todo fortuita. Una imprevista crisis personal, aunada al insólito descubrimiento de unos restos humanos en mi casa, me arrastraron hasta los secretos de un terrible crimen. Algo que yo ignoraba latía bajo la grama de mi jardín, algo doloroso e inesperado, algo que, para mí al menos, convertía en axioma la vieja conjetura según la cual el pasado siempre vuelve para desquiciar a su capricho nuestras vidas.

»Y ahora, si le parece, ya puede echar a andar la grabadora.

Dos

Se quedó callado, como ausente, con la mirada puesta en la vaporosa atmósfera que había dejado tras sí la tormenta. Atisbé las equilibradas facciones de su rostro, su bien aseada barba, en la cual asomaban algunos hilos grises, su cabello algo revuelto y las gafas de fina montura tras las cuales se alojaba una mirada que, si no triste, parecía dolorida. Vestía una camisa azul celeste, con las mangas subidas hasta el codo, y en la muñeca llevaba un reloj con pulsera de titanio. Era un hombre agradable, pero con una invisible pátina de fatiga. He sido racional, sensato, decente, sugería la expresión de su gesto. No he infringido ninguna ley, he respetado las normas de la convivencia, y la vida me ha respondido con una patada en las ingles.

Como reputado vendedor que era, le supuse seductor y de buen trato, si bien yo no estaba demasiado feliz con algunos de sus comentarios, como ese de que yo tenía miedo a las palabras. Quizá lo dijo así por desahogarse, pero, ¿miedo a las palabras yo? ¿Un abogado, miedo a las palabras? Por favor, si son nuestra herramienta esencial, nuestra máquina de persuadir. Lo que sucede es que las utilizamos con precaución, las pesamos, las medimos, las contamos, sabedores del peligro que supone usarlas mal. Incluso dejamos ir de vez en cuando frases en latín con el propósito de explicarnos con más precisión y elegancia, como cuando con la barbilla levantada y voz pomposa decimos, por ejemplo: *nemo condemnatus nisi auditus vel vocatus.*

En cuanto a lo de irme por las ramas, yo podría ser un abogado imberbe, pero me había esforzado en ser diáfano y cortés al solicitar su ayuda. Los abogados no somos ni mejores ni peores que los camareros o los curas, pero, por ser la primera línea del orden legal y la justicia, somos blanco de críticas feroces: que si pedantes, que si corruptos, que si pisteros, que si tramposos.

De la magistrada en particular, Cruz había dicho que no era una mansa paloma, así, a lo grueso, sin ningún matiz. Pero que no fuese mansa no significaba que fuese malvada. Nadie puede ser condenado sin haber sido escuchado y vencido en juicio, que es lo que significa el latinajo que escribí líneas arriba. Este era justo el caso de mi preceptora. La magistrada había sido condenada *post mortem* sin que su voz hubiese sido escuchada. Y yo deseaba ardientemente que lo fuese.

La tarde seguía siendo oscura, pero algunos copos desprendidos del nublado se desplazaban sobre el valle como bocanadas de una enorme fumarola. Cruz encendió la lámpara de la mesita auxiliar que tenía a un costado del sillón. La fatiga asomaba a las sombras de su rostro. Eran ya más de las seis y pensé que lo mejor sería proseguir la conversación en otro momento.

Señaló mi taza vacía.

—¿Más café? —dijo con ademán cortesano.

—Se ha hecho tarde. Puedo volver otro día, si le parece.

—No se preocupe, estoy bien —respondió en voz baja—. Puedo seguir.

Debí insistir en irme, pero mi curiosidad fue mayor que mi preocupación por su estado de ánimo. De manera que, cuando dijo que podíamos continuar, alargué el brazo a la mesa, alcancé mi celular y eché a andar la grabadora.

Tres

Mis desencuentros con la realidad suelen ser breves —dijo Cruz, tomando de nuevo la palabra—. Cuando esa santa señora me sorprende con un hecho irreversible no la rehúyo ni me echo para atrás, sino que doy un paso al frente. No es cosa que me haya impuesto como norma de vida; es una reacción espontánea. Y el hecho irreversible en este caso era que en la maloliente zanja de mi jardín yacían unos restos humanos y que yo era el propietario de la zanja. La situación no tenía vuelta de hoja, así que llamé a la Fiscalía y a la Policía Nacional Civil, y una hora más tarde mi jardín se había convertido en el camarote de los hermanos Marx.

Además del *pickup* de los empleados de Piscinas San Juan y del camión fletero, tenía frente a mi casa dos radiopatrullas de la PNC, con sus inquietantes reflectores rojos y azules que atraían a vecinos y viandantes lo mismo que polillas a la luz.

Una jovencita a quien veía correr a diario por las calles de la colonia, seguida por una SUV con dos guardaespaldas, se había detenido ante la puerta, obligando a los guardianes que la cuidaban a apearse del blindado y a unirse a la piñata.

Entre la bulla que crecía de manera incontenible, dos señoras de mediana edad que sacaban a pasear por las mañanas a un schnauzer y un Boston terrier, comentaban el suceso a voz en cuello al tiempo que los chuchos daban agudísimos ladridos, como si el firmamento se les fuera a venir encima.

Un camión de los Bomberos Voluntarios, que a saber quién les había dado vela en aquel entierro, estacionaron el vehículo en mitad de la calle y bloquearon el tráfico en una urbanización donde lo que menos teníamos eran problemas de tráfico.

El director de un cuarteto de cuerdas que tocaba el chelo en fiestas, bodas y bautizos y vivía a media cuadra de mi casa, entró para ponerse a las órdenes y ver en qué podía ayudar. La gente es buena y solidaria, licenciado, pero yo estaba de tal humor que a punto estuve de decirle que por qué mejor no tocaba un réquiem él solo.

El Isuzu de una emisora de radio se detuvo junto al camión que iba a llevarse la tierra y la basura de la piscina y, unos metros adelante, lo hizo una moto en la que cabalgaban el reportero y el fotógrafo de un diario digital.

Varios empleados de la Empresa Eléctrica, quienes desde hora temprana podaban árboles subidos a una grúa telescópica con el fin de evitar que las ramas insumisas provocaran un cortocircuito en la zona, habían dejado sus tareas y observaban el guirigay con mirada distraída y las manos en los bolsillos.

Como los curiosos seguían aumentando, un tipo que vendía desayunos a los albañiles de un edificio en construcción cercano a mi casa, llegó en una carcacha desvencijada, abrió el baúl, en cuyo interior se alineaban tres canastos con pan francés y pan dulce, longanizas, jamón cocido, frijol, un gran termo de café y un recipiente de atol, y se puso a vender sándwiches a los mirones.

De reojo alcancé a advertir que los reporteros se me acercaban y, antes de que yo pudiera reaccionar y alejarme, uno de ellos me preguntó a bocajarro:

—¿Piensa que el hallazgo de la osamenta tenga algo que ver con las actividades de su papá, el coronel Cruz García, durante el conflicto armado?

El otro dijo:

—¿Cree que este pueda ser el primer cementerio clandestino que se descubre en la ciudad capital?

¿Tiene usted, licenciado, idea de lo que es perder la privacidad de un sopapo? ¿No? Pues es casi lo mismo que andar por la calle desnudo. Los fotógrafos hacían clics en sus teléfonos y el barullo alrededor era agobiante, al tiempo que mi mente se atolondraba con la depresiva sensación de haber perdido el control de mi vida, de mi casa y mi familia.

Me alejé sin responder a los periodistas y pedí a los policías que sacaran de allí a todo el mundo. En cuanto a los de Piscinas San Juan, les dije que se llevaran los tablones del encaminamiento, adecentaran la entrada de la casa, que estaba como un chiquero, y se llevaran a otra parte sus tiliches, justo en el momento que otro grupo de personas entraba a la casa sin venia ni permiso.

—¿Y esos quiénes son? —pregunté a uno de los policías.

—Son los forenses, señor Cruz.

Uno de ellos se adelantó con paso decidido y, dándome un fuerte apretón de manos que casi descoyuntó la mía, dijo:

—Aldo Zeledón. Venimos a examinar los restos hallados en su jardín.

Se dirigió a la zanja, se detuvo en el borde de la misma y observó con los brazos en jarras el bulto y el cráneo que asomaba por uno de los extremos de la frazada momosteca. Impartió órdenes aquí y allá y los subalternos que le acompañaban se entregaron a una rutina semejante a la que habían desarrollado los hombres de Piscinas San Juan.

Sacaron varias bolsas de plástico, un cedazo de madera, papel aluminio, *masking tape*, dos cajas de *kleenex*, un mazo de papel periódico, un detector manual de metales, marcadores, tijeras de cocina, guantes. Limpiaron el entorno vecino al bulto envuelto en la frazada, cortaron el lazo de nailon que lo ceñía y finalmente, con delicadeza suma, desenvolvieron los restos.

Uno de los coadjutores del ritual sacaba fotos, en tanto el cofrade mayor observaba en silencio. Y al cabo, cuando los huesos quedaron desplegados y a la vista de todos, el tal Zeledón murmuró en un tono entre sepulcral y poético:

—Válgame Dios, lo que somos.

Yo estaba junto a él y le miré extrañado.

—Disculpe —sonrió—. Entre tanto cadáver y tanto despojo que uno mira a diario se olvida que detrás de restos como los que vemos aquí hubo una vez un ser humano, una persona de carne y hueso, un rostro, una personalidad, una voz, un espíritu.

El dramático crescendo de sus palabras me sonó a guasa, pero Zeledón estaba tieso y ceñudo y no pude determinar si había hablado con afán moralizador o expresando un *mea culpa*.

—Aunque, si vamos a ser francos, esto es en realidad lo que somos, un montón de huesos, ¿o no, señor…?

—Cruz, Alejandro Cruz —dije sin apartar la mirada del bulto.

—Señor Cruz, ¿usted cree en la resurrección de la carne?

Me pareció una pregunta impertinente y no contesté. Entonces, sin venir a cuento, dio paso a una conferencia que me llevó a considerar seriamente si aquel hombre estaba en sus cabales.

—Todos sabemos que una cosa es el ser y otra el devenir, y que en tanto el ser se va, el devenir se queda. Esto es irrefutable. El devenir es la clave de la existencia, dijo el filósofo. Por lo tanto, no es la apariencia del ser lo que somos, estos huesos por ejemplo, sino aquello que seremos, sea lo que Dios quiera que sea. El ser se subordina al devenir, el cual se nos aparece como la superación de la nada. Quiero decir: para ir al Infierno o al Cielo, primero hay que morir, pero a saber adónde va el ser cuando morimos. Eso sí que es un misterio. Uno de los más grandes que uno puede enfrentar en la vida. O como dice el corrido, *adónde van los muertos / quién sabe a dónde irán*. Y los corridos acostumbran a decir las cosas más claras que varios libros de teología.

Inclinó la cabeza sobre su hombro derecho, como para observar mejor la osamenta, e inesperadamente se puso sentimental.

—Oh, el cráneo, caja fuerte de nuestra inteligencia —declamó—. Quién sabe si este que vemos aquí fue en vida el de un criminal o el de un alma de Dios, el de un hombre o una mujer, el de un rico o el de un pobre. Qué difícil es poner carne en sus huesos, saber cómo era su rostro, su voz, sus ojos, la huella que dejó a su paso por la vida. Ahora únicamente habita en la memoria de sus deudos y de quien o quienes lo mataron y enterraron en este jardín. Porque lo mataron, ¿no es así, muchá? —preguntó de improviso a los asistentes que habían desenvuelto la osamenta.

Sus últimas frases me dieron a entender que el forense repetía un discurso estándar y que, si se expresaba en tales términos ante un esqueleto, era para quitar hierro a la situación, si es que no lo hacía como un modo de sobrevivir en un oficio tan macabro.

—Sí, es probable que lo hayan asesinado —dijo uno de los asistentes, un tipo larguirucho y flaco que se cubría la boca con una mascarilla quirúrgica.

—¿Alguna bala, algún pedazo de metal?

—No, nada. El cráneo tiene tres fracturas. La más reciente se debe al golpe del azadón. Las otras dos son traumatismos más viejos. Uno es una fisura en el parietal; el otro, una fractura en la zona cervical. Se ve que quien golpeó a este infeliz falló en el primer intento, pero en el segundo fue letal.

—¿Algo más?

—El cúbito y el radio del brazo derecho están desprendidos del húmero.

—Entonces le quebraron el brazo.

—Así parece.

—¿Antes o después del golpe en la cabeza?

—Eso ya es mucho pedir, don Aldo.

—No se ofenda, lo digo por fregar.

Se llevó la palma de una mano al cuello y sacando un tono, no sabría decir si de catedrático o de abuela que se entretiene planteando acertijos a los nietos, Zeledón preguntó al asistente:

—Ahora decime, ¿qué es lo que ves vos que no ves?

El asistente le miró con perplejidad.

—Poné atención y fíjate en lo que no ves —insistió Zeledón.

El de la mascarilla entrecerró los párpados y frunció las cejas, gesto que como es sabido suele ser muy útil cuando se pretende resolver un acertijo. Y al cabo de unos momentos movió la cabeza a un lado y otro en señal de impotencia.

—Pues lo que ves que no ves —explicó Zeledón— es que no hay huellas de ropa, zapatos, reloj, argollas, monedas, cortaúñas, hebillas. A este tipo lo enterraron desnudo a propósito, para no dejar ningún rastro que lo pudiera identificar.

—¿Y qué hay de la frazada momosteca? —me atreví a preguntarle—. Ustedes tienen que saber cuánto tiempo tarda en degradarse la lana.

A Zeledón no pareció gustarle el comentario.

—Eso no es lana, señor. Ni es una frazada momosteca. De haberlo sido, estaría parcial o totalmente degradada. Por el diseño del dibujo parece hecha en Momostenango, pero en realidad es una imitación en tejido acrílico, y el acrílico tarda en degradarse unos cien años. Dudo que estos despojos lleven aquí tanto tiempo. De lo que no cabe duda es de que son de un ser humano.

—¿Bromea?

—No, señor Cruz. Hay restos de algunos animales que pueden confundirse con los de un hombre o una mujer.

De un salto se metió en la zanja. No parecía molestarle la pestilencia que emanaba de allí.

—De cada osamenta que encontramos hay una vida que contar, pero nosotros nos limitamos a contar los huesos. Unos doscientos, más o menos, per cápita. Y lo primero que se nos pide es hacer una identificación rápida y precisa del esqueleto y determinar cuánto tiempo lleva enterrado.

Le miré como miraría a un alienígena.

—Los huesos de un ser humano se asemejan a las páginas de un libro: todos tienen el potencial de hablar sobre la persona a la cual pertenecieron. He ahí el don de la Osteología y el arte de los osteólogos. No somos detectives, pero podemos averiguar cosas. Los huesos hablan y nosotros escuchamos.

—Si los huesos son tan elocuentes como dice, ¿por qué esos de ahí no revelan ahorita el tiempo que llevan enterrados?

—Porque los huesos hablan despacio y en un lenguaje impreciso.

Tuve la impresión de que era mi jardinero disertando sobre por qué no había venido a trabajar ese día.

—Mire usted, señor Zeledón, una cosa es tener gracia y otra hacerse el gracioso. Y yo no estoy hoy para estas bromas.

—Venga aquí y observe estos restos de cerca —dijo en plan conciliador.

Hice lo que me pedía.

—Todo resto de piel y de tejidos blandos ha desaparecido —explicó—. Lo que indica que el proceso de esqueletización puede haber durado unos diez años. Pero la Osteología no es una ciencia exacta y asumir hipótesis precipitadas es peligroso. Es posible que la frazada de acrílico haya prolongado el proceso, con lo cual podríamos estar agregando otros diez años, tal vez más. Por todo ello no podemos dar fechas precisas. Un mal cálculo podría conducir a falsas hipótesis y a una gruesa confusión de la que sería difícil salir. Hay que esperar a ver qué dicen los muchachos del laboratorio sobre el año de la muerte, la edad, el sexo de la víctima.

Como la zanja estaba apestosa, le hice una sugerencia.

—¿No sería conveniente echar algo de cal viva para atenuar el mal olor?

—No nos lo permitirían esos señores —dijo apuntando con el mentón a los hombres del Ministerio Público—. Esto ya es la escena de un crimen.

Por encima del pequeño volcán de tierra que uno de los forenses cernía en busca de indicios, asomó una pelotita de papel celofán o un material parecido.

—¡Eh, eh, un momentito, dejame ver! —dijo Zeledón a su ayudante—. Puede que tenga fecha de vencimiento. Ayudaría a establecer el año de la muerte del occiso.

Cuando desplegó el bodoque, Zeledón puso ante los ojos de todos una bolsa donde se podía leer «con sabor a barbacoa».

—Hijos de su madre. Estaban comiendo *chix-trix* mientras enterraban a la víctima.

Me empezaba a impacientar.

—¿Cuándo piensan llevarse el esqueleto de aquí? —pregunté.

—No sabría decirle. El asunto exige un trámite. Pruebas, verificaciones, conclusiones. La Policía emitirá un informe preliminar, la Fiscalía otro, nosotros otro. Vendrá un juez, habrá una investigación. Oenegés y grupos de derechos humanos querrán saber cosas. Soy un científico, no lo olvide, pero sé que el procedimiento es largo.

—Por supuesto que no lo olvido, pero, de acuerdo con su experiencia en estos casos, podría decirme, ¿qué tamaño de problema supone todo esto para mí? ¿Se llevarán la osamenta y ahí habrá terminado todo?

—Eso tampoco lo sé —dijo apartando con la mano una nube de jejenes que amenazaban aterrizar en una de sus mejillas—. Lo que tiene usted aquí no es una osamenta, es sin duda un desaparecido de los días en que dos fuerzas irreconciliables hicieron de este país una huesera. Hay más de 45 mil personas que no se sabe dónde están y otras 16 mil que hemos hallado estos años y cuya identidad no ha sido posible establecer. Alguna familia afortunada, y es triste decirlo así, podría hoy tener la suerte de averiguar dónde estaba enterrado su familiar, pero hay otros 45 mil jardines que no han sido excavados aún y otras tantas familias que esperan dar con los restos de sus hijos, padres o hermanos desaparecidos durante la guerra.

Se quedó unos instantes pensando.

—O tal vez deba agregar durante la posguerra, pues también hubo muchos que no se sabe dónde están —dijo—. Ese es el tamaño de su problema, señor Cruz, haber encontrado en su casa los restos de una persona que, como otras decenas de miles, fue enviada al otro mundo sin velorio ni epitafio.

Cuatro

Para serle sincero, a mí el asunto de los desaparecidos me traía sin cuidado —dijo Cruz—. No era yo el responsable de su ausencia o de su muerte. Su guerra no había sido la mía y eran para mí un pasado ajeno. Entendía que los yerros y los disparates que comete una generación los paga en gran medida la siguiente, y la prueba estaba allí, frente a mis ojos. Y eso me tenía bien enchinchado. El pasado y el azar eran injustos conmigo, muy injustos, pero, claro, quejarse en mis circunstancias de tal cosa era como ladrar a la Luna.

Salí de la zanja y enderecé mis pasos a la casa. Era cerca del mediodía. La conciencia de haber caído en un dédalo, las llamadas telefónicas de mi socio, de mi abogado, de mi suegro, de mi secretaria, me tenían agobiado. A los inspectores de la Fiscalía, que eran los más apremiantes, tuve que pedirles un respiro. Mi cerebro había vuelto a funcionar, pero donde antes había un nublado, ahora tenía un caos, y todo ese desbarajuste había conseguido que me olvidara de Ofelia. Solo la había visto un momento asomarse al jardín con cara de horror y volver a entrar en la casa.

La busqué en la sala, en el comedor, en la cocina. Al fin la hallé en el dormitorio, metiendo ropa en dos valijas abiertas sobre nuestra cama.

—¿Qué estás haciendo? —le dije alarmado.

—Me voy.

Comprenderá, licenciado, que uno no espera una respuesta así de su esposa luego de ocho años de vivir juntos y de haber tenido dos niñas. En mi primer matrimonio, que duró ocho meses, no había tenido hijos. Con Ofelia en cambio encontré el amor y la estabilidad emocional que no había tenido hasta entonces. De modo que cuando me dijo que se iba me quedé de una pieza, sin saber qué decir, excepto lo más elemental.

—¿Cómo que te vas? ¿Adónde?

Ofelia evitaba mirarme. Iba al vestidor y regresaba con más ropa y más calzado que embutía en las valijas.

—A casa de mis padres —contestó entre sollozos.

—¿Con las niñas? ¿Te vas de casa y te llevas a las niñas?

Se echó las manos al rostro y estalló.

—¡No podría vivir aquí con «eso» ahí fuera! Y las niñas tampoco. Celeste me ha dicho que esa gente se va a quedar varios días.

—No es eso lo que me han dicho a mí.

—Quieren revisar todo el jardín, eso le han contado a ella. Sospechan que hay más restos regados por ahí y que quieren averiguar si se trata de un cementerio clandestino.

—Eso no son más que babosadas de la Prensa.

—Quien o quienes lo hayan dicho no me importa, el asunto es que piensan perforarlo todo.

—No me hagás esto, Ofelia, te lo ruego. Además, ¿quién ha dicho que pienso dejaros solas?

—Yo lo digo. Te conozco. Primero decís que sí, que te quedás, y luego te vas por la mañana al trabajo y no volvés hasta la noche. Mientras, nosotras tendríamos que soportar a esa gente y ese esqueleto todo el día. Eso si no aparecen más huesos. Ya no es solo el tiempo que les lleve a esos tipos desenterrar a los muertos, es que no puedo soportar la idea de vivir rodeada de ellos.

—Pero no soy yo quien piensa abandonarte, sos vos la que va a dejarme solo.

—Me da igual. Aunque te quedaras todo el día, nosotras nos vamos, ¡nos vamos de aquí! —dijo y volvió a prorrumpir en llanto.

—Yo no pienso abandonarte, Ofelia.

—No quería hacerte esto, Álex, pero no puedo quedarme en esta casa, no puedo. Estoy horrorizada. Creo que si sigo aquí me volvería loca y que las niñas sufrirían un trauma que nunca podrían olvidar.

—Esperame dos días. Buscaré una solución. Dos días nada más. Solo eso te pido.

—No puedo, no puedo, mi amor. Tengo en la nariz la pestilencia de ese hoyo y siento una náusea terrible desde que destaparon la tumba.

—¿Y cómo creés que estoy yo?

—No me presionés, no ahora, por favor te lo pido. Estoy muy nerviosa y lamentaría decir algo de lo que me arrepentiría después. Solo sé que si continúo en esta casa una hora más, empezaré a dar gritos.

—Pero Ofelia, sos mi esposa. Y yo quiero estar contigo y con las niñas. Os amo a las tres y os necesito.

—Y nosotras también, mi amor. Pero esto es superior a mis fuerzas.

—Te lo ruego, Ofelia, quedate en casa. Podemos ayudarnos uno al otro. Juntos saldremos de este infierno, te lo juro.

—¿Y las niñas? ¿Qué querés, que salgan al jardín a jugar básquet con la calavera del muerto? Yo te amo y ellas también te aman, pero no podés pedirnos que vivamos felices con toda esa gente ahí fuera y un esqueleto boca arriba.

No la pude convencer. Ofelia tenía ese carácter y, además, estaba cargada de razones. No soy un hombre débil, licenciado, pero le confieso que mi esposa y mis hijas son y han sido siempre mi debilidad. Alguien tenía que ceder ese día y pensé que ese alguien debía ser yo. De no haberlo hecho, la integridad de mi familia se habría roto. Era la soledad no deseada. La misma del anciano, el viudo, el huérfano. Ofelia se marchó a la casa de sus padres con las niñas, y yo me quedé solo, administrando el caos. Y a partir de ahí comenzamos una vida de encuentros irregulares en casa de mi suegro con el fin de no perder la cercanía de mis hijas ni de Ofelia.

El agobio que sobre mí ejercían la Policía y el Ministerio Público, las entrevistas con la Prensa, la falta de distracción que mal que bien me procuraba el trabajo y las pláticas con quienes tenían familiares desaparecidos y que, tras el hallazgo de la osamenta, querían averiguar si podría ser la de algún familiar suyo, me causaban una fatiga infinita. Súmele a todo eso mi problema personal y podrá visualizar la leonera a la que me había arrojado el azar. Una vida nueva empezaba para mí y no precisamente la que habría deseado. La otra, la vida fácil, la del sosiego y la conciencia insípida, esa había concluido.

Cinco

La entrevista había adquirido una dinámica inesperada gracias al estímulo que para mí suponía haber dado con un filón de datos sobre el crimen cuando los testimonios empezaban a repetirse, las fuentes de información escaseaban y los rincones más sombríos del caso seguían sin recibir luz alguna, experiencia parecida a la del espeleólogo que, tras descender a una cueva inexplorada, desvela en sus fondos insólitos vestigios del pasado.

Pensé entonces que si Cruz tenía la paciencia de escuchar la parte de la historia que él ignoraba, podríamos generar entre ambos la sinergia necesaria para dar una estructura más sólida al crimen que yo pretendía reconstruir. Y aunque esa tarde solo había ido a su oficina a escuchar lo que él tenía que decirme, aquel inesperado hallazgo motivó que decidiera tomar la batuta y provocar la memoria de Cruz.

—Antes de hallar los restos humanos en el jardín de su casa —le dije—, ¿había oído hablar de Bernardo Cardona o de Mauro Tobar?

—En absoluto.

—¿Y de Rosalía Albayeros?

—Tampoco. No sabía quiénes eran.

—Permítame entonces que le cuente algo sobre ellos. Cuando se traza la línea cronológica de un crimen, es común que aparezcan convergencias. De propósitos, de intereses, de caminos. Saber quién estaba dónde, qué día, a qué hora y para qué, permite examinar los hechos como si uno los viera desde un dron. La pesquisa se facilita y el relato comienza a tener una secuencia coherente. Pues bien, una de esas convergencias es la que acabo de descubrir en la historia que recién me contó y que me permite saber ahora dónde estaban Tobar, Cardona y la magistrada Albayeros, la mañana que apareció la osamenta.

Empezaré con la magistrada.

Doña Rosalía era una mujer hermosa… aguarde, déjeme hablar. Cuando menos a mis ojos lo era. Con un rostro sin merma de la edad, mostraba todavía una silueta envidiable. Cada mañana se ejercitaba en una bicicleta elíptica a ritmo de un oscuro chunda-chunda que la inducía a pedalear cada minuto con más fuerza hasta terminar boqueando sobre el manillar. Lo sé porque ella misma me lo contó. Pues bien, el mismo día y a la misma hora en que los empleados de Piscinas San Juan hallaban los restos humanos en el jardín de la casa de usted, la magistrada Albayeros se encontraba en el gimnasio FitnessPlus, haciendo su esforzada calistenia de cada día.

—Disculpe, señora, que la llame a hora tan inoportuna —le dije por el celular.

—No se preocupe, Rodrigo —jadeó—. Dígame, qué ocurre.

—He sabido hace unos minutos que la presidenta López Corzo tomó su decisión anoche.

—¿Sobre el fiscal general?

—Sí, señora.

—¿Y?

—Ha elegido a José Emilio Contreras. La presidenta López Corzo dará a conocer a la prensa la noticia en el curso de la mañana. Y creí que le gustaría saberlo.

La magistrada Albayeros había estado cabildeando y convenciendo a embajadores, oenegés, políticos, cúpulas empresariales y la misma presidenta de la República, con quien guardaba una añeja amistad, de que el nuevo fiscal general debía ser una persona íntegra y valiente. Alguien que rejuveneciera la Fiscalía con nuevo personal y librara una decidida batalla contra la corrupción y la impunidad en las altas esferas de la vida pública. Y la persona elegida había sido Contreras.

—Es para felicitarnos —me dijo—. Y hago votos por que José Emilio no se convierta en una marioneta de la señora presidenta o de los poderes paralelos. Pero me cuesta hacerme ilusiones. El sistema está podrido y eso no es fácil de arreglar. Con todo, estaremos mejor de lo que estamos ahora. Gracias, Rodrigo. Nos vemos más tarde en el bufete.

Casi siempre respondía así. No era una persona que recibiese las buenas noticias con alegría. En su fuero interno residía un agente represor, una fuerza que le impedía ser feliz o cuando menos manifestar algún indicio de que lo era.

Y voy con la segunda convergencia.

Cuando la magistrada me contrató, una de las observaciones que me hizo fue que la información sobre un crimen es algo así como un polen disperso en decenas de personas y que reunirlo y ordenarlo es sumamente difícil. Los hechos le van llegando a uno a retazos o en piezas semejantes a las de un puzle. Tomas este pedacito de cartón con un pequeño fragmento de la imagen que pretendes integrar y tratas de ver dónde encaja. Y si no le encuentras sitio, lo pones a un lado y lo sigues intentando con otros. En eso, por entre las piezas que buscan compañía, la hendidura cóncava de una se encuentra con el saliente convexo de otra y, para tu sorpresa, ambas se articulan a la perfección.

A medida que escuchaba su relato sobre ese día fatal para usted, me han venido a la memoria tres de esas convergencias. ¿Qué hacían esas tres personas, la magistrada, Cardona y Tobar, aquel 11 de febrero, a la misma hora que usted lidiaba con fiscales, policías, forenses y mirones?

No es una coincidencia trivial. Es el principio de todo. Una investigación como la que vengo haciendo desde hace varios meses no es posible encuadernarla sino con enlaces de esta naturaleza, y me entusiasma haberlos descubierto gracias a usted. ¿Sabe por qué? Porque estas convergencias arrojan la primera pista sobre la identidad de la persona que fue enterrada en su jardín veinte años atrás. Usted conoce algunos pormenores del crimen, pero quizá quiera saber cómo llegaron hasta su casa los restos de esa persona. ¿Le parece? Me alegra saberlo. No tardaré mucho y le ayudará entender cosas que ahora no comprende.

Una de estas conexiones tuvo su origen dos días después del hallazgo de la osamenta en una conversación casual que mantuve con un compañero de la Facultad, un tipo simpático y dicharachero llamado Carlos Enrique Urías. Carlos Enrique hacía un trabajo parecido al mío en uno de los bufetes más calificados y respetables del país, con el que Bernardo Cardona había tenido sus más y sus menos. La historia que Carlos Enrique me contó, y que voy a reproducir para usted ahora, podría parecerle intrascendente, pero pronto verá que no es así, pues revela el malestar que existe entre la abogacía honorable y la que no lo es. Quizá Carlos Enrique exageró su ojeriza sobre Cardona, pero no vaya a creer que por ello está muy alejado de la realidad. En todo caso, aquí está el vívido retrato de Bernardo Cardona, según el pincel de mi amigo, cuando se cruzó con él aquella mañana del 11 de febrero, pocas horas después del hallazgo de la osamenta, mientras usted se las veía con la gente que había invadido su casa y la magistrada pedaleaba en una elíptica del FitnessPlus.

Conversación con Carlos Enrique Urías
Registro digital n.º 108, vol. 6

< Bernardo Cardona ascendió por la majestuosa escalera de mármol que comunica el *lobby* del hotel Barceló con el área de salones y alcanzó el entresuelo buscando las miradas de la gente con su sonrisa de Ronald McDonald. Impoluto, bien abotonado, cincuentón y algo canoso, pero más fresco que un tallo de apio, con un pañuelo de

lunares emergiendo del bolsillo superior de su terno italiano, iba dejando detrás de él una intensa fragancia a mamífero perfumado con resina de pino y especias. Pasó ante la fila de las treinta o cuarenta personas que hacíamos cola para entrar al salón El Dorado y con la mayor desfachatez se dirigió a la puerta donde dos jovencitas de rasgos orientales, vestidas con kimonos color rosa, calcetines blancos, sandalias del mismo color y un ancho cinturón bordado con pájaros azules, revisaban en la puerta las invitaciones de los asistentes a la recepción. Cardona se detuvo a pocos pasos de ellas, haciéndose el encontradizo con otro señor que al parecer conocía, y entre gestos y ademanes teatrales, a lo tonto y a lo bobo, fue entrando al salón sin pedir perdón ni permiso a quienes esperábamos en la cola.

Era la primera vez que yo participaba en un acto de tal importancia y me sentía incómodo. Mi jefe me había pedido acudir al evento en representación del bufete y ofrecer excusas al embajador japonés por no poder asistir en persona. Y siendo yo nuevo en tales ágapes, imaginaba que el protocolo y las formas serían indispensables. Pero este distinguido maleante de la aristocracia de la toga se había encargado de dejar muy claro que, incluso en una celebración de esa índole, hay personas que se comportan como placeras, con perdón de las placeras. Así actúa este buen señor en público, con desparpajo y audacia, sin importarle un chile lo que puedan pensar aquellos a quienes adelanta por la derecha o les pasa por encima. Adicto a este tipo de reuniones, planea sobre sus aguas con la suavidad y astucia del águila, a la pesca de algún róbalo indolente o de una sardina distraída, como podríamos serlo vos o yo.

Cardona forma parte de una estirpe de abogados a quienes se conoce por el nombre de operadores políticos, *influencers*, mediadores, gente así, en cuyo blasón campea el vetusto y nobilísimo lema de «hecha la ley, hecha la trampa». Si los abogados como vos o como yo o como la mayoría no tenemos la imagen que merecemos es porque los Cardona y similares nos hacen ver como gestores de un negocio en el que el cliente nos entrega una vaca y recibe a cambio una gallina.

Para ser justo con él, debo decir que no todo es malo en Bernardo Cardona, destacado miembro de la Comunidad Apostólica Valle de Cedrón, a cuya prosperidad contribuye con generosas donaciones. El auge del evangelismo y su creciente influencia política en el país es de gran interés para alguien que, como Cardona, vive de los contactos y las relaciones con toda clase de poderes, sean fácticos o no, y al margen de su profunda fe cristiana. Sí es verdad que pocos saben lo que somos, pero todos ven lo que aparentamos, Cardona es el epítome de tan sabia sentencia.

La recepción empezaba a aburrirme. No soy bueno para socializar, hablar pajas ni *small talks*. De manera que, mientras este destacado miembro de la transa político-judicial navegaba por entre la espuma galante que burbujeaba en el salón, estrechando las manos de los hombres, besando las mejillas de las damas y cotorreando sin parar, empecé a divertirme con la idea de que, en lugar de las frases hechas y los tópicos propios de los cocteles, yo doblaba su discurso, como hacen en las películas, y lo reemplazaba por esta versión mía *ad hoc* y *ad hominem*.

—Damas y caballeros, tengan todos muy buen día. Mi nombre es Bernardo Cardona, de Cardona, Tobar & Asociados, firma honorable donde las haya y discreta como pocas, dedicada a la comercialización de la justicia. [*¿Qué tal la tarjeta de visita, vos?*]. Estoy aquí para hablarles unos minutos acerca de nuestros servicios. Coordino una sociedad secreta de abogados y políticos que procura impunidad a sus clientes mediante el control de Cortes, tribunales y otras instancias públicas. *El Concordato* es su nombre y yo soy, digamos, su *factotum*. Constituimos la bisagra entre el sistema político y el sistema de justicia. Abrimos las puertas que separan a ambos a fin de que puedan encontrarse, abrazarse, besarse, arrojarse bendiciones, absolverse de sus pecados e intercambiar entre ellos regalitos. Contamos con especialistas de toda clase, contactos con la gente debida, línea directa con las altas esferas y ofrecemos justicia a quien más la merece, esto es, a las élites gobernantes y a los poderes fácticos: diputados advenedizos, empresarios corruptos, militares de baja. La Biblia en verso, señoras y señores. ¿Me permiten mostrarles nuestro menú? *El Concordato* consigue falsos testimonios, negocia sentencias favorables, garantiza medidas sustitutivas, gestiona inmunidades, suspende penas, lleva sobornos con la celeridad que se entrega una pizza a domicilio, se granjea concesiones de obras públicas, facilita transacciones con el Estado… En una palabra, promovemos la politización de la justicia y prevenimos que se judicialice la política. ¿No es genial? Hemos salvado de la cárcel a presidentes del Congreso, diputados, magistrados, juristas, expresidentes del Colegio de Abogados, directivos de la Seguridad Social, candidatos a la presidencia de la República. Todo delito de alto rango que deba ventilarse ante un tribunal tiene cabida en nuestro canasto de ofertas. La esencia de una sociedad libre y civilizada es que, aun el peor de los criminales, tiene derecho a un juicio justo. Y nosotros somos especialistas en proporcionar ese auxilio. La Policía se queja a menudo de que los jueces dejan libres a los delincuentes comunes. Pues déjenme decirles que gran parte de la culpa es de *El Concordato*, dicho sea con toda modestia. Pero nuestra especialidad son los magistrados y magistradas que dejan sin castigo a los delincuentes mayores. Como es natural, los servicios de nuestra firma exigen retribuciones más elevadas que las de otros bufetes. Los cuales no digo que sean malos, que no lo son, la ética y el compañerismo ante todo, pero carecen de los recursos y los contactos necesarios para llevar a buen puerto gestiones como las que nosotros ofrecemos. Las influencias no son baratas y además hay que pagarlas por adelantado. Pero eso sí, el resultado, como las tarjetas Mastercard, no tiene precio.

Todavía bufoneó por el salón un rato, de corro en corro, ofreciendo vigorosos saludos y haciendo sonar las espuelas de su simpatía, provocando los suspiros de las damas y buscando alguna mirada de ellas que se fijara en él con el aura del deseo. Ah, el eterno buscón, el gran metiche, siempre urdiendo alguna intriga, algún negocio turbio, algún fraude.

En eso, comenzó el acto. Himnos nacionales, discursos, plácemes, whisky japonés, sushi, sake. Una hora después, el salón era un espeso rumor de conversaciones y albricias. Yo había cumplido con mi obligación y, como no conocía a casi nadie, comencé a moverme hacia la salida. Fue entonces que volví a ver a Cardona, justo allí, a la puerta del salón, platicando con un fulano cuyo rostro me era familiar, de algún ministerio o de la Fiscalía, no sabría decirte, pero que, por sus ademanes y gestos, parecía estar muy preocupado. Hablaba acercándose al oído del malandrín y mirando a los lados de reojo, en tanto Cardona se esforzaba en calmarlo prodigándole la sonrisa del payaso de las hamburguesas.

Llegado un punto de la charla, Cardona sacó el celular y contestó una brevísima llamada para, acto seguido, despedirse en forma apresurada del funcionario o lo que fuese y abandonar a grandes zancadas el salón. >

Detuve la grabadora del celular.

—Hasta aquí, lo que me contó mi amigo Urías —le dije a Cruz—, pero cuando terminó de hablar, no pude evitar hacerme estas preguntas: ¿quién había llamado por teléfono a Cardona cuando abandonaba la recepción, justo el día en que usted enfrentaba el problemón de la osamenta? ¿Qué información había recibido para que huyera del salón con tanta prisa? Le parecerán cuestiones un tanto marcianas, pero ambas conducen a la otra pieza del puzle, al oscuro y casi desconocido personaje del que poco o nada se supo a lo largo del caso Albayeros, un tipo que hoy vive oculto, pero libre y con otro nombre en Estados Unidos.

—El socio de Cardona,

—El mismo que viste y calza, Mauro Tobar, la persona que llamó a Cardona por teléfono esa mañana para darle una urgente noticia sobre los restos hallados en su casa de usted.

—Me deja perplejo.

—Y por una retorcida circunstancia que quizás usted no sepa, esa noticia habría de ser la causa de todos los problemas que vendrían después.

—¿Los problemas de quién? ¿Los míos, los de Tobar, los de Cardona, los de la magistrada?

—Los de los cuatro.

Seis

Cardona y Tobar —le dije a Cruz— conformaban una pareja disímil, si bien sus vidas eran en muchos aspectos idénticas. Cardona era el caballo de paseo, de fina estampa y enjaezado de lujo; Tobar, el mulo de carga, el de las labores ásperas y el trabajo sucio. Tendrían la misma edad y casi la misma estatura, pero todo lo que Cardona tenía de expansivo, Tobar lo tenía de introvertido. Tanto así que, después de diez horas de entrevistas grabadas con él, divididas en varias sesiones, aún dudo que sepa reír. Alto, flaco, inconmovible, de voz campanuda y bronquial y un perenne gesto de cansancio en sus facciones, no tuve nunca la sensación de que el amor fuese su balada favorita.

Se conoció con Cardona en los años en que el sistema de justicia se empezaba a tambalear. Tobar era un auditor a quien habían retirado la licencia por falsear estados financieros y declaraciones de impuestos y se ganaba la vida haciendo negocios ilícitos. Cuestión de rendimiento económico, decía: los lícitos no eran tan rentables. Siempre en segundo plano y en la sombra, Tobar era el vínculo del bufete con el bajo mundo. Cuando era necesaria la intimidación, la amenaza, el soborno, el chantaje, las pruebas o los testigos falsos, ahí estaba Tobar para mover sus piezas.

¿Que por qué lo dejaron libre y lo ocultaron en Estados Unidos? Porque la justicia resulta a menudo un asunto de conveniencia. Me explico. De los tratos entre Cardona, Tobar & Asociados con los capos del narco, Tobar había acumulado un abultado dosier con pruebas, nombres, direcciones, contactos, todos comprometedores, sobre Augusto Orozco

Donis, líder del cartel de Zacapa y nexo con el de Sinaloa, y Víctor Manuel Molina Montoya, miembro destacado del cartel de Medellín. Tobar conocía al dedillo las operaciones y conexiones de ambos y su información sería clave para deportar a estos dos narcotraficantes a Estados Unidos donde serían condenados a veinticinco años de prisión. Mas, para ser liberado, Tobar tuvo que dar también los nombres de los seis miembros de *El Concordato.*

El premio que recibió a cambio fue la total inmunidad en los delitos de los cuales le acusaban la Fiscalía General de Guatemala y el General District Attorney de Nueva York. La protección de testigos es un mundo aparte y secreto donde, en nombre de un bien mayor, se hacen concesiones a un mal menor, como era el caso de Tobar.

De modo y manera que ahí tiene usted el retrato de los dos elementos de esta dupla que se propusieron hacerle a usted la vida imposible cuando aparecieron los restos en su jardín. Ambos estaban conectados con el crimen de la persona que allí yacía enterrada. Y lo que quiero que ahora escuche es la plática que Tobar mantuvo con Cardona cuando este abandonó precipitadamente el salón del hotel donde se celebraba el día nacional del Japón, según me la refirió el propio Tobar en una de las entrevistas que le hice.

Diálogo entre Mauro Tobar y Bernardo Cardona
el día del hallazgo de los restos
Registro digital n.º 166, vol. 3

< Me encontré con Nayo al pie de la escalera de mármol del hotel Barceló. Descendía por ella sonriente, muy fúcaro y muy catrín, lo mismo que el protagonista de una vieja película en blanco y negro. Solo le faltaban el bastón, el sombrerito de pajilla y bailar claqué a los compases de la música de piano que sonaba en el bar del vestíbulo. Se había tomado unos tragos y estaba más jodón de lo

habitual, de suerte que, tras nomás saludarle con el maquinal qué tal vos, él me canturreó:

—*I'm singing in the rain, just singing in the rain.*

Lidiar con Nayo era lo mismo que jugar al chingolingo, ¿lo conoce? Se juega con dados rojos y negros y es muy difícil atinar. Nayo no sabía distinguir la voz de Dios de la del Diablo y uno debía andarse con tiento, porque tan pronto te cantaba un *swing* como, así, mire, dealtiro, aterraba a los demás con alguno de sus prontos y se le destrababa el mal genio. Ese era el precio que uno debía pagar por ser su socio.

¿No se llevaban bien, entonces?

Tanto como eso no. Éramos complementarios, no incompatibles. Nayo poseía un cerebro excepcional para los negocios y yo me ocupaba de tareas subsidiarias.

¿A qué llama tareas subsidiarias?

Usted sabe a lo que me refiero, no friegue. Nayo era el mejor socio que yo podía tener. Cada uno en su función, operábamos como una máquina bien articulada y aceitada.

Pero volviendo a lo del hotel Barceló, nos dirigimos al bar del vestíbulo, buscamos una mesa alejada de la barra y pedimos dos cervezas.

—Supiste lo del nuevo fiscal —le dije.

—Sí, anoche. Me llamó Galicia.

—También a mí.

No le extrañe que tanto él como yo supiéramos los hechos antes de que se conociera la noticia. Sobre todo los que tenían que ver con el Gobierno. Yo recibía información de varias fuentes, pero en este caso tenía sobornados a dos camareros de la Casa Presidencial y recibía puntualmente todo tipo de novedades acerca de lo que allí se tramaba y se decía. Sobre todo en aquel momento, cuando presidía el gobierno del país la primera mujer en la historia.

—La gente anda preocupada —dijo Nayo—. Así me ha dicho el magistrado García López, con quien hablaba en la recepción de la embajada cuando me entró tu llamada. Pero como le he dicho hace unos minutos, no hay por qué preocuparse. Todo está atado y bien atado. Y si hay una posición que no ofrece el peligro que aparenta esa es la del fiscal general.

—Tiene ganas de echar barniz. Es comanche, pero de la escuela de Rosalía Albayeros. Y viene a por nosotros como un toro.

—Pues habrá que torearlo.

—Hablo en serio.

—Yo no veo ningún problema, la verdad sea dicha. *El Concordato* ha venido haciendo un trabajo excelente en el control de las Cortes. Nuestras piezas están situadas y alineadas. Hemos financiado estudios a magistrados y jueces en Europa, regalado viajes, carros, apartamentos en la playa. Les hemos depositado dinero en las Bahamas y en las islas Caimán. Los tenemos bien amarrados, están en deuda con nosotros. Contamos con las grabaciones, los videos, los documentos, las pruebas que los mandarían al bote. Harán lo que les digamos. Lo que cuenta, Mauro, en todo esto es el dominio del fallo, no la fuerza de la denuncia que alguno pretenda hacer.

Eran contados los qué sabían quiénes eran las personas que integraban *El Concordato*. Ni siquiera la magistrada Albayeros pudo percatarse de que tal entidad existiera mientras estuvo en la Corte de Apelaciones. Por eso Nayo se sentía tan seguro.

—El dinero para comprar esas voluntades, ya sabés de dónde viene —le dije—. Y no tenemos idea, llegado el caso de que el fiscal empezara a detener gente, de cómo van a responder quienes han puesto la plata. Pero una cosa te digo, si los magistrados no consiguen liberar a los miembros del cartel que arreste el fiscal, tu cabeza y la mía serán las primeras en rodar.

—Es el riesgo que hemos corrido siempre. No veo por qué habría de ser distinto ahora.

—Yo no me tomaría el asunto tan a la ligera.

—¿Quién dice que me lo tomo a la ligera? Solo pienso que tus miedos, como los de García López, son infundados. El sistema judicial nos ha respondido cuando ha sido necesario. Y eso no va a cambiar porque haya ahora un tipo en el Ministerio Público que se crea el redentor de la Patria. Vamos a desgastar a ese fiscalito de mierda hasta que renuncie —dijo un tanto alterado— o se vaya del país, lo que él prefiera. Y ahora contame, ¿para qué me llamaste con tanta urgencia?

—Hacía mucho que no hablábamos de un asunto que ocurrió hace tiempo. En realidad nunca lo volvimos a platicar, pero ahora es importante hacerlo.

—Soy todo oídos, hermano.

—Esta mañana, a primera hora, Emisoras Unidas dio la noticia de que habían descubierto unos restos humanos en el jardín de una casa particular de la colonia El Liquidámbar. Todavía no se sabe a quién pertenecen, ni si es mujer o si es hombre. Pero puede que sea la persona que vos y yo sabemos.

—Solo falta que me digás que la osamenta es la del juez Hernández —se encrespó.

—Bajá la voz.

—Entonces hablame claro.

—Se trata de la patoja.

Su rostro se ensombreció.

—¿La patoja? ¿Cómo es posible? ¿Quiénes se encargaron de hacerla desaparecer?

—Dos hermanos de apellido Téllez. En aquel tiempo se dedicaban a eso, a enterrar gente. Pocos sabían de su oficio, aunque algunos sospechaban algo raro. Mi cuñado me contó que lo hacían como una de las obras de misericordia corporal, que es sepultar a los muertos. Pero también era una obra de higiene. Así decían quienes arrojaban en aquellos años los cadáveres a los barrancos o a los ríos y contaminaban las aguas y el ambiente. De manera que los Téllez no se tomaban su trabajo como algo macabro, sino como una tarea sanitaria y al mismo tiempo piadosa. Según mi cuñado, eran gente discreta y de confianza. Por eso acepté que fueran ellos quienes se llevaran el cadáver.

—A la colonia El Liquidámbar.

—Sí.

—Y vos los acompañaste.

—Así es.

—Pero, ¿a quién se le ocurre enterrar un cadáver en una colonia? —dijo, alzando aún más la voz—. ¡No puedo creer que hayas hecho una estupidez así! ¿En qué estabas pensando? ¿Qué tenés en la cabeza, una coliflor, un repollo?

Me quedé callado unos segundos y dejé que la música de piano del bar amansara a la fiera. Me incliné hacia delante, apoyé los antebrazos en la pequeña mesa del bar, me acerqué a su cara todo cuanto me fue posible y muy suavecito le dije:

—Tengo un gato en mi apartamento. Es lindo, cariñoso, bien portado, limpio. Pero hay noches que no me deja dormir. Yo no sé cuándo va a haber luna llena, pero él sí lo sabe. Y si no lo sabe, se lo huele. El caso es que cuando alcanza a ver ese queso blanco y redondo en lo alto del cielo, el animalito se pone como loco. Me tira al suelo portarretratos, floreros, cojines y me da unos sustos que me dejan grande la ropa. Yo le tengo cariño, la verdad, pero en esos días me dan ganas de matarlo. Lo mismo que me apetece hacer ahorita contigo. Soy tu socio, no tu sirviente. Vos sos el guía y yo te sigo. Pero todo tiene un límite y ese límite es el respeto que me debés. Conque una de dos, o te tranquilizás o me voy de aquí ahorita y te dejo solo para que te las arreglés como podás, ¿estamos claros?

Nayo aspiró hondo y resopló largo y tendido hasta vaciar los pulmones. Tomó en la mano el vaso de cerveza y se acabó lo que quedaba de dos tragos. Se echó a la boca un pucho de manías y se puso a masticarlas en silencio.

—¿Querés saber cómo está el asunto, sí o no? —le dije.

Asintió con un leve movimiento de cabeza.

—Hago siempre lo que me mandás hacer. Unas veces te saco las castañas del fuego, otras te salvo la vida. Ah, pero cuando algo sale mal, me insultás, me humillás o te dejás venir con alguno de tus arrebatos. Este problema fue tuyo, no mío, y resolverlo ahora no es una cuestión de sofocos, sino de cabeza —le dije señalando su frente—. Así que más vale que dejés de comportarte como un niño malcriado.

Me observó por una fracción de segundo y afirmó con los párpados. Varias veces. La calma parecía volver a su espíritu y la realidad también. Pero no me miraba a la cara. Siempre me sucedía eso con él y no había otra manera de hacerle volver en sí que dándole una buena trapeada.

—Veinte años atrás —seguí diciendo en voz baja, pero todavía molesto—, El Liquidámbar era un bosque a doce kilómetros de la capital donde únicamente vivían zanates, ardillas y pájaros carpinteros. De la presencia humana en el lugar solo recuerdo un camino de mulas que lo cruzaba de un extremo a otro. El asfalto, el agua, los drenajes, el alumbrado eléctrico, las construcciones, no llegarían allí sino hasta años más tarde. ¿Entendés lo que te digo?

Volvió a asentir.

—El lugar estaba muy oscuro esa noche y solo se veían matorrales y sombras. Uno de los hermanos Téllez me preguntó, masticando *chix-trix*, si me parecía el lugar. Y yo le contesté que sí. ¿Qué otra cosa podía decirle, siendo la hora que era? ¿O es que ya no te acordás que me encargaste hacer ese trabajito un lunes a medianoche?

—¿Estás seguro de que es el mismo lugar donde apareció hoy el esqueleto? —dijo en tono más humilde.

—Fui hace tres horas allí. Estaba lleno de gente. Carros de la Policía, de la Fiscalía, de los bomberos. El Liquidámbar es una urbanización moderna, muy diferente al bosque que yo vi aquella noche. Está todo muy cambiado, pero sí, era el predio donde los Téllez hicieron el enterramiento, aunque no creo que debás preocuparte demasiado ahora.

—¿Cómo que no debo preocuparme? —se volvió a engallar—. Hay tecnologías nuevas, se hacen milagros con el ADN.

—¿Quién podría estar interesado en identificar ese montón de huesos tantos años después? Eso si llega a saberse de quién son, cosa que probablemente no suceda. Y aunque el caso llegara a una instancia legal, todo sería manejable. ¿No es eso lo que decís siempre? Más aún, si nos movemos con rapidez, la investigación no prosperará y ahí terminaría todo.

—Eso nunca se sabe. Cuando un fiscal general no quiere, los casos se estancan, pero si se pone *heavy*, puede organizar un desmadre.

—Ya pensaremos en alguna cosa, si eso llegara a suceder. Vivir es resolver problemas y este vamos a resolverlo como hemos hecho con otros.

Fue un pequeño milagro que se calmara, pero finalmente parecía entrar en razón. Extrajo del bolsillo el celular, lo encendió y por unos momentos se olvidó de mí.

—¿Qué estás buscando? —le dije.

—El Código Penal.

—¿Para qué?

—¿Cuántos años decís que han pasado desde aquella noche?

—Diecinueve, veinte. Algo así.

—Tenés que ser más preciso.

—Diecinueve y meses, creo.

—¿Estás seguro?

—Sí.

—Por aquí ha de estar.

—¿Qué cosa?

—¿Has oído alguna vez hablar de la prescripción del delito?

—¿Qué es eso?

—Una doctrina jurídica. Implica que el Estado y el sistema de justicia renuncian a juzgar y condenar a un criminal cuando ha transcurrido un determinado plazo.

—Esa no me la sabía, pero me parece bien.

—Se funda en la acción del tiempo sobre los hechos humanos. Al Estado y al sistema de justicia les parece contradictorio someter al criminal a juicio luego de haber transcurrido cierto número de años desde que se cometió el delito. ¿Cuántos años? Los que le corresponderían al criminal cumplir de haber sido juzgado y condenado cuando cometió el crimen. Después de ese tiempo, no hay causa para emprender una persecución penal contra el autor o los autores del crimen.

—Ya veo por dónde vas.

—El castigo del delito, dice la doctrina, protege a la sociedad, disuade a los delincuentes de incurrir en nuevos crímenes y compensa la injusticia cometida contra la víctima, pero ninguno de estos fines se cumple si el crimen ha sido olvidado por la sociedad. Los años transcurridos reducen la necesidad de una acción punitiva del sistema de justicia por haberse perdido el recuerdo de los hechos.

—El delito queda impune y el criminal, libre como un pájaro. Fantástico. Y eso es lo que estás buscando ahora, los plazos.

—Aquí está. Artículo 107, acápite primero. «La responsabilidad penal prescribe a los veinticinco años, cuando correspondiere pena de muerte». La pena de muerte en Guatemala se acata pero no se cumple, así que a otra cosa. Acápite segundo: «La responsabilidad penal también prescribe», bla, bla, bla... «por el transcurso de un período igual al máximo de duración de la pena señalada, aumentada en una tercera parte, no pudiendo exceder dicho término de veinte años».

—¿Y cuál es la pena por homicidio?

—De quince a cuarenta años de prisión, según el caso.

—Uf. Aun con la mínima pena, no sale la rifa. Tendrían que haber transcurrido veinte años. O sea, que nada, no hay prescripción —le dije.

—En unos meses estaremos exentos de cualquier acción judicial.

—Es muy arriesgado.

Nayo arrojó el celular sobre la mesa con rabia. Le costaba respirar. Alzó la mano y pidió otra cerveza.

—¿Se sabe quién es el dueño de la casa donde aparecieron los restos? —gruñó.

—Sí. Un tal Alejandro Cruz. Vende quirófanos, rayos X, cosas así. Es hijo de un coronel ya fallecido que tuvo un problema con el Alto Mando del Ejército, al finalizar la guerra.

—¿Será el coronel Cruz García?

—Puede. No lo sé.

—Corrieron rumores sobre él hace tiempo, pero los desmintió.

—¿Sobre?

—Le levantaron la pluma de haber intervenido en una masacre y ordenado el entierro clandestino de las víctimas.

—¿Y era verdad?

—Parece que no era él. Y a propósito, ¿sabés qué ha sido de los enterradores?

—Estuvieron activos durante los años de la posguerra, pero cuando la ola de violencia pasó y decayeron los secuestros y los muertos a la orden, se metieron al negocio del contrabando. Les fue mal. Uno de ellos falleció en la penitenciaría de Fraijanes, el otro sigue en Escuintla, en *El Infiernito*.

—Tarde o temprano se va a enterar de la aparición de los huesos.

—Es posible.

—¿Y qué tal si se alebresta y nos extorsiona pidiéndonos plata por su silencio? Total, nada tiene que perder.

—Tiene las mejores razones para quedarse callado. De todas maneras, el caso no llamaría la atención. Los desaparecidos han dejado de ser un tema político. Se desgastó hace tiempo y no tiene actualidad. Son otras cuestiones las que importan a la Fiscalía y al Gobierno.

Nayo dirigió la mirada a la gente que entraba y salía por la puerta principal del hotel: empleados con valijas, mensajeros, ejecutivos de corbata con portafolios.

—Hay que detener la investigación como sea —dijo pensativo— y averiguar quiénes la tienen a su cargo, fiscales, detectives, forenses, y que no pase de donde no debe pasar.

—Esa es la parte más fácil. Queda el dueño de la casa.

—¿Que pensás de él? ¿Será de esos tipos que pretenden meterse donde no les llaman?

—Habrá que investigarlo.

—Más vale prevenir que curar. Apretémosle las tuercas antes de que haga alguna estupidez.

—Yo me encargo. Lo tengo todo listo, incluso la gente. La tengo ahí afuera, en el parqueo del hotel, esperando órdenes.

Me miró con un amago de gratitud. Se sentía mal por haberme gritado, pero no pidió perdón. Mejor dicho, lo hizo a su manera.

—¿Ya almorzaste? —preguntó.

—No —le dije.

—Aquí cerca hay un nuevo restaurante de mariscos que me dicen es muy bueno. ¿Te apetece que le echemos una ojeada?

—Me apetece. >

Siete

Percibí el estupor en su rostro. Cruz parecía encandilado con lo que acababa de oír, lo cual no me sorprendió. A mí también me había impresionado la inesperada conexión entre la parte de la historia que él conocía y que yo ignoraba, y viceversa, la que yo le había contado y que él desconocía. Había dos historias incompletas que, para sorpresa de ambos, se entrelazaban y pespunteaban sin que se les vieran las costuras.

—Para haberlo sabido —dijo arqueando las cejas y moviendo suavemente la cabeza de arriba abajo—. Se habrían evitado tantos daños, tantas heridas. Pero a nadie le es dado conocer los hechos antes de que ocurran. Eso es cosa de echadores de cartas y profetas. Los demás debemos resignarnos a sufrir con paciencia las chuladas y ofensas de nuestro prójimo, como decía el catecismo. ¿Usted se cree eso que dice Tobar en la grabación de que «siempre hice lo que me mandaste»? ¿Piensa que quien disponía en el dúo era, en efecto, Cardona?

—Le contesto lo que me contó un día el fiscal general. Entre Tobar y Cardona se había desarrollado una relación dialéctica parecida a la del patrón y el siervo, donde el siervo (Tobar) llegó a ser tan necesario para el patrón (Cardona) que no pudo prescindir de él y se convirtió virtualmente en el siervo de su siervo. La relación entre ambos era tan sólida que me atrevería a decir que Cardona no podía ser lo que era sin Tobar y a la visconversa.

—La inteligencia y la iniquidad fundidas —dijo Cruz.

—Qué le voy a decir que usted no sepa.

—En cambio yo puedo contarle algo que ignora. Una convergencia como usted las llama, un episodio que puede ser de su interés. Cuando Ofelia se fue de la casa con las niñas, todo el peso de la realidad se precipitó sobre mí. Tenía una profunda necesidad de encontrar soluciones, pero mi crisis personal, aquel encierro mental que vivía, no me permitía ver ninguna. La mañana sin embargo no había concluido. Todavía tuve que soportar un largo e incómodo interrogatorio con los agentes del Ministerio Público. Cuando finalmente se fueron, pedí por teléfono una pizza y, media hora después, al abrir la puerta de la calle creyendo que era el repartidor, me encuentro con dos desconocidos bien planchados y bien tiesos.

Alejandro Cruz hizo una pausa.

—¿Sabe usted lo que es el *bullying*?

La pregunta me pilló con el paso cambiado. Era como si alguien me detuviera en la calle para preguntarme, ¿le gustan los chicharrones?, o bien, ¿sabe por dónde se va a Vladivostok? Cruz me miraba fijamente, esperando una respuesta, y yo, ignorante de por dónde él quería ir, me apresuré a contestar muy seguro:

—Sí, claro, sé bien lo que es el *bullying*.

—La gente cree que por decirlo en inglés se trata de algo reciente, pero la verdad es que tiene más años que la rueda. Y no es un asunto de niños, es una compulsión congénita vinculada a la herencia del mundo animal del que venimos. Conozco bien la humillación y el acoso, los he sufrido de niño y de adulto.

Su última frase le salió como rota y hubo de esperar unos segundos para reponerse.

—Los tipos de los cuales le hablo se presentaron como detectives de la Subdirección de Investigación Criminal de la PNC y eran dos fulanos de apariencia engañosa. El más joven —tendría unos treinta años— pertenecía a ese género de personas que utilizan la amabilidad como un cuchillo para cortarle a uno en pedacitos. Se llamaba Obdulio Gamboa, un tipo que con su falsete, entre bonachón y cortés, suavizaba las preguntas más cínicas, como la que, una vez que entramos a la casa, me lanzó a quemarropa.

—¿Es usted hijo del coronel Cruz?

Enseguida me percaté de por dónde quería llevar la conversación y eso me hizo perder los estribos.

—¿Qué clase de pregunta es esa? —le increpé—. ¿Qué tiene que ver mi padre con los restos humanos encontrados ahí fuera?

El otro inspector, de pocos años más que Gamboa, quiso arrancar de mí una respuesta que no dejara ninguna duda.

—Luego era militar.

—¿Conoce usted algún coronel que no lo sea? —le dije.

El tipo me miró desconcertado. Recuerdo que su apellido era Santos y que el sobrepeso se le había empezado a acumular en la cintura. Sentado al borde del sofá de la sala, muy estirado y muy recto, me observaba desde allí con la flema de toda autoridad desdeñosa y engreída. Habría sido difícil acusarlo de ser un lince, pero tampoco era tan estúpido como para no percibir la agresividad de mi respuesta.

A Gamboa no le debió de gustar el cariz que tomaba la conversación y recurrió a su remedio estándar, el falsete almibarado.

—Tranquilícese, señor Cruz. No estamos aquí para acusarle de nada, sino para confirmar ciertos hechos y ayudarle, si usted nos ayuda.

Y esto dicho, adoptando su sonrisa de jalea aguada y su vocecita de gallina clueca, viene y me suelta lo que sigue:

—Según informes proporcionados por el Registro de la Propiedad, su papá compró este terreno en 1993.

—No estoy seguro de la fecha, pero es probable que haya sido en ese tiempo.

Santos quiso entonces hacerse el gracioso.

—También sabemos que el coronel se calificaba a sí mismo de terrasargento, porque nunca ascendió a terrateniente. Y eso obviamente no es verdad. Que esta propiedad fuera suya demuestra que mentía —concluyó visiblemente orgulloso de su astucia.

—Mi padre nunca dijo esa babosada. Era un militar decente que jamás se aprovechó de su rango ni de su cargo para lucrar con él. Del mismo modo que siempre ha habido y habrá clases, siempre ha habido y habrá buenos soldados. Mi padre era uno de ellos. Los únicos bienes que poseía eran su exigua jubilación, el empleo que consiguió al salir de las Fuerzas Armadas, la casa en que vivía y las mil quinientas varas sobre las que estamos ahora y que yo heredé cuando falleció.

—Luego usted conocía el lugar —replicó Santos, dándose un tufo deductivo de alta escuela.

Es difícil, licenciado, tener paciencia con un estúpido que se quiere hacer pasar por listo y yo ya estaba perdiendo la mía.

—¿Usted qué cree? —le dije—. Su conclusión me parece genial, pero eso no me incrimina en absoluto. Cuando yo conocí este terreno no era posible observar desde fuera qué había o sucedía dentro del mismo. Con lo que de una vez le digo, para que le quede claro: cualquiera pudo traer ese cadáver aquí y enterrarlo sin que nadie viese lo que hacía.

—A eso justamente quería ir —dijo Gamboa, en su tono santurrón—. Cuando su papá se retiró del Ejército, hubo señalamientos que lo implicaban en ciertas ejecuciones clandestinas supuestamente ordenadas por él. ¿Qué me puede usted decir de esas insidias?

Mire usted lo hijo de su madre que era.

—Le contestaré esa pregunta —le dije— si usted me explica el motivo por el que mi padre fue apartado del Estado Mayor del Ejército.

Santos hizo un gesto de extrañeza y miró a su compañero.

No podían ser más diferentes. Gamboa era más de lo que aparentaba y Santos aparentaba más de lo que era, y a cada minuto que pasaba resultaba evidente que ninguno de los dos conocía la historia de mi padre a quien querían conectar con los restos del jardín.

Hice una prolongada pausa, a fin de subrayar su bochorno, pero no tuve respuesta.

—De manera que vienen a mi casa —les dije—, sin tener la menor idea de quién era mi padre y aduciendo como razón la posibilidad de que, durante los últimos años de la guerra, hubiese ocultado aquí un cadáver. ¿A quién sino a ustedes se le puede ocurrir que mi padre ordenara hacer tal cosa en un terreno de su propiedad?

—Nunca hemos dicho eso, señor Cruz —melcocheó Gamboa.

—Pero lo ha sugerido.

—Usted se está imaginando cosas —terció Santos.

—Son ustedes los que han oído campanas sin saber dónde y han venido a ver si en esta casa estaba el campanario. Por carácter, inteligencia y principios, mi padre hubiera sido incapaz de hacer ese disparate.

—Tiene razón —condescendió Gamboa, sin saber que cuando alguien me dice eso, tiene razón, en tono condescendiente, me pone como chichicúa—. Le ruego, sin embargo, que comprenda que estamos aquí para ayudarle y que, para eso, usted debe también ayudarnos.

—Otra vez con esa milonga. ¿Sabe qué? No sea tan amable conmigo. Ni ustedes están aquí para ayudarme ni esta conversación les ayuda lo más mínimo.

—¿Y qué es lo que pretende, que este crimen quede impune? —exclamó Santos, enderezando la cresta.

—Mi padre no era hombre que guardara secretos inconfesables, pero para su mejor discernimiento, les diré algo que por lo visto no saben. Herbert Cruz García era un soldado que nunca consiguió encajar en la cúpula militar de su época, y que, a pesar de su talento, su formación y su experiencia, fue marginado por sus jefes. Unas declaraciones en las cuales afirmó que el Ejército había cometido errores, excesos y abusos durante la guerra, fueron la causa. Debemos hacer examen de conciencia y admitir nuestras faltas, dijo públicamente en esa ocasión. Solo de ese modo podremos superar los yerros cometidos y ser un Ejército respetable.

»No era el único que opinaba así. Había otros militares que pensaban como él, pero no se atrevían a decirlo en voz alta. Él dio un paso adelante, creyendo que podía generalizar esa opinión entre sus compañeros, y eso no gustó al Alto Mando. No era el momento adecuado para conceder un punto así a la insurgencia. No pediremos perdón, debieron de pensar los jefes, hasta que los rebeldes lo hagan o lo hagamos los dos al mismo tiempo. Mi padre fue asignado a un cargo administrativo de segundo orden, pero nunca se arrepintió de haber dicho lo que dijo. Ahora explíquenme ustedes si un hombre como él habría sido capaz de cometer la atrocidad y la estupidez que ustedes le atribuyen.

Gamboa se salió por la tangente.

—Nosotros solo queríamos comentarle el rumor que ha empezado a correr en las redes, algo que, como comprenderá, no podríamos certificar ni rectificar.

Así dijo y se quedó más ancho que largo.

—Pero sí contribuir a extender lo que no es más que una burda maniobra de difamación —le espeté sin ningún respeto.

—Cuidado con lo que dice, señor Cruz.

—No, no, señor detective, quienes deben cuidarse de lo que dicen son ustedes. Han pasado solo unas horas desde que apareció la osamenta, y en tan corto espacio de tiempo las redes han multiplicado ese rumor a los cuatro vientos. ¿Quién suministró esa información, mejor dicho, quién filtró una patraña que se ha vuelto viral y que a base de repetirla se está volviendo certeza?

—¿Cómo puede usted decir tal cosa? Dios guarde que nosotros estemos implicados en la difusión de una calumnia como esa.

—¿Entonces quién lo ha hecho y por qué?

—No lo sabemos, lo que sí podemos hacer es ayudarle a dilucidar el crimen y a desvincular a su papá de los restos humanos encontrados aquí.

—Cuánta amabilidad. Primero difaman a mi padre y luego pretenden redimirlo. No, gracias. Esto va más allá de la resolución de un crimen. Ahora es el nombre de mi padre y mi prestigio personal los que están en entredicho.

Ambos se miraron extrañados.

—¿A qué se refiere? —dijo Gamboa.

—A que, después de escucharles, no me podría fiar de ustedes un pelo y a que voy a investigar este asunto por mi cuenta.

—No se lo aconsejo —dijo Santos en tono apresurado—. Tendrá que identificar primero los restos, cosa extremadamente difícil. Y si no consigue averiguar de quién son, que es lo más probable, no habrá interés legal en el caso.

—La división de Investigación Criminal a la cual pertenecen ustedes quizá no tenga interés, pero sí la Fiscalía.

—La Fiscalía tampoco —replicó Gamboa—. Lo más probable es que el caso se estanque o se archive. Sabemos que las prioridades del nuevo fiscal son sobre asuntos más graves y de mayor relevancia.

—Habrá que verlo.

—Créame, señor Cruz. La Fiscalía es una institución independiente, pero solo en teoría. Hay poderes e influencias que la condicionan. Eso por un lado. Por otro, el fiscal general tiene la facultad de desviar, rechazar, retrasar, posponer o archivar los casos que se le presentan, según su propio criterio. En su oficina de atención permanente se reciben más de mil denuncias al día. ¿Cómo se procesa una avalancha así de casos? Muy sencillo, desestimando dos de cada tres. Calcule qué posibilidades hay de que dediquen recursos y esfuerzos al suyo, ocurrido hace tanto tiempo

—Los trabajos periciales, además, no son baratos —dijo el otro— y hay asuntos más importantes que atender. Si insiste en averiguar por su cuenta a quién pertenecían esos huesos, prepare la chequera. Los gastos serán enormes.

Dicho esto, agregó con frialdad:

—Lo que yo le aconsejaría es solicitar el cierre del caso.

—Nosotros podríamos ayudarle, si lo desea —repitió Gamboa con su vocecita.

Lo entiende, ¿verdad, licenciado? Primero te meten el cuchillo en el vientre y luego, con mucha dulzura, eso sí, te preguntan: ¿se lo saco?

—¿Con quién creen que están hablando? —repliqué—. Lo último que necesito es que me hagan un favor que ni he pedido ni necesito. Y si lo que quieren de mí es una mordida, vayan a buscarla a otra parte.

Santos se puso de pie con gesto fiero, yo le respondí del mismo modo, y solo la intervención de Gamboa impidió que aquello terminara de mala manera.

—De todos modos, piénselo, señor Cruz. Pero si toma el camino difícil, no le auguro un buen final. En este país, desenterrar el pasado es siempre un asunto peligroso.

Esta vez, el tono de Gamboa no fue precisamente de manjar de leche.

—No fui cauto, lo confieso. Tampoco listo. Me dejé llevar por la idea de que los detectives debían tener el aspecto que uno ve en las películas, hombres educados y vestidos de civil que te enseñan la placa de lejos, y tú, por temor, respeto o por no parecer un aldeano, no se la pides para examinarla de cerca. Aquellos dos tipos habían venido a intimidarme, el *bullying* que le digo, así de simple. Alguien no quería que se investigara la identidad de los restos humanos hallados en mi jardín. Y las últimas palabras de Gamboa, «no le auguro un buen final», resonaban en mis oídos como disparos en un callejón.

»La amenaza me asustó, pero a la vez estimuló mi curiosidad por saber qué había detrás de todo aquello. Los riesgos y los peligros eran elevados, excuso decirle, pero entendía que recuperar mi vida y mi nombre era necesario, si no quería pasar el resto de mis días sumido en la vergüenza de llamarme como me llamo. Usted se preguntará qué importancia tenía averiguar la identidad de la osamenta. Pero la tenía, licenciado, vaya si la tenía.

Cruz dejó de hablar unos instantes. Mostraba los labios apretados, la mirada perdida y un gesto parecido al de los monolitos de la isla de Pascua, solo que con gafas y camisa de color celeste.

—Sin tener idea de por qué, ni de quién o quiénes estaban detrás, el *bullying* contra mí acababa de dar comienzo justo cuando, según usted me dice, Cardona y Tobar, de quienes no tenía idea que existieran, se despachaban una langosta a la Thermidor. Sentí que la muerte husmeaba en torno a mí como un chucho hambriento, y no solo la mía, sino también la de mi esposa y mis hijas. Lo ocurrido desde entonces no tiene ya vuelta de hoja. La justicia no puede hacer ya nada por mí ni contra mí, esto es seguro. Mas no me asalta la ira por ello. Durante el último año he tratado de explicarme lo que le ocurrió a mi vida, que es ahora otra, pero ninguna reflexión me ha dado una respuesta satisfactoria. Si me hubiesen avisado, si lo hubiese sabido... pero ¿qué puede importar eso ahora?

Ocho

—¿Qué más ocurrió aquel día? —le pregunté.

—Pasé el resto de las horas dando vueltas por la casa y el jardín como un hámster en su rueda —prosiguió Cruz—. Mi cuenta de WhatsApp se había llenado con notas de amigos y personas conocidas en las que privaba más el morbo de lo que yo pudiera contarles que la solidaridad o el afecto hacia mí. Así que silencié el teléfono y a la mañana siguiente dispuse ir a almorzar a casa de mis suegros. Necesitaba alejarme de aquel alborotado escenario y ver a Ofelia y a mis hijas.

Fue un alivio insuficiente. Ofelia continuaba tensa y afectada por el *shock*, y, muy a mi pesar, hube de admitir que había encontrado en la casa de sus padres la serenidad que yo no podía ofrecerle en la que hasta el día anterior había sido la nuestra.

Eso me dolió, licenciado. No se imagina cuán penoso puede ser descubrir que la seguridad de Ofelia, de nuestras hijas, de nuestro perro y nuestro loro, era más importante que su relación conmigo. El vínculo sentimental entre los dos se había dañado y en esa hora me asaltaron dudas de que fuera posible reparar la herida. Ambos sabíamos que aquella separación sería temporal, pero no encontré la ocasión para hablarle largo y tendido de la contingencia en que nos encontrábamos. Solo le dije que no podíamos seguir así y que nuestro matrimonio se deterioraría sin remedio si la situación se prolongaba. Teníamos que pensar en algo, alquilar un apartamento, movernos temporalmente a un hotel, pedir prestada la casa que sus padres tenían en Amatitlán, qué sé yo. Todo menos estar yo por un lado y ella con las niñas por otro.

Traté de ser lo más dulce que pude, pero no llegamos a ningún acuerdo. Ofelia estaba, además, en lo correcto. No podríamos vivir de nuevo en nuestra casa mientras no saliéramos del laberinto en el que nos había embarcado el esqueleto.

Mi suegro lamentó la situación con su discurso de siempre.

—Todo viene de lo mismo —me dijo en tono enigmático.

Mi suegro es un buen hombre, leal y comprensivo, pero mentalmente tatuado por la guerra. Tiene un grupo de viejos amigos con quienes se reúne el segundo jueves de cada mes. Hablan de su tiempo, de la guerra. Y se desahogan, pero solo de manera temporal. Atados sin remedio a un eterno retorno, un mes después vuelven a las andadas. Pero ese día me sorprendió con una reflexión nueva.

—Los inviernos suelen despertar en mí emociones encontradas —dijo—. Melancolía, el gozo de ver llover, la fatiga de vivir, sentirme parte de la naturaleza, nostalgias de días mejores. Pero este… este es el invierno de nuestro descontento.

—Bonita frase —comenté.

—No es mía —respondió—. Es de Shakespeare, de su *Ricardo III*.

Y como estábamos los dos solos y sin otra cosa que hacer, viene y me desenrolla el rollo que solía compartir con sus cuates.

—La obra comienza al término de una guerra librada entre dos dinastías irreconciliables y pertenecientes al mismo tronco familiar —subrayó—, la de los York y la de los Lancaster. La Guerra de las Dos Rosas la llamaron. Ricardo, el protagonista, un hombre físicamente deformado, y síquicamente también, ha vivido en su propia carne las servidumbres del conflicto: el asesinato de su hermano y de su padre, la represión, la persecución, el exilio. Muchos de sus amigos han sido torturados y ejecutados sin juicio previo. Pero ahora la guerra ha concluido y, tras acordar la paz, Inglaterra parece encaminarse hacia una era feliz. Con estos antecedentes se alza el telón. Ricardo se encuentra solo y sus primeras palabras son: *Este es el invierno de nuestro descontento*. Invierno como fin de un tiempo, consumación de un fracaso, expresión de una derrota. Ni la guerra ni la paz habían llenado las aspiraciones de las dos familias, y menos las del pueblo inglés. Tampoco las de Ricardo, quien se pregunta: *¿Por qué no soy feliz ahora que la guerra ha concluido?*

»El conflicto armado de Guatemala fue nuestra Guerra de las Dos Rosas —siguió diciendo—. Pero ninguna guerra termina de súbito. Todas traen consigo inercias difíciles de frenar. Y la que nosotros vivimos no fue distinta a la inglesa. Una vez firmada la paz, lo que siguió fue un largo invierno de violencia y corrupción. Y del sartén saltamos a las brasas. Los guerreros se habían quedado sin trabajo y una parte de ellos se dedicaba a cometer fechorías. El secuestro, el asesinato, el narcotráfico, la corrupción política, las organizaciones siniestras, campeaban por el país como potros sin dueño. Con decirte que hasta un ministro de Gobernación llegó a confesar en público que el crimen se había vuelto incontrolable, te lo digo todo. La paz se nutría de los coletazos de la guerra. No teníamos sosiego. Un veinte por ciento de la población padecía trastornos sicopatológicos y un tercio de los jóvenes, depresión. No fueron buenos tiempos, que se diga. El connubio entre el sistema político y el sistema de justicia iniciaba su andadura. El dinero ilícito había abierto sus esclusas y se derramaba en toda clase de negocios turbios. Los asaltos a bancos se cuadruplicaron. La indolencia y el desprestigio de la alta y la baja justicia se habían vuelto costumbre y cultura. Y en medio de tan deplorable deriva, un vendaval de secuestros y asesinatos hizo temblar a una legión de madres angustiadas por la seguridad de sus hijos y, sobre todo, de sus hijas. Ahora sabemos, a buenas horas, que el fin de una guerra no es una playa de perdón y olvido. Es un tiempo de cóleras, de venganzas, de reivindicaciones. Los daños, las grietas, las heridas, no se habían cerrado. Y las grandes palabras, los pomposos discursos, los magníficos acuerdos, todo, todito, se fue a la troposfera, por no decir a un lugar más hediondo.

—Por cierto, licenciado, ¿ha tenido alguna vez la experiencia de escuchar una voz taladrarle los oídos con una amenaza de muerte?

—Trabajo entre gente de mal vivir, pero no, nunca me ha sucedido algo parecido.

—Es uno de los encantadores hábitos que heredamos de la guerra, como el secuestro, el sicariato, la extorsión. Nada de esto sucedía en Guatemala antes del conflicto, según contaba mi suegro. Yo sin embargo lo experimenté esa tarde cuando regresaba a mi prisión, luego de un día más o menos feliz con mi esposa, mis hijas y *Bradpitt*. Y le puedo asegurar que recibir una llamada de esa naturaleza es como llevar noche y día un clavo en el esternón. Los animales han de ser más felices que los hombres, pues no saben que van a morir. Tener conciencia de que la muerte te sigue los pasos y que en cualquier momento te segará la vida es una experiencia de temer. Saber que mañana no estarás vivo, crea en ti una condición mental que se asemeja mucho a la de estar muerto. ¿Sabe por qué, licenciado? Porque no le deja a uno vivir. Cada momento de tu vida cotidiana parece que va a ser el último, cada tipo que pasa por tu lado es un sospechoso, cada vehículo con vidrios polarizados que te adelanta temes que lleve un sicario con una ametralladora, y en cada esquina que doblas piensas si no será en ese lugar donde dejarás viuda a tu esposa y huérfanos a tus hijos. Puede que familiares y amigos traten de animarte diciendo aquello de perro que ladra no muerde, que los asesinos de raíz matan sin avisar y que este tipo de amenazas solo pretenden doblegar la voluntad de las personas en la dirección que los criminales desean.

Pero no es menos verdad que la amenaza tiene con frecuencia el propósito de hacer sufrir a la víctima antes de ejecutarla. Todo depende del asesino. Si este último considera que una muerte por sorpresa, que viene como un apagón, no es bastante sufrimiento, y que es necesario anticipar a la víctima su muerte, que es como un oscurecimiento paulatino para que el miedo a morir se acentúe, entonces recurrirá a la amenaza en vez de hacerlo de sopetón.

»En mi caso, sucedió de manera inesperada. Regresaba a El Liquidámbar esa tarde que le cuento cuando sonó el celular y una voz deformada y como salida de un desagüe me habló así, con pastosa lentitud: *«Se lo diré solo una vez, cabrón: no se meta a averiguar cosas que no debe o acabará como el esqueleto que apareció en su jardín. Usted y su bonita familia, hijo de la gran puta»*.

Nueve

Había vuelto la tempestad, pero ahora no se expresaba con ventoleras y descargas eléctricas, sino con un denso diluvio que aporreaba las ventanas del edificio como si una tropa de fantasmas demandara entrar en él. Los focos del alumbrado público entristecían la tarde con sus luces amarillas, el tráfico se apretaba en las calles y los escasos transeúntes que se movían por las aceras corrían bajo la inclemente borrasca, protegiéndose con capas y capuchas de polietileno.

Cruz miraba absorto la lluvia.

—¿Se acuerda del caso Matthäus?

—¿Matthäus, dice? No, nunca oí hablar de él.

Reflexionó con los ojos cerrados, como si estuviera haciendo un cálculo mental.

—No, por supuesto, qué se va a acordar, si aún no había nacido. Tampoco yo lo conocía. Tendría unos diez años cuando el caso trascendió.

—Pero cree que el crimen de la magistrada está relacionado con el caso Matthäus, el cual sucedió…

—Cuando concluía el siglo XX.

—¿No es estirar demasiado la pita?

—Usted me ha preguntado si conocía a Cardona y a Tobar antes del crimen. Mi respuesta ha sido no. Lo que sí conozco bien es una de sus primeras fechorías.

— ¿Y es relevante que yo la sepa?

—Tal vez más de lo que cree. Ya que busca convergencias y conexiones, el caso Matthäus es una de ellas.

Sospeché que deseaba tomar de nuevo la guitarra y al mismo tiempo temía que desviara la conversación hacia áreas que no me interesaban en absoluto, como había sucedido antes. Pero, ¿qué otra cosa podía hacer, sino escuchar con paciencia?

—El caso Matthäus —dijo muy seguro de sí— fue la causa de una turbulenta polvareda en la cual Cardona y Tobar se vieron envueltos cuando acababan de fundar el bufete. Los años de la posguerra, como dice mi suegro, fueron los del irresistible ascenso de la narcopolítica y la narcojusticia. Dinero nuevo, negocios nuevos, jueces corruptos. En medio de esa eclosión, empezaron a aflorar escándalos de empresas nacionales y extranjeras. Y uno de los más notorios sería el protagonizado por el director de la Neuchâtel Corporation, una multinacional afincada en Santa Lucía Cotzumalguapa que operaba una planta de procesamiento de cacao, producto que la compañía exportaba, tostado y molido, a varios países de la Comunidad Europea. La dirigía un fulano llamado Jürgen Matthäus, de nacionalidad alemana, quien llevado por los signos de los tiempos, que eran los del dinero rápido y fácil, no se le ocurrió otra cosa que entrar en el negocio del narcotráfico, aprovechando la infraestructura global de la Neuchâtel. La droga era suministrada por uno de los carteles locales, vinculado a los de Medellín y Sinaloa, y Matthäus contaba con el auxilio de dos socios, suizo uno, belga el otro, que se encargaban del envío de la droga a Europa.

»El negocio despegó como el *Concorde*. En solo dos años, las exportaciones de narcóticos del trío habían alcanzado la cifra de 163 millones de dólares. Pero nada es permanente en la vida y, en el curso de una inspección rutinaria llevada a cabo en el puerto de Amberes, favorito de los narcos latinoamericanos para introducir su producto en el Viejo Continente, dos perros del servicio de Aduanas comenzaron a mostrarse inquietos al pasar cerca de un contenedor de la Hapag-Lloyd. Los agentes que los conducían pensaron en un principio que la inquietud de los animalitos se debía al lejano olor a cacao que desprendía el contenedor. A los chuchos les encanta el chocolate, por más que les caiga como bomba y los deje casi ciegos, y esta parejita no hacía más que ponerse de patas, brincar y ladrar, segregando saliva por la boca.

»La Dirección Aduanal del puerto ordenó inspeccionar la carga. Sospechaba que lo que atraía a los perros no era necesariamente el chocolate. Pero el resultado fue negativo, a excepción de unas cajas de cartón que contenían matates, ponchos, huipiles y hamacas, procedentes también de Guatemala, de acuerdo con la guía del contenedor. El resto de la carga lo conformaba un voluminoso envío de la firma Neuchâtel Corp. a una cadena de *coffee houses* y tiendas de repostería de Bruselas.

»Puede imaginarse el quebradero de cabeza que significaba para la gendarmería del puerto buscar cocaína en veintitrés toneladas de cacao en polvo. Con todo, los perros, si bien atraídos por el intenso aroma a chocolate que salía del contenedor, daban muestras de predilección por la pila de cajas con hamacas y ponchos. Algunas de estas artesanías suelen llevar flecos de los que penden unos nudos más o menos abultados, pero que en este caso eran del tamaño de una nuez de macadamia. La gendarmería dispuso entonces desarmar uno de ellos, solo para descubrir que no eran nudos, sino un fino tejido de algodón que, a modo de forro, protegía una bolsita de plástico con heroína. Desguazadas las prendas del embarque, resultó que el alijo rozaba los treinta kilos. ¿Le estoy aburriendo, licenciado?

—No, no, en absoluto, pero, francamente, no sé a dónde quiere llegar con esta historia.

—Si se lo digo, no va a querer seguir escuchando, que es lo que quiero evitar. Pero téngame paciencia, no se va a arrepentir.

Frotó suavemente sus manos, como si se las lavara en seco, y exhalando un profundo suspiro reanudó su relato.

—La Interpol entró en acción y, dos semanas más tarde, Jürgen Matthäus y sus socios eran detenidos en Guatemala, acusados de tráfico de estupefacientes. Se intervinieron las oficinas de la Neuchâtel, se incautaron computadoras y documentos, se registraron las casas de los socios de Matthäus. Las pruebas eran abrumadoras, no tenían escape. La idea de que la justicia empezaba a operar con eficacia se extendió por el país, pero el escándalo fue tremendo. Imagínese, una multinacional europea, seria y respetable, implicada en el tráfico de drogas. Resultaba difícil de creer. Y para mala fortuna de los implicados, el caso vino a caer en manos de Carlos Iván Hernández, un juez joven y honesto, deseoso de sentar un precedente.

»Hernández integraba un grupo informal y discreto de juristas autodenominado Jueces por la Democracia, convencido de que, sin un poder judicial fuerte e insobornable, nuestro recién inaugurado sistema político se volvería mera ficción. El asalto al Palacio de Justicia de Bogotá, en 1985, financiado por Pablo Escobar, les había causado una honda impresión y todos tenían conciencia de que, si el narco prosperaba en Guatemala, ese contrapeso esencial del sistema democrático que son las Cortes de Justicia se vendría pronto al suelo.

»La respuesta del entorno, sin embargo, no fue favorable. Hernández recibió toda clase de presiones políticas y diplomáticas. Aún así, no le tembló el pulso a la hora de dictar sentencia y condenó a Matthäus y a sus socios a veintidós años de prisión. ¿Qué le parece?

—Lo que le parecería a cualquiera, que Hernández era un juez con pantalones.

—El incidente no terminaría ahí. Afectados por la pérdida del negocio y la condena de los Matthäus, los carteles colombianos disponen intervenir y advierten a los carteles locales que la justicia no podía salirse con la suya. Y no era broma. Si lo sabrían ellos que llevaban años luchando contra el sistema judicial de su país. Conque, de común acuerdo, los capos locales y los colombianos trazan un plan conjunto para hacer un escarmiento. Y es aquí donde entra en escena el bufete de Cardona y Tobar. El primero, un abogado corrupto, capaz de hacer cualquier cosa para ganar un litigio, incluso decir la verdad. Y el segundo, un contador asiduo al fraude y afecto al crimen organizado. Las mafias locales les entregan importantes sumas de dinero a ambos para conseguir que se revisara el proceso y se anulara el fallo del juez Hernández contra los Matthäus. Y Cardona organiza la apelación a la sentencia dictada por Hernández a una Corte que inesperadamente preside… adivine, licenciado.

—La magistrada Albayeros.

—Brujo. Los narcos, Cardona y Tobar temen que se les eche a perder el plan de excarcelar a los Matthäus. Sabiendo que la magistrada Albayeros presidía la Corte, y conociendo su carácter y su prestigio, no se podía pensar otra cosa que el veredicto ratificaría la sentencia de Hernández. La magistrada era persona de temer y tanto la prensa como la opinión especializada asumieron sin más que los malos estaban perdidos.

Me miró con gesto canalla.

—Pero no fue así. La magistrada falló a favor de los tres detenidos y los puso en libertad. Pruebas insuficientes, vicios de procedimiento, veredicto desproporcionado, incumplimiento de los requisitos legales del proceso, fueron algunas frases del fallo absolutorio. Rosalía Albayeros aplicó a Matthäus y a sus socios medidas sustitutivas y una multa nominal, con el mandato de abandonar el país en el término de diez días. La magistrada había zanjado el asunto acudiendo al famoso veredicto escocés, o veredicto bastardo, expresión acuñada por *sir* Walter Scott, el de las novelas de caballeros y damas del medievo, y que usted de seguro conoce: «Delito no probado» era la frase, o bien, «te declaro culpable, pero no vuelvas a hacerlo», que es más lindo y moralizador. Y así se arregló el asunto.

La historia de Cruz me rompía el corazón por lo que significaba para la causa que yo me había impuesto y el ideal que me animaba. Tendría que verificar la, en apariencia, imperdonable conducta de doña Rosalía, desde luego, pero también pensé que Cruz no tenía motivo alguno para mentirme.

—El fallo desafiaba toda expectativa racional y toda lógica —prosiguió Cruz, golpeando sin compasión los blandos de mi conciencia—. ¿Cómo una persona de tanto prestigio en las Cortes y con pruebas tan contundentes pudo tomar una decisión así? Nadie supo dar respuesta a esta pregunta, pero la tormenta que está cayendo ahí fuera se queda corta con la que se desató. Y es en medio del escándalo que sucede lo impensable. Dos o tres días después del fallo, la señora Albayeros renuncia «por motivos de salud» a su cargo en la Corte de Apelaciones que presidía. Regresa a su bufete, a la práctica privada, y no vuelve a hablar del asunto con nadie. Supongo que esto sí lo sabía.

—Más o menos.

—A los legos en movidas judiciales, nos cuesta entender los trapicheos y las intrigas que ustedes, los abogados, se traen. Así vemos su oficio desde fuera. Se les busca y se les paga, no tanto por su saber como por sus astucias. Lo mismo que en la guerra y en la vida, en un juicio tiene razón el que gana. No es justo, pero es real. Y ustedes practican ese principio recurriendo a cuanto subterfugio tengan a mano para llevar agua a su molino. Pues bien, uno de esos trapicheos, que ustedes llaman «recursos», daría lugar —esta vez para bien, debo admitir— al inesperado giro que sufrió el caso Matthäus, casi de manera simultánea a la renuncia de la señora Albayeros.

—¿Un giro? ¿Qué clase de giro?

—Sorpresivamente, la policía detiene en el aeropuerto de La Aurora a Matthäus y sus secuaces cuando, ya libres de cargos, se disponían a abordar el avión que les llevaría a Bruselas. ¿El motivo? Una inesperada denuncia contra ellos por asociación ilícita con un tal Pascal Leroy. Y otra vez vuelta empezar, que es lo que les gusta a ustedes, prolongar los procesos.

»Ahora bien, ¿quién era Pascal Leroy? ¿Un ferretero, un cartógrafo, un vendedor de seguros? Ninguna de las tres cosas, como habría respondido Aristóteles. Leroy era sencillamente el cerebro de la «operación cocoa» y el enlace secreto de los carteles colombianos para enviar drogas a Europa, vía Guatemala. Allí donde hay un agujero, los narcos entran por él. Y Pascal Leroy era un agente con numerosos contactos en la Comunidad Europea que ni los colombianos ni los Matthäus podían desdeñar. Su fachada comercial era un manojo de negocios legales que iban desde una importadora de materiales eléctricos hasta una tienda de mascotas. Pero, ¿por qué le digo que la detención de Matthäus y sus socios fue un ardid de los muchos que ustedes practican?

—¿Quiere mi opinión o solo desea que confirme la suya?

—Lo que mejor guste.

—*Non bis idem*, es decir, nadie debe ser perseguido penalmente más de una vez por el mismo hecho, Artículo 17 del Código Procesal Penal. Si detuvieron en el aeropuerto a los Matthäus, debió de ser por otro delito.

—Me deja usted boquiabierto.

—No fue, pues, ningún ardid, sino una iniciativa legal de alguien.

—En un principio no se dieron a conocer los motivos de la detención de los Matthäus, pero el suceso hizo pensar que, en efecto, existían evidencias de otros delitos contra ellos a los que la magistrada no se había referido. ¿Y eso qué significaba? Que Rosalía Albayeros, teniendo pruebas de sobra para condenar a los tres delincuentes, los había absuelto, esto es, había dictado un fallo injusto (y nunca mejor dicho lo de fallo) con plena conciencia de la injusticia que cometía. Fin del primer acto del sainete.

No sabía adónde mirar. Cruz tenía cuatro ases en la mano y, según todos los signos de su rostro, estaba a punto de sacar un comodín.

—El segundo acto comienza con un *sotto voce*. Unos días más tarde, corre la especie de que la Fiscalía había pedido a la magistrada no airear todas las evidencias que tenía sobre la asociación ilícita entre los Matthäus y Pascal Leroy. El fiscal general no quería apresurar el arresto de Leroy, debido a una operación secreta que venía preparando con la DEA para conseguir la extradición de Augusto Orozco Donis, capo del cartel de Zacapa, y la de Víctor Manuel Molina Montoya, miembro del cartel de Medellín. De haberse exhibido todas las pruebas del caso, los abogados de los capos habrían sabido por dónde iban la Fiscalía y la DEA y el efecto sorpresa se habría frustrado.

»A saber si era verdad. Todo es turbio y retorcido en este tipo de cambalaches. ¿Quién entregó a un juez, por interpósita mano, cuatro días después del espurio veredicto, las pruebas que permitirían detener en el aeropuerto a los Matthäus por asociación ilícita con Pascal Leroy? Todavía hoy es un enigma, pero que hubo mano de mono, la hubo. Y al cabo, lo único cierto fue que la detención de Leroy y la extradición de los dos capos tuvo que adelantarse. Que los Matthäus estaban de nuevo en la jaula. Que otro juez tenía en su poder las pruebas para condenarlos, esta vez por un delito diferente. Que el bufete Cardona, Tobar & Asociados se había quedado con un palmo de narices, víctima de una taimada jugarreta judicial. Y que en medio de todo ese revuelo, la magistrada se atrincheraba en su despacho, sin decir una palabra y exenta de toda culpa. Fin del segundo acto del sainete.

Diez

Cruz apoyó los codos en las rodillas y colocó su rostro entre las palmas de sus manos.

—Se preguntará cómo he sabido todas estas cosas —dijo—. No las sabía. ¿Qué iba yo a saber, si nunca había prestado atención a la corrupción política, a la corrupción judicial y al narcotráfico, los tres factores claves que habrían de propiciar en la posguerra la situación que hoy vivimos? Para entender la vida hay que conocer su lado oscuro y yo era uno de esos individuos que se indignan con las fechorías de políticos, jueces y funcionarios corruptos, y se olvidan al día siguiente de ellas. No veía el mundo real, sino otro paralelo, ese que llaman metaverso ahora, un mundo virtual conformado por las Tres Gracias, los Siete Cielos, la Inmaculada Concepción, Peter Pan y el Epcot Center. Todo lo que sé de la «operación cocoa» me lo contó un buen hombre que vino a verme dos días después del hallazgo del esqueleto en mi jardín. Un individuo de edad avanzada, profesor de algo, no recuerdo qué, discreto en el vestir, cabellos grises y consumido por el sufrimiento. Esa es la palabra, consumido. Su hijo mayor había desaparecido veinte años atrás en trágicas circunstancias y, cada vez que tenía noticia de la aparición de unos restos humanos, acudía a averiguar si eran los de su primogénito.

—Desvariaba, el hombre.

—En absoluto —me atajó Cruz—. Su hijo era Carlos Iván Hernández, desaparecido unos días después de que Matthäus y sus socios fueran sentenciados por el joven juez a veintidós años de prisión. La última noticia que su padre tuvo de él fue que varios hombres lo introdujeron en un carro a punta de pistola cuando salía de una pupusería a dos cuadras del Ministerio de Finanzas y nadie lo volvió a ver. La tierra se lo tragó. Literalmente. El buen hombre sazonaba su relato con un oscuro tono de salmo, quizás lo había contado muchas veces, y solo en ocasiones sus ojos adquirían el brillo enfurecido de un águila disecada.

—¿Tiene hijos, señor Cruz? —me dijo el anciano en un momento de su confesión.

—Dos niñas —le respondí.

—¿Se puede imaginar cómo se sentiría si una mañana se disiparan así, como por arte de magia —dijo soplando suavemente la palma de su mano—, y no las volviera a ver ni supiera dónde están? Es como llegar al final del camino que emprendiste siendo joven y descubrir que más allá solo hay un yermo, la nada. Tu hijo ya no está y tú no sabes dónde buscarlo. Yo acostumbraba a creer que en esta vida no se mueve una hoja sin que Dios lo autorice y que todo mal tiene su castigo. El tiempo me ha persuadido de lo contrario. La justicia humana tiene poca lógica, señor Cruz. No hay más que observar sus desvíos y sus contradicciones. No la dejan ser eficaz. En Italia, el juez Falcone, asesinado por la mafia siciliana, se ha convertido en un símbolo. En Guatemala, nadie conoce el valor y el sacrificio de hombres y mujeres como mi hijo, habiendo muerto por la misma causa. Lo que dice mucho de por qué estamos como estamos. Ese conformismo, esa indiferencia, esa falta de energía para alzarse contra la degradación de un modelo de vida al que con tanta ilusión aspiramos alguna vez. Desde que desapareció mi hijo, no he conocido un día sin duelo ni una hora sin dolor. He muerto cada noche con él, sentado a la orilla de su cama, y he resucitado al día siguiente para reemprender la búsqueda en vano.

»Uno de esos días en que solía salir de mi casa arrastrando los pies, pero con la nunca perdida esperanza de encontrarlo, desperté invadido por una especie de vacío que me invitaba a no continuar con la búsqueda. Y no supe qué me ocurría hasta que caí en la cuenta de que todo había terminado, que mi esperanza había llegado a su límite, que nunca tendría resarcimiento ni justicia. Desde entonces me he resignado a asumir una tarea más simple: recuperar los restos de Carlos Iván. No hago otra cosa cada día y por eso he venido hoy con usted, para rogarle que me ayude.

Al anciano se le quebró la voz, bajó los párpados y escondió la mirada en el suelo. Estaba a punto de romperse. Pero pudo más la fuerza de su carácter que la rabia que pugnaba por escapar de su pecho. Sacó una gastada foto del bolsillo y me la mostró. Era la de un hombre joven, pulcro y atildado, que sonreía desde un escritorio con la bandera nacional atrás de él.

—Tenía treinta y cuatro años —dijo compungido—. Su vida fue como una de aquellas columnas rotas por la mitad que los romanos colocaban en los sepulcros de los niños y los jóvenes. Conozco bien el caso, he investigado a fondo a sus verdugos. El sórdido Mauro Tobar, socio del no menos sórdido Bernardo Cardona, había diseñado un ominoso plan para paliar el fracaso de su bufete, tras la nueva detención de los Matthäus. Tobar habló con los carteles locales y les dijo: solo hay una solución para que la policía y la justicia no destruyan su negocio. Si el juez Hernández, les dijo, quiso sentar un precedente contra el narco, ustedes deben hacer ahora un escarmiento parecido al del juez Falcone, en Sicilia. Aquí imitamos todo lo malo, ya sabe. Y así se hizo. Esos canallas le quitaron a Carlos Iván la oportunidad de vivir una vida bien vivida, que no es otra cosa que vivirla en su normal longitud y en su latitud más amada. Su esposa esperaba una niña que nunca conocería a su padre… y esta es la fecha…

El anciano se echó a llorar.

Ver cerca el final de la vida y comprobar que uno no puede dejar nada tras ella, ha de ser algo terrible. El cuerpo enflaquecido y convulso de un hombre con quien Dios no había tenido clemencia, y el Estado, tan sordo como un ladrillo, ninguna consideración, me movió a una profunda piedad, porque yo también empezaba a vivir una situación parecida.

—El ejecutivo de la Neuchâtel y sus socios —siguió diciendo el anciano, cuando al cabo se repuso— habían sido recluidos provisionalmente en la cárcel de Pavón mientras se preparaba el nuevo juicio por su asociación ilícita con Pascal Leroy, el cual comenzó tres meses después. Cada mañana, dos vehículos de la policía transportaban a los tres reos desde dicha penitenciaría hasta la Torre de Tribunales. Bajaban por el Bulevar Vista Hermosa a eso de las seis de la mañana, desplegando luces y haciendo sonar las sirenas, como si su interés fuese que todo el mundo se enterara de que llevaban consigo a los tres traficantes de heroína. El bulevar no es hoy como era entonces. Había más semáforos. De modo que, a pesar de las sirenas, cierto día, el tráfico mañanero forzó al vehículo de los reos y al otro con policías a detenerse en el cruce hacia la Universidad Rafael Landívar. Y fue allí donde un comando venido de Colombia llevó a cabo un asalto de libro. Mataron a los agentes de la PNC, sacaron a los reos del vehículo, se los llevaron Dios sabe dónde y esta es la hora en que la Interpol anda todavía tras ellos.

»Pero el mensaje caló hondo. El miedo y la prevaricación se abalanzaron sobre el sistema. La justicia se convirtió en un pantano de arenas movedizas y la Corte Suprema, en una obscena payasada. Y no crea que exagero. A un presidente de ese organismo, de quien usted quizá no haya oído hablar, un semanario lo sacó maquillado de payaso en la portada, donde decía: *¡Pasen señoras y señores, pasen y vean el mayor espectáculo del mundo! ¡Vean al presidente de la Corte Suprema malversar 201 millones! ¡Disfruten con este prestidigitador que, acto seguido, logra que la Contraloría de Cuentas le extienda un certificado de honradez! ¡Pásmense ante la incapacidad del fiscal general para presentar una acusación contra el supremo* *magistrado! ¡Diviértanse con la impotencia de la policía para detener al gran escapista! ¡Admiren al increíble saltimbanqui que, pese a todo, logra inscribirse como candidato a Presidente de la República! ¡Y ríanse a reventar con el más alto magistrado de la nación que se burla de jueces, abogados, fuerza pública y un inoperante sistema judicial!*

»El insigne magistrado fue acusado de malversación, apropiación indebida de bienes y caudales públicos y sustracción de documentos, pero después de un largo proceso fue exonerado de todos los cargos. Con esto más: en premio a su intachable trayectoria fue nombrado tiempo después embajador. La coyunda entre el sistema de justicia y el sistema político, todo aquello contra lo cual luchaba mi hijo, se había consumado. Y el hundimiento moral y profesional de las altas instancias de la justicia se empezó a manifestar desde entonces con parecida frecuencia a la de los derrumbes del libramiento de Chimaltenango.

—Hubiese querido dar esperanzas a aquel hombre, pero no soy ningún farsante. Tampoco le podía ayudar. La probabilidad de que los restos humanos aparecidos en mi jardín fueran los de su hijo era una en 45 mil. De manera que solo le dije que tan pronto tuviese alguna información de los forenses sobre los restos me comunicaría con él.

»Su historia me había conmovido, aunque lo cierto era, le reitero, que yo no tenía ningún interés en averiguar de quién era la dichosa osamenta. Únicamente pretendía que se la llevaran de allí cuanto antes y recuperar con ello mi casa, mi esposa, mis hijas, mi vida. Algo había cambiado en mí, sin embargo. El relato del anciano sobre la desaparición de su hijo me dio motivos para regresar a mi vida. Había encontrado una fuente de energía en el profundo sufrimiento de aquel hombre que me ayudaría a escapar de la oscuridad en la que había caído.

»Visto todo lo visto hasta aquí, licenciado, me digo si no se ha hecho alguna vez las preguntas que de modo implícito le vengo formulando. ¿Cómo una persona tan recta como la magistrada pudo contradecirse de manera tan burda? ¿Cómo, luego de sostener toda su vida unos postulados admirables y de actuar de acuerdo con ellos, de repente, un buen día, y sin dar ninguna explicación, los traiciona? ¿Y cómo era posible que ante una prevaricación tan tosca y chapucera nadie moviera un dedo para llevar a la magistrada a los tribunales de justicia? ¿No le parece raro que el sistema no la enjuiciara? ¿O es que el organismo judicial, del cual ella formaba parte, se coaligó para protegerla y garantizar la impunidad por el delito que había cometido, como una manera del propio sistema de protegerse a sí mismo?

Si he de ser sincero, todo el tiempo que estuve implicado en la pesquisa del crimen de la magistrada me resistí a dar respuesta a tales cuestiones por miedo a cambiar de opinión. Negar la evidencia era mi vía de escape. Necesitaba seguir creyendo que la magistrada Albayeros era inocente. No hubiera podido continuar de haber dudado de ella. Ningún abogado defensor que se precie concede jamás un punto, uno solo, al fiscal que le contradice, aunque para ello deba recurrir a las réplicas más peregrinas. El fallo de la magistrada a favor de los Matthäus era del todo inexplicable, pero yo necesitaba creer que el veredicto había tenido su origen en otras causas.

Cruz volvió, sin embargo, a la carga.

—Si no sabe cómo responder a mis preguntas, ¿podría entonces decirme los motivos que tuvo la señora Albayeros para abandonar la Corte de Apelaciones de manera tan intempestiva y sospechosa?

—Eso es del todo injusto.

—¿Qué otra cosa se puede pensar, sino que la magistrada había faltado a sus deberes judiciales al absolver a Matthäus y a sus socios?

—Esa conducta de la magistrada es del todo anómala y no se corresponde en absoluto con la personalidad de la mujer que yo conocí. No lo puedo entender.

—Vamos a ver, ¿qué es lo que no entiende? —preguntó en tono un tanto agresivo.

—Lo que le acabo de decir, por qué prevaricó la señora.

—Pero si es muy sencillo. No pudo mantenerse alejada de las cloacas del sistema y al cabo se precipitó en ellas como otros magistrados y jueces. Los narcos le aflojaron una buena plata para que absolviera a los Matthäus y ahí terminó todo.

—¿Lo dice en serio?

—¿Usted qué cree?

—Que eso es una calumnia. La magistrada era incapaz de cometer semejante aberración. Ha de haber habido un motivo más grave para que actuara así.

—Ese argumento no me convence, licenciado.

—Y yo le insisto que Rosalía Albayeros era una profesional en toda regla y una persona honrada, una mujer sujeto de admiración, pero también de envidia y de inquinas.

—Guau, licenciado, ni que ella hubiera sido su madre. ¿Cuánto tiempo la trató para conocerla tan bien? ¿Tres meses? ¿Seis?

—Trato de ser objetivo con ella.

—Muy bien, seamos objetivos. Transcurren unos pocos días entre el fallo absolutorio de los Matthäus y la renuncia de la doña. Algo debió suceder en ese intervalo, algo inusual, digo yo. Que una magistrada emita un veredicto tan contrario a lo que se esperaba de ella, renuncie acto seguido a su cargo y se quede más callada que esa pared, en lugar de defenderse, teniendo el carácter que ella tenía, resulta de lo más extraño. ¿Qué ocurrió en esas fechas? ¿No le contó nada a usted?

—Habían transcurrido veinte años desde el veredicto, y yo no tenía ni el interés ni la confianza con ella como para que me contara la historia de lo sucedido.

—¿Y qué me dice del asesinato del juez Hernández, una semana después de haber condenado a los Matthäus? ¿Nunca mostró la magistrada indicios de llevar esa carga sobre su conciencia?

—No veo por qué.

—Vamos, licenciado, no se haga el que no sabe. Hernández había sentenciado a los traficantes a veintidós años de cárcel. ¿Cómo negar que su desaparición, su ejecución en realidad, fue consecuencia directa del fallo de la señora Albayeros?

—Eso es circunstancial.

—Parece no darse cuenta de que los narcos enviaban con ese crimen un doble mensaje al sistema de justicia: podemos comprar a quien sea, incluso a los magistrados más respetables, uno. Y dos, al juez que se ponga gallito le rebanamos la cresta.

—Ese es un comentario ofensivo.

—No es un comentario, es un hecho.

—¿Qué tal si yo le dijera que ese hecho… déjeme terminar… por favor… qué tal si le dijera que ese hecho es un maldito infundio?

—¿Y qué tal si nos calmamos un poco?

Si los peces hablaran dirían que su vida es feliz porque solo abren la boca para respirar. Y si alguna vez he traicionado a conciencia la virtud de saber escuchar, fue aquella tarde de lluvia en la oficina de Alejandro Cruz. Sin pensarlo, había tocado una tecla que sonaba lo mismo que un cencerro en un concierto de Mozart.

Es un tópico decir que toda mujer es en sí misma un misterio. Un tópico y una bobería, claro, pues lo mismo ocurre a la hora de examinar el misterio que se oculta tras un hombre. Ahora bien, el torbellino que en su día despertó el fallo de la señora Albayeros, y su tenaz y acerado silencio tras renunciar a la Corte de Apelaciones, daban pábulo al tópico de su incomprensible fallo. La imagen de doña Rosalía había adquirido el aspecto dual, y a la vez ambiguo, que los teólogos asignaron en su día a Eva: unas veces como madre de todos los hombres y otras como la causante de todos los males de la Tierra. Y creo que fue eso lo que me molestó. La emoción pudo conmigo. Mas cuando me pasé de tono y Cruz me llamó la atención, hube de reconocer que yo no había ido a su oficina para dar explicaciones ni pedir perdón por la conducta de Rosalía Albayeros, sino para averiguar un misterio que hasta ese día no había sabido ni podido desvelar.

—Le ruego me disculpe —dije en voz baja—. No fue mi intención molestarlo.

Cruz aceptó la excusa con deferencia, aunque sin decir palabra, en un gesto que revelaba no estar ofendido. Pero tuve la impresión de que la sinergia que parecía haber nacido entre ambos se había evaporado como el agua de la piel cuando uno sale del mar.

Once

Al tiempo que hoy reescribo aquellos recuerdos, compruebo que, si yo me encontraba esos días en estado de negación, a Cruz le azuzaban los prejuicios contra la magistrada Albayeros. Un apellido, por cierto, no tan vulgar como él había insinuado al referirse a él. Originario de Zacapa, donde existe un lugar, creo, o una aldea con ese nombre, Albayeros era probablemente una transmutación ortográfica de alvarellos, esos tarros de cerámica ligeramente estrechados por la cintura que las farmacias utilizaban en el pasado para guardar bálsamos, elixires, hierbas aromáticas y plantas curativas.

La magistrada encarnaba con toda propiedad un tarro de parecida belleza. Había tenido dos hijos, pero conservaba un cuerpo que no se correspondía con su edad. Algún colega la apodó «mi bella genio», como aquella vieja serie de televisión. Y es que Rosalía Albayeros era portadora de esa rara combinación de encanto e inteligencia que pocas veces la naturaleza y la genética otorgan a los mortales. ¿O no es verdad que la belleza es escasa y más aún lo es el talento? Pero si no era una mujer sensual —yo al menos no la percibí nunca así— era en cambio sensorial y sensible. Tenía debilidad por la *tagliata* italiana, aderezada con aceite de oliva, anacates y brotes tiernos de chipilín, aunque nunca terminaba el plato. Cultivaba con delicadeza orquídeas y escuchaba música *country* en el carro, rareza donde las haya, pues ¿quién podría imaginar que una magistrada manejara su carro hasta la Torre de Tribunales tarareando canciones de Johnny Cash y Dolly Parton? Tenía dos escritores preferidos, John Grisham y Carlos Fuentes (adoraba la novela *Gringo viejo*) y poseía una colección tal de pañuelos de seda para el cuello que nunca le vi llevar repetido uno solo. ¿Era posible que, detrás de aquella fachada de seriedad y rigor, hubiese una contradicción tan burda como para haber exonerado de su delito a Matthäus y sus secuaces?

Sentí que debía dar una respuesta a Cruz y decidí hacerlo con la mayor humildad posible. Seguiría el mismo camino que él había utilizado para descalificar a la magistrada, quiero decir, desviando la conversación hacia un asunto que no tenía nada que ver con lo que estábamos hablando. Y con esa disposición de ánimo procedí a confrontar su opinión.

—Mi tío abuelo materno —le dije—, quien además de abogado y hombre culto era un tallo verde de mucho cuidado, solía decir con sorna que la justicia era como una modelo de la revista *Playboy*, deseable y seductora, pero inaccesible por la mayoría de los mortales. También le gustaba la mitología clásica. Tenía una exuberante biblioteca donde, en uno de sus anaqueles, se alineaba una veintena de libros dedicados al mundo de los dioses, los héroes, los símbolos y las alegorías. Entre aquellos magníficos volúmenes había uno que no era un libro, sino un estuche de cartulina atado con una cinta carmesí, en cuyo interior alojaba una colección de láminas a carboncillo con los dioses mayores del panteón griego: el iracundo Zeus, el siniestro Hades, el desaliñado Hefestos.

»De aquella colección de dibujos, recuerdo uno que me causaba un efecto casi hipnótico. Era una figura femenina, vestida con una túnica hasta los pies, con el rostro casi tapado por un velo negro y empuñando una espada que apuntaba a sus pies. La imagen ejercía sobre mí un azoramiento indecible, semejante al que me habían provocado alguna vez las imágenes de Judit, Medea, Dalila, la Medusa, Lamia, la vampira griega, y Turandot, la doncella de hielo. Los mitos y el arte han alimentado por milenios el temor, o acaso el terror, de los hombres a la figura de una mujer esgrimiendo un arma, fuese un vaso de cicuta, una guadaña, una antorcha, una lanza, sus encantos o su inteligencia. Y si no de una mujer, lo era de una peligrosa criatura de espíritu femenino, pero de aspecto terrible, como la Esfinge de Tebas, espanto temible con cabeza de mujer y cuerpo de león que devoraba a los que no eran capaces de descifrar sus acertijos. Solo Edipo logró dar respuesta al que le había tocado y, loca de rabia, la esfinge se quitó la vida.

»Ah, el poder de los significados ocultos. El dibujo de la biblioteca que tanto me llegó a turbar era un misterio, quizá la interpretación artística de una diosa que estaba muy lejos de ser esa otra con que se idealiza la justicia. Pero tanto en el donaire de su pose como en su severa prestancia me recordaba a la señora Albayeros o, lo que es lo mismo, la de la justicia en su más prístina pureza: íntegra, insobornable y hermosa. La magistrada tenía el cabello oscuro y una mirada punzante que, al combinarse con sus labios finos y tersos, provocaba un inconsciente temor, ese que, se supone, los hombres han de tener a la justicia. No se permitía mostrar sus sentimientos y emociones, pero era una mujer tenaz, dueña de un criterio inquebrantable. Chocaba constantemente con la arbitrariedad, los intereses o la dejadez de quienes manejaban el sistema. Nada de eso iba con ella. ¿Cómo entonces creer o pensar que hubiese prevaricado de forma tan grosera o que hubiese aceptado un trato para que el propio sistema no la juzgara por su delito? ¿No es para plantearse, señor Cruz, que al veredicto que usted condena por espurio habría que concederle, como mínimo, el beneficio de la duda?

Doce

—No puedo quitarme de la cabeza la idea de que usted sentía por la magistrada algo que iba más allá de la admiración y el respeto —dijo Cruz con alguna sorna cuando terminé de hablar.

—Pero no es lo que usted piensa —le dije—. La veía como un espejo en el que mirarme, como la viva estampa del abogado ideal que yo aspiraba a ser.

—¿Nunca le atrajo entregarse «en brazos de la mujer madura», como dice un libro que leí años atrás? Tiene planta para eso.

¿Era un chiste? Lo propio de la gente joven es sentirse atraída por la sabiduría o la seguridad o la serenidad que proyectan las personas mayores, pero una cosa es la admiración y otra el enamoramiento.

—Ese no fue nunca el caso con la magistrada. Rosalía Albayeros tenía más de sesenta años cuando entré a trabajar en su bufete y aunque a esa edad algunos hombres y mujeres buscan en la juventud placer y compañía, me dio siempre la sensación de que el sexo no era para ella importante. Poseía además el extraño poder de crear en los hombres emociones contrapuestas. Despertaba una atracción irresistible en unos e inspiraba odios jarochos en otros. Se acicalaba, se perfumaba, vestía con elegancia, atraía las miradas masculinas, pero levantaba ante los hombres un muro invisible difícil de traspasar. Siempre que algún tipo con pretensiones de tenorio se le acercaba más de lo que la etiqueta permitía, daba un ostensible paso atrás, gesto con el que indicaba claramente que nadie podía traspasar el cerco que había marcado en torno a ella.

—Pero estaba casada, ¿no?

—Yo la conocí divorciada.

—Entonces era una coqueta.

—Eso es otra calumnia, y disculpe —por poco vuelvo a meter la pata—. Una coqueta no quiere compromisos. Engaña o se deja engañar, según le convenga. Y Rosalía Albayeros no era así. ¿Qué quiere usted que hiciera, esconderse? No era ella quien buscaba a los hombres, sino al revés. Pero como tantas otras mujeres parecidas a ella era una presa apetecible para los depredadores.

Los años me harían comprender mejor lo que en aquel momento solo eran intuiciones mías acerca del carácter de la magistrada. Y lo terminaría de entender cuando repasé un librito que había sido de obligada lectura en el curso de Introducción a la Filosofía. Su autor era Federico Nietzsche, y su título, *El origen de la tragedia*. El pensador alemán se refería a la tragedia griega, pero, al releer de nuevo el texto, me di cuenta de que en sus páginas se hallaba la explicación de una personalidad tan prusiana como la de la magistrada Albayeros. La tragedia en Grecia, decía Nietzsche, se había originado de la tensión entre principios contradictorios tales como instinto y razón, luz y oscuridad, orden y caos, sobriedad y embriaguez, y, sobre todo, alegría y tristeza, las dos máscaras que tradicionalmente simbolizan el arte escénico. El espíritu de Rosalía Albayeros, como yo lo percibía, rara vez se dejaba llevar por el impulso dionisíaco de la existencia. Siempre parecía dominar en ella el más tedioso y árido de la recta razón, el buen juicio, el orden. No se daba permiso para celebrar la vida, un impulso que permaneció enjaulado y reprimido en ella hasta el funesto día en que, libre de su encierro, le fue imposible controlar.

—Era, pues, un palo seco.

Y dale con el prejuicio.

—Yo no la describiría así. Rosalía Albayeros era un genio de la jurisprudencia, pero un genio triste, como Hypatia,

Frida Kahlo o *madame* Curie, mujeres geniales cuya vida no fue precisamente un lecho de rosas. La formación que tuvo en su infancia marcó sin duda su personalidad.

—No me diga que la culpa la tuvieron sus padres.

—Si no quiere que lo diga, no lo diré, aunque tampoco podría asegurarlo.

—Es un cliché que detesto. Los sicólogos se meten siempre con nosotros, los padres. No importa cuánto se esfuerce uno en hacer bien las cosas con los hijos, siempre hay alguna pega. Que si el padre esto, que si la madre aquello.

—No soy experto en la materia, así que me limitaré a darle una información que viene de dos amigas de la magistrada. Niña única entre cuatro hermanos, ¿cómo no suponer que estuviese destinada a ser la consentida de su papá? Pues no, no lo fue. La pequeña Rosalía fue siempre un varón más entre sus tres hermanos. Su padre detectó pronto el talento de la niña y dispuso explotarlo sin consultarle si lo que aspiraba en la vida era ser un genio o sencillamente ser feliz. El hombre tenía otro motivo para obrar de ese modo, por otra parte comprensible: la violencia que prevalecía en los años de la guerra, que fueron en los que ella creció. Pensaba que la mejor forma de proteger a su hija era enseñándola a defenderse y, a tal efecto, la sometió a una severa disciplina. Sus actividades eran en buena parte varoniles, montar a caballo, practicar la esgrima, las artes marciales, el uso de armas de fuego. Nunca dejó de ser mujer, según me han dicho sus amigas, pero la suya era una feminidad diferente. Consistía en batir al hombre en su propio terreno, una compulsión que había adquirido, supongo, de la educación que le había dado su padre. Si se fija, una formación así es la seña más común del patriarcado: nadie puede ser más inteligente que el patriarca, nadie puede estar por encima de él, pero todos deben parecerse a él por ser el tótem de la familia, el emblema protector de la tribu.

—Se casó joven.

—Tenía veintiún años cuando contrajo matrimonio con un tipo a quien apodaban *Mr. Clean*, propietario de una distribuidora de productos de limpieza: cepillos, jabones, desinfectantes, hipoclorito, quitamanchas, abrillantadores para pisos. Cómo Rosalía Albayeros fue a casarse con un hombre así es difícil de explicar. Ya me dirá usted qué tienen que ver los códigos y las hondas cuestiones jurídicas con el precio de la lejía. Un amigo mío de izquierdas atribuye tan extraño matrimonio a que ambos encarnaban a la perfección las dos virtudes más apreciadas de la burguesía: la limpieza y el orden. Pero premisas así no son suficientes para consolidar la vida de una pareja que practicaba profesiones tan distintas. Por eso y por la disparidad de sus respectivas personalidades, coincidían con dificultad en cenas y actos sociales, ya que cada quien tenía su agenda. Eso cuando él estaba en el país, pues viajaba una semana sí y otra no a El Salvador y Honduras. Un matrimonio, en fin, que nunca llegó a cuajar, pero que acaso por comodidad o conveniencia tampoco tenía motivos para desintegrarse. Así vivieron al menos diecisiete años de su vida, ella con su sentido del orden y él con el de la limpieza.

—¿Cree que se divertían en la cama?

—Es una pregunta muy íntima, pero las amigas de la magistrada me aseguran que la relación entre la pareja era de ese tipo conocido por el nombre de amor cortés, un amor circunstancial, higiénico, del tipo *wham, bam, thank you ma'am*, como dicen los gringos.

—¿Y los hijos?

—Su educación fue desequilibrada pues, mientras la magistrada le procuraba al varón toda suerte de libertades y estímulos, la niña era objeto de restricciones, prohibiciones y tabúes.

—Lo que quiere decirme es que Rosalía Albayeros no era una mujer feliz, aunque eso no la exonere de la traición que cometió contra los principios jurídicos que sustentaba.

Me habría gustado darle la respuesta que su sarcasmo merecía, pero también entendí que los cambios de opinión operan como los de la naturaleza: no son instantáneos, sino largos procesos, a menudo tediosos, como la curación de una herida o la restauración de un bosque deforestado. Y queriendo terminar la fiesta en paz, dispuse argüir en otra dirección.

—¿Sabía usted que el hijo de la magistrada era homosexual? —le dije.

—No —respondió Cruz plisando los labios, como si dijera eso ni me va ni me viene.

—Pero sí conoció a Carlota Sánchez, la secretaria de la magistrada.

—De manera superficial, para hacer alguna cita o recibir algún mensaje.

—Carlota era confidente de doña Rosalía y fue ella quien me contó en detalle la historia del muchacho. Imagine lo que supone para una familia con valores tan tradicionales tener un hijo de la acera de enfrente, siendo ella una mujer tan conservadora. Con todo, la magistrada amaba a Luis Roberto, pues ese era su nombre. Creía que la inclinación sexual del muchacho era su culpa por haberle permitido demasiadas libertades demasiado pronto. Y puesto que el padre no se ocupaba de él, dadas sus preferencias por su hija Kore, debía ser la magistrada quien lo hiciese.

»Pero no es la madre, sino el padre, quien transmite el carácter y la varonía. Y el padre no puso atención en su hijo. El muchacho se volvió un disoluto. No daba importancia a los estudios, pensaba únicamente en divertirse y entraba y salía de casa a la hora que le venía en gana. Nada raro en una familia que dejaba de ser funcional a ojos vistas. Un día, el muchacho salió de la capital con un grupo de amigos para pasar el fin de semana en una casa cercana a Santiago Atitlán. Según se supo después, festejaron el sábado hasta muy tarde, y pasada la medianoche el patojo dueño de la casa sugirió cruzar el lago en lancha y terminar la fiesta en Panajachel. A mitad de camino, empero, se desató un furibundo *xocomil*, ese viento impredecible cuya turbulencia levanta oleajes tan peligrosos como los del Atlántico o el Pacífico. La lancha comenzó a elevarse y caer y a dar fortísimos golpes contra el agua. Uno de ellos sacó a Luis Roberto de la embarcación con tan mala fortuna que, al precipitarse al agua, la hélice lo decapitó. Carlota me contaba que a sus amigos les fue difícil describir con palabras el horror que vivieron durante horas, soportando el viento y el oleaje que batían sin clemencia el lago. Y cuando al fin el tiempo amainó, encontraron el cuerpo decapitado del muchacho, no así su cabeza, la cual nunca fue hallada, ni esa noche ni al siguiente día. Simplemente desapareció.

»No quisiera cargar demasiado las tintas, pero cuando vio los restos del joven, que eran solo un torso sin cabeza, Rosalía Albayeros se derrumbó. Y con ella una familia que, si ya no funcionaba bien, a partir de esa trágica circunstancia se rompió en pedazos. La magistrada había somatizado la culpa y era una persona irreconocible, una autómata. Trabajaba en la Corte por el día y cuando regresaba a su casa se encerraba en su habitación y lloraba en soledad durante horas. Dos meses más tarde, descubrió que *Mr. Clean* tenía una amante. De ahí nació la leyenda de que lo había sacado de la casa pistola en mano. Carlota, su secretaria, no lo puede asegurar, pero tampoco lo niega. De resultas de todo ello, la pareja se divorció y Rosalía Albayeros y su hija Kore vivieron solas desde entonces, aunque en estado de excepción, pues no se podían entender.

»Cada ser humano lleva dentro de sí un reo y un juez, decía el filósofo. Somos seres que nos pasamos la vida juzgando a los demás, señalando culpables o cargando culpas, sin llegar al fondo de los motivos y los hechos que les cambiaron la vida. No pretendo con ello absolver a la magistrada, pero sí hacerle ver a usted que cuando nos erigimos en jueces de los demás, sin tener a la vista o a la mano todos los elementos de su historia, cometemos la más lamentable de las injusticias.

Trece

Recuerdo con nitidez aquel momento de la conversación. Me veo, nos veo a ambos, como dos personas al borde del escalofrío. Y todavía hoy tengo la sospecha de que esta parte de la historia de la magistrada le afectó a Cruz más de lo que pudo haber sospechado.

Esperé una señal, algún indicio de que el relato hubiese alterado su punto de vista, pero nunca llegó a producirse. Un profundo silencio se había alzado entre nosotros. Y supuse que ni él ni yo estábamos muy orgullosos de la postura que hasta ese momento había sostenido cada uno sobre la personalidad de Rosalía Albayeros. Dudas razonables asomaban en el respectivo retrato que habíamos dibujado de ella y ante nosotros emergía un personaje, si no radicalmente diferente, sí atenuado por el contraste de nuestras respectivas opiniones.

La lección había sido valiosa, sin embargo. En especial para mí. Me hizo ver que la profesión en la que daba mis primeros pasos podía ser después de todo accesible y que podía argüir con emoción y fundamento. En cuanto a Cruz, quise creer que tal vez había llegado a la conclusión de que no todos los abogados somos demonios vestidos de toga.

—Me parece que nos hemos desviado del asunto —dije para romper el *impasse*.

Cruz asintió en silencio.

—Se había quedado en la visita de los dos tipos que le llegaron a intimidar —le dije, para refrescar el momento—. ¿Qué sucedió después?

—Me cuesta recordarlo sin sentir un agujero en el estómago. Mi nombre y el de mi padre se reproducían en las redes sociales con adjetivos vergonzosos. Pero la difamación no provenía de voces anónimas como uno podría suponer, sino de «una fuente del departamento de Investigación Criminal de la Policía».

—No lo puedo creer.

—Era la jugada que sin yo saberlo me habían tendido Tobar y Cardona, aprovechando que mi padre había sido militar. Recibes un apellido y tienes que vivir con su legado. Y el mío era bastante dudoso.

Alzó los ojos al cielo falso de la oficina, como si en sus pequeñas planchas de duropor estuviese escrito lo que se proponía decir.

—Somos hechura de quienes nos precedieron en la vida —prosiguió—. Ellos son nuestro enlace con el pasado y mi padre era ese pasado. Siempre me llevé bien con él, pero rara vez me interesé en sus asuntos, sus historias sobre la guerra o su participación en ella. Los hijos de aquella generación vivimos los efectos de un funesto alzhéimer que explica muchas cosas, como podría ser el que no podemos cambiar porque no queremos entender lo que nuestros padres vivieron. Yo era una confección de mi padre, cierto. Le quería, le obedecía, le respetaba, pero su pasado no me interesaba en absoluto. Mi vida no tenía nada que ver con la suya. Los años me han disuadido, no obstante, de que el pasado está siempre presente en nuestras vidas, que lo marca con su impronta y que en cualquier momento puede regresar. Así llegué a entender, aunque solo en parte, lo que me estaba sucediendo. Pero eso no significaba que tuviese que aceptar la situación que vivía. Allí había gato encerrado. ¿Quién o quiénes estaban moviendo los hilos de una perversa trama contra mí?

»Empujado por una creciente inquietud, decidí hablar con Aldo Zeledón, el forense. Su trabajo en el jardín caminaba con la choya de una vaca lechera. Los asistentes tomaban una palada del terral, la volcaban sobre un cedazo y lo zarandeaban con desesperante parsimonia para al cabo encontrar siempre lo mismo: nada, ni una astilla, ni un pelo, ni un clavo. Y solo Dios sabía cuándo irían a terminar. La orden de allanamiento de mi casa era tan amplia que solo faltaba que averiguaran si, además del esqueleto enterrado en el jardín, no habría otros escondidos en el baño de visitas.

—¿Puedo hacerle una pregunta indiscreta? —le dije a Zeledón.

—Las preguntas pueden ser ofensivas, vergonzosas, descaradas, pero no indiscretas. Solo las respuestas lo son. Oscar Wilde *dixit* —me contestó muy puesto en punto.

Temí que me fuera a dar otra cátedra de ontología.

—Ustedes tienen contactos diarios con la gente de Investigación Criminal, ¿cierto? —le dije.

—Cierto.

—Muy bien, pues esta es mi pregunta. ¿Había visto alguna vez a los dos investigadores que acaban de irse?

—No, nunca. Y dudo que alguno de ellos sea miembro de la SGIC.

—¿Qué me dice?

—En situaciones como esta, los investigadores de la Criminal llevan siempre chalecos negros con siglas amarillas, parecidos a los que usa el FBI en las películas. Y esos dos que salieron de su casa vestían de civil. De todos modos, déjeme confirmar —resolvió Zeledón.

Sacó el celular, marcó un número y habló con alguien. En medio de la plática se volvió hacia mí.

—¿Sabe cómo se llamaban esos tipos?

—Obdulio Gamboa, uno. El otro se apellidaba Santos.

Lo consultó.

—No hay ningún detective con esos nombres o apellidos en la Subdirección de Investigación Criminal —concluyó Zeledón, metiéndose el celular en el bolsillo de la camisa.

Catorce

La señora que aseaba las oficinas de Cruz dijo con permiso y entró con una charola en tonos granates y amarillos sobre la que se alzaban una bolsa de papel y dos vasos de cartón con tapadera. Depositó todo en la mesa de cristal y Cruz extrajo de la bolsa lo que parecían dos hamburguesas, varios paquetitos de kétchup y mostaza y un mazo de servilletas de papel.

—Sírvase, por favor —me dijo.

Desenvolví la tibia y olorosa hamburguesa y, cuando ya me disponía a lanzarle el primer mordisco, recordé algo que podría levantar el ánimo de Cruz. Y sin hacer anuncio ni advertencia, busqué un registro en la grabadora del celular y le subí el volumen.

Declaración de Mauro Tobar
Fragmento
Registro digital n.º 179, vol. 7

< Fue un error. Enviamos a dos imbéciles que pusieron a Cruz como cien mil jicaques en lugar de disuadirle de que no siguiera adelante con sus pretensiones de averiguar la identidad del esqueleto. Y claro, no funcionó. Así es la vida, no siempre se acierta. Habíamos supuesto que Cruz se acobardaría, pero el tipo estaba hecho de una pasta diferente a la que nosotros pensábamos, incluso distinta a la que él mismo creía, me parece a mí. Se puso gallito y eso nos obligó a utilizar con él métodos más

disuasivos. Cruz era muy testarudo y nosotros no fuimos capaces de entender que, todo lo que hacíamos para detener sus iniciativas, solo contribuiría a que hurgara con más ahínco en el crimen. Lo que le quiero decir es que, además de inteligente, el tipo era un gran cabrón. >

Detuve la grabadora y alcé la vista hacia Cruz.

—El registro que acaba de escuchar es un fragmento de una de las conversaciones que mantuve con Tobar, cuando ya era testigo protegido—le dije—. Sin embargo, al preguntarle a qué métodos disuasivos se refería, me contestó con sequedad: «Eso pregúnteselo a él». Se refería a usted, por supuesto. ¿Sucedió algún incidente más en contra suya, aparte de la amenaza telefónica?

No había tocado la hamburguesa, ni por lo visto tenía intención de hacerlo, pero antes de responder tomó uno de los vasos de cartón y dio un sorbo al refresco de cola.

—Por supuesto que lo hubo —dijo chasqueando la lengua—. Y mucho peor de lo que Tobar admite en la grabación. Cuando hago memoria de aquellos días, en los cuales no tenía noción de por dónde me venían los balazos, solo diré que, lo que en principio parecía una simple intimidación de dos fulanos que se hicieron pasar por detectives, se convirtió en un linchamiento público de mi persona. La difamación es barata, se vende en la calle a precio de me la llevo. Lo grave es que la persona calumniada no tiene defensa posible. Una vez que se echa a volar el infundio, cuesta Dios y ayuda quitárselo de encima, si es que algún día llega uno a librarse de él. Y el Código Penal podrá decir lo que quiera, pero el castigo de la difamación es infinitamente menor al daño que causa, ya que puede durar toda la vida.

—¿Denunció usted la amenaza a la Fiscalía o a la PNC?

—¿Qué iba yo a denunciar? No tenía la más mínima idea de quiénes eran los tipos que habían venido a mi casa ni quiénes estaban detrás de ellos. Hubiera sido como pedir la detención de dos fantasmas.

Hizo una pausa que me pareció no tener fin.

—¿Conoce usted de vinos, licenciado?

La pregunta había sido cortés, sin matices ni intención aparente, pero mi primera reacción fue de sorpresa. Ya me iba acostumbrando a sus maniobras de distracción, a las cuales recurría lo mismo que el prestidigitador que hace el truco con una mano mientras emboba al público con la otra.

—El vino es una bebida que no me desagrada —le dije—, pero, para serle franco, pedirme que distinga un vino de otro es como pedirme que explique la diferencia que hay entre el agua Salutaris y el agua Salvavidas.

Era una verdad como un armario. No sabía distinguir el vino joven del añejo ni el Ribera del de Napa. En aquellos mis años de aprendiz de brujo, el vino era una bebida demasiado cara para el reducido efecto que surtía. Tampoco alcanzaba a entender que los exquisitos le endosaran al vino adjetivos de la Geometría y la Física, como redondo, largo, corto, estructurado. O atributos del mundo de la moda, como elegante, aterciopelado, brillante, sedoso. O que, siguiendo la liturgia establecida por algún pedante, tuviera uno que llevarse a la nariz el corcho de la botella para aspirar su apestoso olor, como a madera podrida, y tener que dar una opinión sobre los maravillosos matices de la fetidez. Los años han cambiado mi modo de pensar respecto a tan espléndida bebida, pero aquella tarde fui todo lo sincero que se puede ser, pues de vino no entendía ni papa.

—Yo tampoco sé mucho de caldos, le advierto —dijo él con gesto ambiguo—, pero Giordano Burgos, mi socio, es un buen catador. Y un buen amigo. La mañana siguiente al hallazgo de la osamenta, cuando los dos extorsionistas se acababan de ir, me llamó por teléfono. Tenés que salir de casa, me dijo, si no te van a asfixiar. Dejá que otros se ocupen del asunto. Para mientras, quiero proponerte algo. Está por aquí el agente de una de las mayores empresas exportadoras de vinos de Australia y quiero que lo conozcás. Es un proveedor importante. ¿Qué te parece si cenamos esta noche los tres?

Me encontraba en el jardín cuando recibí la llamada y tenía la mirada puesta en Zeledón y sus asistentes escarbando la zanja, así como en dos policías que observaban la operación con expresión de tedio. Pensé que salir esa noche sería una buena idea, pero que personas ajenas a mí se ocuparan de mis problemas, ese era otro cantar. Era yo quien debía resolverlos. Y fue en medio de estas cavilaciones que se me vino una ocurrencia.

—Dígame, Zeledón, ¿piensan analizar el ADN del muerto? —le pregunté de buen modo.

—¿Por qué habríamos de hacerlo?

—Para investigar su identidad, imagino.

—Lo haría si pudiéramos comparar su ADN con el de alguna otra persona, pero, ¿qué sentido tiene hacer la prueba mientras nadie reclame los restos? ¿Con quién vamos a cotejar el resultado? ¿Conoce la historia del caminante que llegó frente a un río muy crecido y dispuso sentarse en la orilla a esperar que pasara toda el agua? Pues hacer el test de ADN a estos restos sería una pérdida de tiempo parecida. Además de un gasto inútil. Es preciso ahorrar con prudencia lo que se obtiene con diligencia —moralizó alzando un dedo.

Los dos policías sonrieron como si dijeran a quién se le ocurre preguntar esas babosadas.

—Tampoco es tan caro hacer el test —repliqué.

—¿Ah, no? —se envalentonó Zeledón.

—Unos mil quinientos quetzales.

Me miró sorprendido.

—¿Cómo lo sabe?

—Porque conozco el negocio. Suministro a dos laboratorios los test-kits de pruebas de paternidad. Y también les suelo vender los analizadores genéticos por electroforesis capilar.

—Ah, la gran. Me deja usted es-tu-pe-fac-to. ¿Y por qué tanto interés en averiguar quién era el muerto?

—Me gustaría saberlo, ¿a usted no?

—Ya le dije, nosotros no somos detectives. Podemos determinar la edad, el sexo, la estatura, incluso la fecha de la muerte de este infeliz, pero eso es todo.

—No fue eso lo que me dijo ayer.

—Si tuviéramos que vivir del ayer, todos nos moriríamos de hambre. Solo el aquí y el ahora cuentan.

Tuve dudas en ese momento de si el tipo era un metafísico o un caradura.

—Dígame la verdad. ¿Quiere decir que no hay interés en averiguar de quién son los restos de este individuo?

—Ah, la verdad, la verdad —exclamó con la mímica de un soñador—. Tengo una teoría: la verdad depende de quién decide qué es la verdad. ¿Qué le parece? ¿No? Entonces recurriré a san Agustín. Si nadie me pregunta qué es la verdad, escribió el santo, puedo decir que sé lo que es, pero si trato de explicarla, no lo sé.

Moví la cabeza en un gesto de fatiga y al parecer fue el mejor argumento para que dejara de divagar.

—Se lo dije ayer y se lo repito hoy —dijo acelerando su discurso—. Hay más de 45 mil desaparecidos y tenemos un presupuesto limitado. De modo que, a no ser que algún familiar del occiso reclame los restos, no es mucho lo que podemos hacer. Es la policía la que debe encargarse del asunto —dijo, mirando a los dos agentes que escuchaban la conversación—. Hasta donde puedo decirle, ellos han abierto un expediente que se cerrará en pocos días. Nosotros nos llevaremos los huesos, los meteremos en una caja y los mandaremos a enterrar con dos equis en su nicho.

—Entiendo.

—Me alegra saber que es usted una persona inteligente.

—Entiendo lo que me dice, se lo aseguro, pero hay algo aquí que no encaja y lo voy a averiguar. Por Dios que lo voy a hacer.

Me arrepentí al instante de haberme expresado así, pero tampoco estaba dispuesto a aceptar que las cosas quedaran como estaban o como ellos las querían dejar. Si los forenses no hacían el test de ADN, entonces lo haría yo. Giordano me había hablado de una oenegé que se dedicaba a buscar e identificar desaparecidos. Seguramente tenían registros de nombres y fechas. Y de golpe me vino la inspiración, una clarividencia genial y perdón por la inmodestia. Y este fue el maravilloso silogismo que armé en lo que se reza un avemaría.

»Fíjese bien, licenciado. Si Zeledón conseguía determinar el año de la muerte del individuo enterrado en mi jardín, la búsqueda se reduciría a un número manejable de personas. En ese caso, podría obtener de la Policía Nacional Civil o del Ministerio de Gobernación la lista de denuncias de desaparecidos de ese año y, con ese dato, trataría de localizar a las familias que hubiesen denunciado la desaparición de algún ser querido durante los doce meses del año en cuestión. El resto sería más fácil: solo había que comparar el ADN de esas familias, padres o hermanos, con el de la osamenta del jardín, y listo. ¿Qué le parece? ¿No era una perspicacia digna de un lince? Me sentí como ha de sentirse un cohete en el momento que le prenden la mecha. ¿Quién dijo que resolver un crimen era difícil cuando a mí, sin saber nada de estas cosas, se me había ocurrido la solución en un dos por tres?

—¿No se le ocurrió pensar —le dije a Cruz— que si acudía a la Fiscalía o la PNC le iría mejor que si trataba de resolver el problema por su cuenta?

—¿Habría entregado usted su confianza a un sistema de justicia como el que tenemos?

Preferí no responder.

—En una situación como la mía —insistió—, ¿habría esperado a ver pasar toda el agua del río? Ante la necesidad, lo lícito se vuelve ilícito. ¿No es eso lo que decía santo Tomás?

Había algo de razón en su alegato, la del hombre agraviado que no está dispuesto a que, por incuria del sistema, la injusticia pasara por encima de él. Pero solo entendí el motivo de que Cruz diese el rodeo que había dado cuando, casi imperceptiblemente, comenzó a alterar su tono de voz y a usarlo como si se burlara de sí mismo.

—Solo tenía dos opciones —dijo—. Una, arrojarme al río y tratar de cruzarlo a nado. La otra, si no conseguía cruzarlo, ver adónde me llevaba el agua. Estaba convencido de que solo desvelando el crimen y descubriendo a los asesinos podría retomar mi vida y rescatar el nombre de mi padre y el mío. El hombre que pierde su honra por el negocio, pierde la honra y pierde el negocio. Y yo no estaba dispuesto a perder ninguna de las dos cosas. Pero, ¿cómo hacerlo? Fácil. Con la ayuda del instantáneo doctorado en Criminalística y Ciencias Forenses del que me acababa de investir por mi cuenta y riesgo.

Abrió los brazos como lo hace el cura en el altar y declamó:

—¡El prurito ecuestre de la voluntad, el lanzarse al galope contra un muro! Hace más el que quiere que el que puede, quien tiene la voluntad tiene la fuerza, la voluntad suple a la facultad de pensar. Todo eso. Y llevado por tan iluso corcel que no mide, o no sabe medir, la distancia entre la realidad y el deseo, me lancé de cabeza al río. ¿Y qué sucedió?

Con los índices de ambas manos señalándose el pecho y expresión de vanidad fingida, dijo en tono altisonante:

—Le presento, licenciado, al más acabado ejemplar de mula inteligente que haya puesto jamás sus patas sobre la Tierra.

Se movió incómodo en el sillón donde estaba sentado. Se quitó de un tirón las gafas, las arrojó sobre la mesa y volvió la vista al ventanal.

—Pendejo —susurró.

Quince

Aquella misma noche —prosiguió Cruz— me reuní con Giordano Burgos y el representante de la compañía australiana de vinos en el restaurante Palermo. Era temprano, no había mucha gente y nos dieron mesa en un discreto rincón pegado al ventanal desde el cual se podía contemplar el tráfico que discurría por el Bulevar Rafael Landívar.

Mi sorpresa fue superior cuando descubrí que el australiano, un tipo de sonrisa fácil, piel tostada y aire deportivo, agradable y cortés, hablaba un español casi perfecto. Se llamaba Robert Inostroza y tenía más o menos nuestra edad. Sus abuelos habían llegado a Australia el siglo pasado procedentes del valle de Colchagua, en Chile, y se habían establecido en la región vinícola de Barossa, donde Robert habría de nacer.

Su conversación era fluida y seductora. Hablaba con entusiasmo de los vinos que vendía: los chardonnay de Yarra Valley, los cabernet del Margaret River, los shiraz de Coonawarra. Decía que vender vino se había vuelto un negocio más sencillo desde el momento en que el público había llegado a la conclusión de que tomar una copa de blanco o de tinto era más elegante que tomar cerveza o whisky. Ese refinado rito, difundido por la publicidad y el cine, de la pareja que a la luz de las velas alza una copa borgoñona y se la lleva con delicadeza a los labios, es una ceremonia que no podría celebrarse con ninguna otra bebida, nos dijo. Beber vino es parte de una cultura universal que habiendo nacido popular y tosca en tabernas y mesones se había transformado en un sofisticado signo de la burguesía de nuestro tiempo.

No solo hablamos de vino. También charlamos de la situación política del mundo, de la desigualdad económica entre las naciones, del creciente poder de China o de nuestros problemas domésticos. Llegados a este último tópico, Giordano se lamentó, como es de rigor, por la situación de nuestro país, la corrupción de la justicia, de quienes gobernaban y de las instituciones que dirigen, para terminar con un ojalá Guatemala fuese un día como Australia.

Ojalá. Nuestra interjección fetiche, la palabra que más repetimos. Ojalá es la esperanza en alguna fuerza sobrenatural que resuelva nuestras dificultades y disminuya nuestra voluntad y nuestra iniciativa para solventarlas nosotros mismos. La cultura del milagro, esa doctrina nunca escrita según la cual la creencia es más valiosa que la duda, y la esperanza, más útil que la reflexión. Milagros de amor, milagros deportivos, milagros económicos, milagros científicos, milagros tecnológicos. Llamamos así a todo lo que observamos y nos asombra, aunque no sea propiamente milagroso.

—No hay por qué desesperar —fue la respuesta de Inostroza a mi discurso—. Australia fue una prisión muchos años. En cinco granjas penales pasarían buena parte de sus vidas casi 200 mil convictos venidos de las islas británicas. Los australianos decimos esto abiertamente y sin rubor. No nos avergüenza confesarlo. Prueba de ello es la marca de uno de los vinos que represento, 19 Crímenes, en memoria del número de delitos que para un delincuente suponía ser enviado a Australia por los tribunales ingleses. Ese fue nuestro legado, una herencia no muy agradable que las generaciones sucesivas transformaron en una de las naciones más prósperas y respetables del planeta. No hay país, por corrupto y agusanado que esté, que no pueda cambiar. Todo consiste en querer hacerlo.

Fue estimulante percibir el orgullo que mostraba por lo que los australianos habían logrado. Que repitiera varias veces que Australia había sido una prisión denotaba que, lejos de sentirlo como un estigma, era para ellos un timbre de orgullo. Ser la cárcel de un imperio lejano no había sido obstáculo para que Australia tuviese un nivel de vida equiparable hoy día a cualquier país del Primer Mundo.

La plática se extendió a otros asuntos que adornan la vida, como las películas de Peter Weir, en especial *El club de los poetas muertos*, el edificio de la ópera de Sídney, Nicole Kidman, las propiedades curativas y olfativas de la citronela o los canelones a la Rossini.

Regresé a casa poseído de una gran paz interior. Era una sensación semejante a la de salir de un hospital después de permanecer en él varios días o a la de entrar en casa luego de una larga ausencia y descubrir que lo que tienes es más bello y valioso de lo que pensabas.

Subía por la carretera de El Salvador con la impresión de que mi Toyota flotaba sobre el asfalto. Hacía planes, hacía números, como la lechera de la fábula. La azulada claridad de la noche me invitaba a creer que estaba amaneciendo cuando no eran más de las once de la noche. Podía mirar de nuevo al futuro, casi me sentía feliz.

A la altura de Puerta Parada sonó el celular.

Era Ofelia, apenas la podía oír.

—¡Fuego, fuego…! —gemía entre sollozos.

—Calmate, mi vida. ¿Qué te ocurre, qué sucede?

Pronunciaba palabras incoherentes con voz de niña asustada. Su fragilidad emocional le impedía formular frases completas y repetía vocablos extraños como explosión, casa, garaje.

—Sí, sí, te entiendo, mi amor, pero ¿qué sucede? —pregunté angustiado.

Se produjo un silencio. Después escuché la voz de mi suegro.

—Ha estallado una bomba incendiaria en la puerta de vuestra casa. Nos avisó una vecina. El garaje está ardiendo y el fuego amenaza invadir el resto de la vivienda. He llamado a los bomberos. Salgo ahorita para allá.

—De acuerdo, de acuerdo, pero no lleve a Ofelia con usted. No lo soportaría. Es mejor que se quede ahí con las niñas.

Cuando llegué a El Liquidámbar me encontré con el mismo circo del día anterior: bomberos, policías, periodistas, mirones. Habían logrado controlar el fuego, pero las puertas del garaje de mi casa estaban carbonizadas y de la techumbre goteaba un agua negruzca que manchaba los cascos y los rostros de los apagafuegos.

Cierro los ojos un momento y los vuelvo a abrir, como se cierra y se abre el diafragma de una cámara fotográfica. Hago clic. Y lo que la instantánea muestra es una escena nocturna, malamente iluminada, repleta de personas que me observan con recelo. Miro al lado izquierdo de la foto, la misma que aparecería impresa al día siguiente en la primera página de los diarios, y allí, en la blanquísima pared exterior de mi hogar, veo un vociferante grafiti que en enormes letras rojas dice: *¡Cuidado! Cementerio clandestino.*

El vientre se me encogió y a la memoria me vino la moraleja de la fábula de la lechera: *No anheles impaciente el bien futuro / mira que ni el presente está seguro.*

Poco después llegaba mi suegro. Me pidió que durmiera en su casa.

—Esta noche no. Tengo algo importante que hacer —le dije.

Hablábamos en el corredor, a unos pasos de la entrada, cuando de nuevo sonó el celular. Y la misma voz distorsionada que me había llamado el día antes masculló: *«Te lo advertí, cabrón, pero no quisiste escuchar. Espero que lo hagás ahora. Si no lo hacés, la próxima no la podrás contar».*

Los bomberos improvisaron un cerramiento del garaje aprovechando las puertas de madera casi destruidas y algunas tablas que habían dejado arrinconadas los operarios de Piscinas San Juan. La gente se empezó a ir y, pasada la medianoche, el silencio volvió a mi casa.

No hice el mínimo esfuerzo por conciliar el sueño. Me veía ante un jeroglífico de esos en los que te dan dos o tres letras, un paracaídas, un naipe y una lupa y tienes que formar con todo eso una frase que no hay manera de enunciar.

Cruz pronunció estas últimas palabras con un dejo de fatiga. Y tal vez influido por su gesto, sus cabellos desordenados de tanto llevarse las manos a la cabeza y a sus gafas color granate que le daban un remoto aire de adolescente desvalido, me hicieron recordar la historia de Job, el hombre justo que, para probar que lo era, fue privado de sus bienes, sus ovejas, sus camellos y sus burras. Sus hijos y sus hijas murieron en un terremoto y él mismo fue atacado por una sarna maligna que le subía desde la planta del pie al cuello.

—Pero ahora yo me encontraba al otro lado de la raya y no pensaba retroceder —dijo rompiendo la pausa—. No tenía miedo de hacer lo que me había propuesto. Solo sentía escozor y rabia y, sobre todo, un imperioso mandato de devolver el golpe.

»Me dirigí a la caseta del jardinero y de su caja de herramientas extraje una linterna y una tijera de podar.

»Caminé hasta la fosa donde yacía la osamenta, protegida con un extenso capote de plástico negro sujeto en las orillas con piedras.

»Destapé la fosa y enfoqué el esqueleto.

»Su silenciosa carcajada me estremeció hasta los tuétanos.

»Recorrí con la linterna sus costillas hasta dar con una de las flotantes que estaba semienterrada.

»Escarbé con el dedo y dejé al descubierto la punta. Saqué la tijera podadora y me disponía a cortar un pedazo del hueso cuando mis ojos se posaron de nuevo en la calavera y en la mandíbula descolgada que parecía reír. Era más sencillo quitarle un diente, con la ventaja de que tal vez los forenses no lo echarían en falta al siguiente día. Y con la misma tijera de podar procedí a hacer una extracción que resultó tan rápida y eficiente como si la hubiera hecho el mejor odontólogo.

»Volví a cubrir la fosa con el plástico y regresé a la casa. Dormí en el sofá el resto de la noche y a la mañana siguiente, a primera hora, Aldo Zeledón llamó a la puerta. Me dijo que tenía orden de retirar los restos y marcharse.

»—¿Para no volver?

»—Ajá. La explosión y el incendio han metido el miedo en el cuerpo a mis jefes y piensan que no merece la pena arriesgarse por una causa perdida.

»No sé si llegó a fijarse que a la osamenta le faltaba una muela pero, si así fue, nunca me lo dijo.

Ocultó el rostro entre las manos en un gesto con el cual, supuse, pretendía esconder los recuerdos y emociones de las fechas en que el pasado había llamado a su puerta para cobrar sus derechos de autor.

—Cuarenta horas —dijo dejando escapar las palabras por entre los dedos que le cubrían la boca—. Solo cuarenta horas habían transcurrido desde que los empleados de Piscinas San Juan se habían presentado en mi jardín. En solo ese lapso, el azar había puesto mi vida patas arriba. Mi casa condenada por la maledicencia, mi familia partida en dos, mi esposa con un *break down* nervioso y yo amenazado de muerte. Y por si eso fuera poco, la acusación de «cementerio clandestino» nos convertía en unos apestados, en unos disruptores de la paz y el bienestar de la colonia.

Hizo una prolongada pausa.

—Usted quería saber a qué «métodos disuasivos» adicionales se refería Tobar —agregó—. Bueno, pues ahí tiene algunos de ellos: el terror, la marginación, el repudio de tus convecinos.

—Pero, ¿cómo sabían Tobar y Cardona que usted se proponía averiguar por su cuenta la identidad del muerto?

Porque esa fue la razón de que intentaran incendiar su casa, ¿o no?

—Esos tipos debían de tener ojos y oídos en todas partes. Y dinero para comprar información. Tal vez los dos policías del jardín estaban en su planilla. Quizá alguno de los asistentes de Zeledón escuchó mi propósito cuando hablaba con él. No sabría decirlo. El hecho es que el hostigamiento proseguía en forma escalonada y con ataques cada vez más intensos: el *bullying* adulto.

—¿Y Zeledón?

—Puede que fuese un metafísico molestón, pero no era mala gente. Me llamó unos días después para decirme que el muerto no era un hombre, sino una mujer, una joven de entre diecinueve y veinte años.

Dieciséis

No quisiera que mis palabras parecieran las de un escéptico rematado y menos las de un fofo moralista, pero aquella tarde-noche en la oficina de Alejandro Cruz no pude por menos que llegar a la conclusión, desolada conclusión, de cuán injusta puede ser la vida con el hombre justo. ¿De qué sirve obedecer a las leyes, respetar el derecho ajeno y pagar impuestos, si en un instante todo eso se vuelve contra uno? ¿Qué mal había hecho Cruz a sus semejantes, un hombre de familia responsable y honesto? ¿Y por qué el azar, el destino y otras entelequias de ese orden se ensañaban con personas como él?

Eran preguntas para las que un joven abogado como yo no encontraba respuesta. Había algo peor en la causa de Cruz. Nadie podría compensarle los destrozos causados a su vida por más que recibiera la devolución de su honor y de sus bienes, como finalmente le ocurrió a Job. No había manera de indemnizar daños como los sufridos por él. Al fin y a la postre, Job era un personaje de ficción. En cambio, Cruz era un hombre de carne y hueso.

Descubrir que a nadie le importa un pito lo que a uno le sucede cuando la vida te da un revolcón como el que él había recibido debió de ser desolador. Todo cuanto a la ignorancia y la estulticia humanas se les ocurre decir en tales casos es que, ante adversidades de esa naturaleza, hay que levantarse, alzar la frente y echar a andar. Qué fácil es hacer las cosas para el que no tiene que hacerlas. Quien enfrenta la caída, en cambio, se siente poco menos que un inválido abandonado en una cuneta del camino, sin que nadie se fije en él ni sea capaz de tenderle la mano.

Eché un vistazo al reloj y pensé que era tiempo de recoger velas. Di las gracias por el café, la hamburguesa y el tiempo que Cruz me había dedicado y, cuando procedía a guardar mis cosas en el portafolio, escuché a Cruz decir:

—Fue en esas circunstancias que dos días después recibí una extraña llamada en el celular.

Detuve mis tareas con el gesto que solemos poner las personas cuando se siente un temblor de tierra.

—Digo que fue extraña porque había cancelado la línea telefónica que usaba antes del hallazgo en el jardín. Mi nombre se había vuelto *vox populi*. Las redes sociales bombardeaban mi dirección y mi número con amenazas y mensajes a cuál más asquerosos, entre los que el menos hiriente era el de asesino. Hay personas así de bárbaras y estúpidas. ¿Cómo creer que yo podía haber asesinado a una persona, enterrado su cuerpo en mi casa y, veinte años después, excavado su tumba para hacer allí una piscina? Hay cosas que no se explican… pero en fin. El nuevo número se lo había dado únicamente a personas de mi absoluta confianza, por eso la llamada me sorprendió.

»—¿Hablo con el señor Alejandro Cruz? —dijo una voz femenina.

»Había un ruido molesto en el teléfono, como de tráfico bullicioso, que dificultaba entender con claridad a la mujer que me hablaba.

»—Sí, soy yo —contesté, mientras buscaba en mi archivo mental a la dueña de la voz.

»—Le llamo para decirle que sabemos quién es la patoja asesinada, quién la mató y quién la enterró en su jardín.

»Me quedé petrificado. ¿Una patoja? ¿Cómo sabía aquella mujer que se trataba de una joven? La noticia no había llegado a la redes ni a la prensa. Solo Zeledón y los técnicos del laboratorio de la empresa a la que había llevado el diente del esqueleto para verificar el ADN lo sabían. ¿Habría filtrado la información alguno de ellos? ¿Qué interés podían haber tenido en hacer tal cosa?

»—No sé de qué me está hablando.

»—Y yo no le hablo por molestar.

»—¿Entonces por qué me llama?

»Escuché un estrépito que ahogó la voz de la mujer, algo parecido al paso de varias motos a un tiempo.

»—No la escucho bien. Hay mucho ruido. ¿No podríamos hablar de este asunto en persona?

»Dijo algo que no pude entender y cortó.

»Traté de identificar el número del teléfono, pero el espacio en el celular estaba en blanco. Había contestado de manera rutinaria, sin fijarme en quién quería hablar conmigo, y cuando quise averiguar el origen de la llamada resultó que había sido hecha anteponiendo un código mediante el cual el número y el nombre de la persona se perdían en el ciberespacio.

»No percibí que la entonación de la mujer hubiese sido de chantaje, intimidación o advertencia. Tampoco me pareció una burla ni una broma, sino algo que se acercaba a decir algo así como «esta información tiene un precio». Y el silencio de los días que siguieron solo podía significar que el precio de tal información iría subiendo en la medida que la necesidad de comprarla se volviese más imperativa.

»Era, pues, factible y hasta razonable pensar que alguien sabía más que yo, más que Zeledón o que la Policía y la Fiscalía juntos, sobre la joven asesinada y enterrada en mi jardín.

III. Juego de damas

Uno

Nos volvimos a reunir algunos días después, cuando la temporada de lluvias agotaba sus ímpetus y octubre se anunciaba con días espléndidos, repletos de transparencia y una luz deslumbradora. Me sentía agradecido con Cruz. Merced a la franqueza de sus confesiones, empezaba a ver claras señales sobre qué avenidas tomar para reconducir la investigación. Y como muestra de gratitud pensé llevarle una botella de whisky adornada con una moña. Pero a última hora cambié de opinión. Era un obsequio muy trillado. En vez de eso se me ocurrió pasar por El Parisino y comprar una cajita de *macarons*, esa deliciosa golosina con aspecto de redondos bocaditos coloreados en tonos pastel. No importando la edad que uno viva, siempre quedan en la mente adulta restos de la mente infante. Y como el goloseo sigue siendo la patria común de quien ha sido niño, supuse que a Cruz le gustaría paladear aquellos pastelillos crujientes como el hojaldre elaborados con azúcar y harina de almendras.

Creo que acerté con el obsequio. Cruz parecía más contento ese día y con mejor estado de ánimo que en la primera entrevista. Me invitó a sentarme en uno de los butacones de su oficina que miraban al sur y pidió que nos trajeran café.

La oficina respiraba prosperidad. Dos sillones de *corduroy* color gris con apliques en cuero del mismo color, un moderno escritorio sin gavetas, una airosa y curvilínea lámpara de pie inclinada sobre el área de los sillones y una espléndida librera repleta de gruesos catálogos de equipos médicos rubricaban la intención de transmitir al visitante una atmósfera de modernidad y pulcritud. El dorado reverbero de la tarde en el ventanal del despacho, el piso simulando grandes tablones de madera y la plácida temperatura del atardecer alentaron en mí la impresión de estar tomando el sol en la cubierta de un transatlántico.

—Quería preguntarle algo que me tiene confundido—le dije a modo de introito—. Se trata de un fragmento de una de las conversaciones que mantuve con Tobar a la cual no encuentro sentido. Suele ocurrir en los procesos de investigación —inspiré para darme importancia—. De repente aparece un hecho aislado donde la relación causa/efecto no existe, uno de esos episodios que no encajan en el continuo del relato.

La puerta de la oficina se abrió y la secretaria de Cruz entró con el café y los *macarons* en tonos lavanda, pistacho, limón, tamarindo, chocolate y mango. Lo hizo cuando yo sacaba el celular del bolsillo y le pedía a Cruz que escuchara el fragmento de la plática con Tobar y me dijera si podía estar conectado con el caso o era solo un hecho aislado sin relación con el crimen. Mas cuando vio los *macarons*, su pupilas se encandilaron y, adoptando semblante de usurero, se dejó decir:

—¿Le parece que escuchemos eso mientras damos cuenta de esta delicia?

Entrevista con Mauro Tobar
Fragmento. Registro digital n.º 133, vol. 19

< Nayo Cardona tuvo conocimiento de que el Gobierno había dispuesto construir un gran hospital infantil cierta mañana en la que él y yo asistíamos a la reunión mensual de la Comunidad Apostólica Valle de Cedrón. No es que a mí me gustaran esta clase de convites, pero Nayo pensaba que eran de mucha utilidad y que debíamos asistir a ellos de oficio.

Recuerdo el ambiente de aquellos días. Los accesos a la capital por Vista Hermosa, la Roosevelt, la calzada Aguilar Batres y la carretera al Atlántico, se habían poblado de vallas con mensajes como «La mujer agraciada obtiene honores; los fuertes obtienen riqueza. Prov 11-16». Otro que se veía repetido era este: «El problema de Guatemala no es la corrupción, sino la falta de Dios en tu corazón». Nayo había financiado no menos de cinco vallas con este último mensaje, si bien su favorito era: «El Señor guía mi camino».

La idea de la campaña había nacido allí, en la Comunidad, el más importante cenáculo de las Iglesias pentecostales. No me pregunte qué significa eso de cenáculo. Ni siquiera estoy seguro de haberlo pronunciado bien. Solo sé que lo llamaban así. Y no era el único. Hay más de sesenta asociaciones cristianas en el país y no hay pastor que no quiera ser apóstol. La posición, le aseguro, es importante porque, a un lado la vanidad que comporta el título, los apóstoles consideran que es indispensable confitar… no, no es confitar… confeccionar… tampoco… confesionalizar… ¿será así, usted? Bueno, qué importa. Lo que Nayo sí sabía era que los apóstoles buscaban dirigir el voto apelando a los mandatos de la Biblia. Usted es todavía joven, licenciado, pero a medida que la experiencia le sazone se irá dando cuenta de que los credos organizados y las ideologías políticas son valiosas mercancías que los listos y los aprovechados utilizan para obtener con ellas dinero, influencia y poder.

Eso que ha dicho es muy fuerte.

Es la realidad, mi amigo. En aquellas fechas de que le hablo, la Comunidad daba el banderazo de salida a una cruzada nacional de oración y ayuno de tres semanas con el propósito de «iluminar» a candidatos a la presidencia, diputados, gobernadores departamentales y alguna cosa más de la que no me acuerdo. Ah, sí, implorar la misericordia divina para que impartiera justicia en Guatemala. Pero, claro, una campaña así necesita dinero. Y para fortuna de los apóstoles, nuestro bufete se había convertido en uno de los principales captadores de donantes de la Comunidad Apostólica Valle de Cedrón. Fondos que venían en gran medida de nuestros clientes. Y con eso se lo digo todo.

¿Podría ser más específico?

Usted lo sabe, licenciado, no me friegue.

Perdone.

A mí me parecía que eso era tiempo y dinero perdidos, pero Nayo tenía otra opinión.

—Nuestro trabajo consiste en promover, negociar e intermediar intereses —me dijo una vez—. Públicos y privados a un tiempo. Y entre esos intereses están los religiosos. Son un poder, Maurito. Y cada día más grande. El evangelismo constituye uno de los grupos de interés más poderosos del país. Han invertido un platal en megatemplos, han desplazado a la Iglesia católica de su influencia tradicional y recaudan entre sus fieles millones de quetzales, debido a que la teología de la prosperidad es una prédica más atractiva que la teología de la pobreza. El dinero y el poder se han inclinado de su parte y nosotros tenemos que estar cerca de ellos.

Esa mañana, después del ceremonial y la homilía en un templo de la Zona 11, Nayo hizo una donación a los apóstoles más alta de lo habitual. A la asamblea asistía una representación de pesos pesados del país: dos ministros, que yo recuerde, un viceministro, dos miembros de la Corte Suprema y varios empresarios de los del dinero nuevo, si usted me entiende. Los otros, los del dinero viejo, son en su mayoría católicos y no participan en este tipo de festivales.

Fue un buen día para Nayo. Primero, el pastor de la comunidad, Ander Elías Morales, un tipo de unos cincuenta años, pésimo actor, de voz tonante y gesticulación desmesurada, pero de mucho carisma y astucia para sacarle la plata a la gente con miríficas historias, le dijo en público: «Usted es una inspiración y un ejemplo para todos los cristianos». Politiquero y buscón, Morales mira más por sus intereses que por el alma de sus devotos. No sé cómo alguien puede creerse las babosadas que dice y los milagros que hace, pero, en fin, allá cada quien con sus cosas. Lo que sí hizo bien Nayo fue sacarle el jugo a la donación que nuestro bufete le había entregado durante la ceremonia.

Un joven muy atento y bien vestido, quien por lo que sabíamos de él trabajaba en la Fiscalía, y era más escurridizo que el jabón, se nos acercó a Nayo y a mí y, haciendo con nosotros un aparte, nos contó que la presidenta López Corzo había ordenado construir un hospital para niños con lo último en tecnología médica.

A Nayo se le pararon las antenas.

—¿Dónde? —preguntó.

—En la avenida de los hospitales, por supuesto. La señora presidenta ha llegado a un acuerdo con el Ejército para hacer un trueque de los terrenos que ocupaba el viejo Hospital Militar en la Zona 10, por otros inmuebles en los que la institución militar estaba interesada.

—Negocianta, la señora.

—Quiere dejar una huella memorable por ser la primera mujer que ha ocupado la presidencia del país. El hospital tendrá 155 camas y en su interior albergará un centro de tratamiento de cáncer, otro neurológico, otro ortopédico, otro urológico y otro cardiaco, una clínica cerebral y un centro de diálisis. Todos orientados a enfermedades de la infancia. Una revolución en el área de la salud pública de nuestro país.

—Maravilloso —comentó Nayo con fingido entusiasmo—. ¿Y a cuánto asciende la inversión?

—La obra física será de 84 millones de dólares; el equipamiento costará alrededor de 40. En este último renglón hay tres dotaciones de última tecnología que solo pueden suministrar algunas firmas especializadas. Un tomógrafo capaz de mostrar 650 cortes, millón y medio de dólares. Un robot Da Vinci de cirugía, dos millones. Y un equipo de protones para tratamientos de cáncer, tres y medio millones.

—¿Y para cuándo tienen planeado construir el hospital?

—Para anteayer. El proyecto llevará dos años concluirlo y la señora presidenta quiere que sea la culminación de su período de gobierno.

—Habrá una licitación.

—Por descontado. Un solo proveedor deberá equipar el hospital de todos los equipos. El mejor se llevará el contrato de los 40 millones.

—¿Y cómo es que está usted tan enterado?

—Tengo la copia de un estudio preliminar y un presupuesto refrendado por el Consejo Técnico de la Seguridad Social.

Nayo miró por encima a uno y otro lado del salón.

—Y supongo que no nos está diciendo todo esto solo por decirlo. Seguro que habrá necesidad de un servicio independiente de consultoría e intermediación.

El muchachito hizo un gesto ambiguo y no contestó.

—¿Sabe? —le dijo Nayo—. Me gustaría echar una ojeada a ese estudio. Solo por curiosidad, desde luego.

El patojo seguía sin decir palabra, pero Nayo tampoco era manco.

—Entiendo su discreción —le dijo—. Cambiando de tema, ¿ya vio los nuevos be-emes que acaban de llegar al país? Hay unos de la serie M1, muy coquetos, que son una maravilla.

—Los he visto, sí. Hay uno blanquito que me encanta.

—Pues eso se puede arreglar.

Nayo le tendió la mano.

—¿Mañana en mi oficina a las diez?

—Con gusto, señor Cardona.

Cuando salimos del templo, Nayo estaba para bailar la cumbia de los pajaritos.

—Supongo que ahora lo entendés —me dijo—. Por un BMW de nada, una información que vale millones.

No me siento cómodo diciéndole esto, pero así era Nayo. Le importaba todo un carajo. Pertenecer a la comunidad apostólica era solo un medio para alcanzar un fin: ganar dinero. Dicho esto, quisiera agregar algo. Filudo para los negocios, no soy. No como Nayo. Pero tengo olfato para algunas cosas. ¿No le ha pasado a usted preguntarse alguna vez a qué huele? Porque usted no sabe a qué huele, pero huele. Pues eso es lo que me ocurría a mí. Sentía que algo no estaba bien, por muy apostólico que fuese. Pero no le comenté nada a Nayo porque ya sabía lo que me iba a decir.

Detuve la grabadora y le hice un comentario a Cruz.

—No entiendo qué relación puede haber entre la conversación de Tobar y Cardona, y el asunto de la magistrada Albayeros, si es que hay alguna. Tobar no quiso explicármelo. Y yo quería preguntarle si usted tuvo algo que ver con ese negocio o si lo que me dijo Tobar era solo un cuento chino.

No me quedé ahí. Para evitar que Cruz se me escapara, y poniéndome la venda antes de que se produjera la herida, le advertí:

—Tobar no era muy directo. Con frecuencia le sucedía que, para llegar a Panamá, se iba por Alabama.

Cerró los ojos cual prelado indulgente y yo me eché a temblar temiendo que, a pesar de la indirecta, fuese a desplegar otra de sus evasivas.

—A veces no queda más remedio que hacer eso —dijo pasándose por los labios una servilleta de papel—. Las prioridades son así de incómodas. Cuando Ofelia y yo nos casamos, fuimos a México de luna de miel y, una noche, se nos antojó ir a escuchar a los mariachis de la Plaza Garibaldi. Estábamos en el hotel María Isabel y pedimos un taxi al portero. Le dijimos adónde queríamos ir, pero no nos lo aconsejó. Mejor quédense en el hotel, nos dijo. Tenemos en el Bar Jorongo uno de los mejores conjuntos de México. Le hicimos caso y allá nos fuimos.

»Eran doce los mariachis, todos vestidos de blanco y con grandes sombreros de petate. Sus vibrantes trompetas sonaban a gloria y sus violines, a armonías de tiempos mejores. No había mucha gente y permitían al público solicitar canciones. De modo que, en cuanto tuve la oportunidad, alcé la voz y les pedí el *Huapango*, de Pablo Moncayo. ¿Y sabe qué me contestó el líder del grupo? «Ay, señor, esa es la de a cien pesos —y se echó a reír, todos se echaron a reír—. Se la vamos a interpretar con mucho gusto, pero *antes* vamos a complacer a aquella pareja del fondo cantando *Cielito lindo.*

Lo que me temía había sucedido otra vez. Cruz se me iba por los cerros y los caminos de tierra para contarme lo que él quería contar y no lo que yo quería oír. No recuerdo a nadie que para exponer algún asunto tuviese que recurrir a tanto zigzag. Me apeteció interrumpirle y decir, solo por molestar, señor Cruz, concéntrese en lo que cuenta y no se vaya por las ramas, parece usted un abogado.

Debo admitir, con todo y eso, que fue rara la ocasión en que lo que me contaba, por periférico que pareciera en un principio, no estuviese relacionado con el caso de la magistrada. Mi empeño por averiguar se estaba volviendo cada vez más exigente. Y aunque la curiosidad haya sido la culpable de perder más de un paraíso, pensé que no me quedaba más opción que dejarme derrotar por ella, pues, lo confieso sin pudor, a esas alturas de mi pesquisa, reivindicar el nombre y el honor de Rosalía Albayeros se había vuelto menos importante que descorrer los velos del misterio que cubrían la personalidad de la señora.

—Sí, tuve que ver con el negocio del hospital —admitió Cruz—. Tobar no se le estaba yendo a usted por la tangente, le estaba dando una pista para que la siguiera. Pero no quiso ir más allá por temor a que su pacto con la Fiscalía de Guatemala, la DEA y la Fiscalía de Nueva York se resintiese. El caso Albayeros tiene más puntas que una estrella y esta es de las decisivas: la canción de los cien pesos. Pero *antes*..., como decía el mariachi del María Isabel, voy a contarle otra historia que le va a dejar pasmado. Me refiero al papel que jugó Graciela Jurado en todo este enredo. ¿Ha hablado ya usted con ella?

Me pareció que no era un desvío lo que pretendía hacer, sino salirse definitivamente del huacal.

—Nunca había oído ese nombre —le contesté, resignado.

Dos

Se echó hacia atrás en el sillón, colocó ambas manos en la nuca y con voz impostada de actor teatral de poca monta recitó:

—¿Qué hay en un nombre?, se preguntaba Julieta acodada en el balcón de su casa de Verona. ¿Acaso no tendría una rosa, sin el suyo, la misma fragancia y belleza? ¿Dejaría de ser una rosa, si se llamara de otro modo? Un nombre como el de Graciela Jurado no significa nada. Tengo un primo que es ateo y se llama Juan de Dios. Y Donald Trump seguiría siendo el mismo, aunque le llamaran Donald Duck. Un nombre es poco más que un sonido que se desvanece y con frecuencia se olvida. Así lo veo yo, quizá porque soy malo para los nombres. Me presentan a una persona y al ratito no recuerdo cómo se llama.

Tomó un último sorbo de café y se arrellanó en el sillón con expresión risueña. Era claro que los *macarons* habían hecho su efecto.

—Disculpe la divagación. Lo hago de manera instintiva para aliviar el sopor en el que caen a veces mis clientes cuando les tengo que explicar la tecnología de un *eco doppler* o la diferencia entre la iluminación normal y la iluminación quirúrgica. No se puede ser tan tedioso, hay que dar a la gente un respiro. Y no siempre es paja lo que les cuento. Ahí tiene el nombre de Graciela Jurado. Seguramente no le dice nada. Pues lo mismo me ocurrió a mí cuando un amigo arquitecto me lo mencionó. Un cliente le había ido a visitar para decirle que esta señora tenía interés en hablar conmigo acerca de los restos humanos hallados en mi casa. Y el mensaje despertó en mí expectativas. Tras el hallazgo de los huesos, no menos de una docena de personas, todas ellas familiares de desaparecidos, se me habían acercado con el propósito de obtener una información que yo no les podía dar. Esta señora, en cambio, ofrecía información que yo deseaba obtener. De todas las opciones que tenía a mi alcance, que eran pocas, esta era una de las más potables. Así que, dos días después, me reuní con ella en una elegante casa situada en las colinas de Santa Catarina Pinula, propiedad de una amiga suya que no tuve el gusto de conocer, pues no se dignó asomarse durante las dos horas que estuve reunido con la señora Jurado. Que por cierto era un nombre falso. Fue su condición para hablar conmigo. No quería que su apellido real se viese implicado en la investigación de los restos. Así que ya ve, licenciado, a veces lo que hay en un nombre no es mucho más que una máscara.

»La persona que decía llamarse Graciela Jurado era una mujer de mediana edad, discretamente maquillada, vestida con un traje de chaqueta de grandes botones y peinada con el cabello hacia atrás, el cual recogía en un lacito color azul pavo. Un sencillo reloj, un brazalete de plata en la muñeca y un colgante de jade sobre el pecho eran todos sus adornos.

»Al nomás verla, advertí que se trataba de una señora de perfil tradicional, vinculada a la élite conservadora del país. Por su porte y sus maneras, deduje también que era persona segura de sí y acostumbrada a dar órdenes. Medida en sus movimientos y sus gestos, no se desviaría un centímetro de la posición que mantuvo todo el rato mientras, frente a un pichel de limonada y al amparo de un arbolado jardín, me contaba la escabrosa historia de Kore Esquivel. Estábamos tan lejos del ruido y tan inmóviles, y el lugar era tan escondido, que en más de una oportunidad tuve la sensación de que no éramos dos personas reales, sino dos figuras estampadas en una pintura impresionista.

»—Kore —comenzó diciendo Graciela Jurado— era hija de Rosalía Albayeros y Juan Domingo Esquivel, un industrial dedicado a la fabricación y venta de productos de limpieza. Fuimos amigas desde niñas. Crecimos a dos cuadras de distancia, hicimos el bachillerato en el mismo colegio y estudiamos sicología en la Universidad del Valle. Siempre nos vimos como si una fuese espejo de la otra. Decir que éramos bonitas e inquietas no es ninguna noticia. Todas las patojas lo son, lo éramos —sonrió— a esa edad. Empezábamos a vivir los gozos y las sombras del saber intuitivo, ese que opera sin ningún esfuerzo, genera emociones maravillosas y da respuesta a las preguntas de la vida sin necesidad de pensar. Aspirábamos a vivir la vida en total libertad, despreocupadas de los gajes y problemas que pudiera plantearnos. Vivíamos, en una palabra, la falsa ilusión de ser eternas. Nuestro corazón no había sido aún herido por la puñalada del engaño o la espina de la aflicción. No sabíamos cuán vulnerables e indefensas estábamos de nuestros impulsos naturales, impulsos a los que teníamos derecho, sin duda, pero de los que no sabíamos cómo protegernos. Puede que usted me vea ahora como una mujer asentada y madura, pero no era la misma cuando tenía diecinueve años. Sé que Dios me ha perdonado por mi conducta de entonces y que cuidó de mí al apartarme del camino en que me hallaba. Bendita sea siempre su bondad para conmigo. Kore, en cambio, no quiso escuchar el llamado de la sensatez. Su sensualidad se aceleró muy pronto hasta volverse una patoja irrefrenable y provocadora. Uno de sus pretendientes, un compañero de clase que estaba muy enamorado de ella, le puso de apodo «niña de los veinte novios». Era su forma de saludarla cuando nos encontrábamos con él. *Niña de los veinte novios / y conmigo veintiuno*, le decía. Kore no solía hacerle caso, más bien se lo tomaba a broma. Y no es que tuviese tantos novios. Los muchachos de nuestra edad eran su blanco, por supuesto, lo mismo que el mío, pero más de una vez me confesó que eran los treintañeros quienes más la atraían.

Sabedora de las intimidades que me refería, Graciela Jurado hablaba con extrema suavidad, casi en susurros. Tomó un sorbo de limonada, que por cierto estaba muy ácida, y succionando las mejillas disimuló cuanto pudo el mal sabor.

—Es sorprendente cómo el destino —continuó— decide que dos vidas se crucen y salte entre ellas la chispa del amor. Disculpe la cursilería, pero no sabría expresarlo de otro modo. En el caso de Kore Esquivel y Bernardo Cardona, ese cruce tuvo lugar en la sala de espera de un dentista. Kore iba a revisarse los frenos y él a colocarse un implante. Ella tenía diecinueve y él treinta y dos. Kore era una joven seductora y muy atractiva, pero ingenua. Cardona, un hombre ya hecho y avezado, aunque con cara de niño. De cabello liso, frente amplia, sonrisa de *boy scout* y una mirada que embaucaba a quien se detenía en ella, era un suspiro de suegra, como suele decirse. Las madres somos así de insensatas. Lo digo por lo del suspiro.

Graciela Jurado dejó caer las manos en el regazo. Daba la impresión de estar batallando con unos recuerdos que parecían atormentarla.

—Nunca lo llegué a conocer personalmente. Kore y él llevaron siempre su relación muy a escondidas.

—¿Cuándo sucedió todo eso?

—No puedo precisar las fechas, pero aquellos fueron los días en que murieron Diana de Gales y Beverly Sandoval, dos vidas segadas en plena floración. Dos hechos que por lo imprevisibles y crueles causaron una poderosa revulsión en la mía. ¿Qué edad tiene usted, señor Cruz, si no es indiscreción?

—Cuarenta y dos —contesté.

—Entonces quizás recuerde aquella etapa de la posguerra durante la cual se multiplicaron los secuestros y las desapariciones de jovencitas. Más de doscientos cincuenta en doce meses. Beverly tenía veintidós años cuando la raptaron. La familia pagó el rescate, pero ella nunca fue liberada. Sus restos aparecieron cinco meses después en el Barranco del Zope. Los secuestradores la habían estrangulado y enterrado, pero las lluvias del invierno destaparon el cadáver y así fue como apareció. Nosotras en cambio vivíamos ajenas a esa clase de peligros. Nunca se nos ocurrió que algo parecido pudiera sucedernos. Fuese porque no tuviéramos conciencia de la realidad que se movía a nuestro alrededor, pensábamos que tales tragedias solo podían ocurrirles a otras personas. Hasta el día en que te das cuenta de que no eres tú la que eliges quiénes serán las sacrificadas en el altar de la desgracia. No tengo que convencerle de eso, usted es prueba viviente de lo que digo. ¿Quién habría podido anticipar que en el jardín de su casa aparecerían los restos mortales de una persona desconocida y que eso le traería el infortunio que le ha tocado vivir? El azar, como el amor, es ciego. Dos personas se encuentran en la sala de espera de un dentista y, sin que ninguno de los dos lo imagine, una fuerza desconocida e invisible empuja a una de ellas al abismo.

»Cierto día, el patojo que tan enamorado estaba de Kore, convencido de que no era mujer para él, le susurró al oído las estrofas con que siempre la saludaba, pero esta vez sumadas a otras dos que nunca antes había dicho. «Niña de los veinte novios, y conmigo veintiuno… si ellos piensan como yo, te quedarás sin ninguno».

Estas palabras desasosegaron mi vida. Nunca antes había visto el futuro de esa manera. A Kore, en cambio, el mensaje le entró por un oído y le salió por el otro. Había soltado amarras y navegaba por el océano de la vida en su inestable y endeble velero. ¿Usted reza, señor Cruz?

—¿Es importante que le responda a esa pregunta?

—No, por supuesto. Lo digo porque yo empecé a rezar entonces. Especialmente por Kore. No se entendía con su madre. Y a mí eso me rompía el corazón. Kore amenazaba constantemente a la magistrada con marcharse de casa, propensión que se había venido acentuando con la trágica muerte de su hermano Luis Roberto en el lago de Atitlán. Rosalía Albayeros se había separado de su esposo y esa doble crisis, el divorcio y la muerte de su hijo, la convirtió en una madre excesivamente controladora. No quería que a Kore le sucediera lo que a Luis Roberto. Hoy, que soy también madre, comprendo ese afán protector. Kore era todo lo que le quedaba a Rosalía Albayeros, pero Kore rechazaba a su madre, tal vez porque nunca había recibido de ella el amor que deseaba. La magistrada había volcado su cariño hacia el hijo varón y eso convirtió a Kore en una jovencita contestataria y arisca que veía en su madre a una persona castrante y «más inflexible que un semáforo», según sus propias palabras. No podían entenderse, no podían amarse. El carácter expansivo y liberal de Kore chocaba con el de una madre que no le daba ningún permiso para vivir la vida que ella deseaba.

»No me gustaría que sonara a excusa, pero quiero creer que lo que nos sucedía a Kore y a mí era lo mismo que le sucede a cualquier jovencita que saca por primera vez la cabeza del agua y observa aturdida el paisaje alrededor. Nos costaba entender lo que sucedía en nuestro pequeño mundo, no se diga en otros más a trasmano. Y es que aquellos fueron los tiempos en los que una generación nueva tomaba el relevo de la anterior, y una nueva cultura, más abierta y liberal, reemplazaba a la vivida durante los años de la guerra. Las faldas se llevaban únicamente en las bodas, la corbata dejaba de ser un adorno indispensable, la democracia parecía querer alzar el vuelo, la diversidad ideológica se abría paso, aunque aún sin mucha prisa, y a los integrantes de mi generación se nos empezaba a conocer con el nombre de *millennials.* Usted y yo lo somos. O quizás solamente lo fuimos.

—Mi pasión en esos años, señora, no eran el celular ni las corbatas, sino la tecnología médica.

—Ya veo. Bueno, el hecho fue que, en medio de aquel ir y venir, apareció el depredador. Y Kore se refugió en sus brazos. Nayo era para ella como la atracción del abismo: tratas de escapar de él, pero él te arrastra con una fuerza incontenible. Traté de advertirle. No me gustaba nada el tipo. Pero ella regresaba a Cardona como el sol a la aurora. Así me lo confesó alguna vez: «Nayo es mi dueño, mi amo, y yo la sierva de su voluntad. Verle cómo goza de mí es mi mayor recompensa. ¿Qué otra cosa puedo hacer sino entregarle a cambio mi vida?».

»Si la relación entre madre e hija pendía de un hilo, ese hilo se cortó justo ahí, cuando Kore y Cardona se hicieron amantes. Pero fui yo quien cargó con la culpa. La magistrada pensó que yo había sido la causa de haber torcido el rumbo de Kore. Me consideraba una mala compañía y yo provocaba en ella un rechazo visceral. Santos por pecadores, lo de siempre. Una se acostumbra a eso. Con todo, Kore y su madre siguieron viviendo juntas, aunque apenas se hablaban. Agasajada y enloquecida por Cardona, Kore se veía en la cima del mundo. Su dependencia emocional con él era absoluta. ¿Usted sabe quién es Bernardo Cardona? —preguntó de manera sorpresiva.

¿Cómo podía yo saber en ese momento que Bernardo Cardona era el individuo que había ordenado poner una bomba incendiaria en mi casa, que nos tenía amenazados a mí, a mi esposa y a mis hijas, que por comprar, compraba hasta el lucero del alba, que por vender habría vendido hasta a su madre?

—No tengo el gusto, señora. Solo le conozco de oídas.

—Nayo era un depredador sexual. Nada más sencillo para él que atraer y seducir a la mujer que le resultaba apetecible. Manejaba su magnetismo personal con maestría y dominaba el lenguaje de la seducción con la misma destreza que el de las palabras. Traía ese don desde la cuna. Fingía las emociones amorosas, y las que no lo eran también, con absoluta naturalidad. Sabía hablar con dulzura, entornar los ojos con tristeza, silbar una melodía con candor y alelar así a sus víctimas hasta hacerlas caer del árbol y engullirlas. Razonable, convincente, exento de afectación, sus presas no se percataban de que estaban siendo seducidas. No tenía necesidad de danzar ante la hembra, como el albatros o el ave del paraíso.

Le bastaba mostrarse tal cual era para que la hembra aceptara de buen grado dejarse atrapar por él. Si el hombre es un lobo para el hombre, lo es más para la mujer. Y esto es algo inevitable, me parece. Lo mismo que el personaje del mito en noches de luna llena, no podía impedir transformarse en lobo. Combine usted el atractivo personal con la modestia fingida y el hablar bonito y tendrá un carnívoro en potencia, una fiera que está a toda hora de caza porque no puede mantener una relación estable con la misma hembra. El depredador sexual devora el corazón de sus víctimas y abandona rápidamente sus despojos para salir en busca de otra. Hay mujeres que conocen este truco a la perfección y saben que, cuando un depredador te olfatea y se te acerca, estás perdida si no huyes de él como del fuego.

Graciela Jurado me observó con interés, como si aguardara una respuesta asertiva de mi parte o un gesto que corroborara su creciente indignación.

—Dígame una cosa, señora —le dije—. ¿Cómo sabe tanto de Cardona, cómo puede decir que era un depredador sexual, si nunca lo conoció ni lo trató?

—Lo sé —dijo muy segura—, sencillamente lo sé. Así era el hombre que hace veinte años tenía enloquecida a Kore.

—Ya, pero cómo lo sabe.

Y al percibir que yo no tenía intención de progresar en la conversación hasta que ella no respondiera, se dejó venir con estas palabras que me hicieron comprender cuál había sido el verdadero propósito de su reunión conmigo.

—Déjeme hacerle antes otra pregunta. ¿Ha pensado en algún momento que Nayo Cardona pudiera ser el causante de lo que a usted le sucede en estos momentos?

Imagine, licenciado, esos conos de luz que bajan de los vitrales de las iglesias y en los que flotan, inconexas e inquietas, millones de motas de polvo sin orden ni dirección. Así sentía mi cerebro. No podía estabilizar, menos ordenar, lo que se agitaba en él, luego de escuchar el nombre de quien podría ser el responsable de mi indignación y mis cuitas. Necesitaba tiempo para escapar de la súbita confusión en que había caído, pero aquella astuta manipuladora que era Gabriela Jurado no me lo permitió.

Tres

—Kore y Cardona vivieron un fogoso romance durante cosa de tres meses sin que la magistrada llegara a tener la menor sospecha de la relación —continuó diciendo Graciela Jurado, sin dejarme responder—. Pero mediado el mes de julio de aquel año, Kore comenzó a mostrar signos de inquietud. Su relación con Cardona se había empezado a deteriorar, según me dijo, muy entre ella y yo. Eran solo detalles, roces, indicios que le hacían intuir la traición. Kore olía el humo, pero ignoraba dónde estaba el fuego. Vivía desasosegada, no dormía bien. Los encuentros se fueron espaciando hasta que Kore dejó de ver a Cardona por espacio de dos semanas. Y ella, literalmente, enloqueció. Cuando se ama como amaba Kore, sin frenos y a ciegas, y el amor te llega a faltar, es fácil precipitarse en un estado cercano al de la demencia.

Graciela Jurado hizo una pausa. Era palpable que le costaba seguir.

—Para más enredo, la crisis entre Kore y Cardona coincidió con el destape del escándalo que protagonizó Jürgen Matthäus, el ejecutivo de una multinacional europea que fue detenido con sus dos socios por exportar narcóticos a Europa. ¿Ha oído hablar de este caso, señor Cruz?

—Lo supe hace poco.

—La magistrada Albayeros presidía la Corte de Apelaciones que debía decidir si liberaba o no a los tres narcotraficantes condenados a veintidós años de cárcel. Puede suponer la tensión entre madre e hija esos días. De un lado, por el nerviosismo y las presiones que había creado la detención de esos tres extranjeros. Y de otro, por el estado emocional en que se hallaba Kore.

—Lo supongo.

¿Qué otra respuesta quería la buena señora que le diese? Yo ya sabía esa historia, me la había contado el padre del juez Hernández. Lo que no sabía aún era qué pretendía de mí Graciela Jurado.

—Así las cosas, uno de aquellos días, cuando aún no se había emitido el fallo de los Matthäus, Kore me llamó para decirme que no iría a la universidad ese día. La sentí muy alterada. Quise saber qué le ocurría, pero ella prefirió callar. Únicamente me dijo que iba hablar con Nayo Cardona. Y supuse que ese «hablar» lo decía en el peor de los sentidos. Fue la última vez que oí su voz. Al día siguiente, Kore había desaparecido.

—¿Así nomás, sin dejar huella?

—La llamé, no sé, diez, doce veces ese día. Tenía el celular apagado. Fueron veinticuatro horas angustiosas, esperando noticias, la más tenue, la más mínima. En los días que siguieron, amigos y amigas de la universidad nos movimos para tratar de encontrarla. Publicaciones en la prensa, en la televisión, en emisoras de radio, volantes con su fotografía, cintas amarillas en los árboles de La Reforma y Vista Hermosa.

—¿Cómo reaccionó la magistrada?

—Sufrió una transformación manifiesta, como si hubiese adquirido de pronto el más profundo, el más acabado sentido de la maternidad. Movió Roma con Santiago, buscó influencias. No faltaba a una reunión pública donde se protestara por el secuestro. Hacía todos los días declaraciones a la prensa. Marchaba de una manifestación solidaria a la siguiente con el rostro desencajado y los ojos enrojecidos. Nueve días estuvo sin comer, durante los cuales se sostuvo solo a base de agua embotellada. Y cómo no entenderla. En solo once meses había perdido todo lo que le importaba en la vida. Presentía que en adelante su única compañera sería la soledad y que viviría todo el tiempo amargada por la certeza de lo poco que le había valido el orden y la rectitud con que siempre había actuado.

—No me diga —le comenté en tono santurrón.

—No se dejaba ayudar por nadie y menos por mí. Si antes de la desaparición de Kore no me hablaba, ahora no quería verme ni en pintura. Su odio hacia mi persona se había avinagrado y me fue del todo imposible acercarme a ella. Era como si en el peso de la culpa que sentía quisiera llevar ella sola todo el dolor de la penitencia. Acabaría aceptando la pérdida de Kore, pero no su muerte, y hasta la fecha su hija ha seguido siendo para ella la siempreviva de su jardín.

—¿La PNC no hizo nada?

—Hubo una investigación que duró cuatro años. Una tortura. Tenemos una pista, sabemos esto, estamos averiguando lo otro, ahora sí, mañana no.

Graciela Jurado tenía la mirada puesta en el césped y en su rostro había aflorado una expresión de impotencia.

—Han transcurrido veinte años desde entonces, a lo largo de los cuales, cada vez que ha tenido lugar un hallazgo como el que acaba de ocurrir en su casa, he hecho todo lo que ha estado a mi alcance para averiguar si no serían los restos de mi amiga. Un íntimo vigor me impulsaba a hacerlo. La esperanza es una adicción que te humilla una y otra vez, mucho peor que una droga dura. La he maldecido mil veces. Pero si hoy estoy hablando con usted es porque no he dejado de creer en ella. La búsqueda de Kore ha dado sentido a mi vida y cada vez que acontece la aparición de unos restos, encuentro motivos para mantener la ilusión de encontrarla.

»No quiero sin embargo que piense que he buscado hablar con usted para desahogarme. Le pedí tener esta entrevista por dos motivos. Uno, por gratitud a Kore. Ella me salvó la vida, la que he llegado a tener: un marido cariñoso, unos hijos, una familia. Me hice mujer aprendiendo de la desgracia de Kore y nunca dejaré de agradecérselo. Y dos, para hacerle la misma propuesta que suelo hacer siempre que aparecen unos huesos en alguna parte y vuelve a renacer en mí la esperanza de que sean los de ella.

—Antes de seguir, señora, déjeme preguntarle algo.

La mujer que decía llamarse Graciela Jurado adivinó mi curiosidad.

—¿Que por qué hago las cosas a escondidas, que por qué tanto secreto?

Asentí con un movimiento de cabeza.

—No me puedo exponer, no puedo permitir que me vinculen a Kore ni que su escándalo me alcance. Soy una mujer diferente a la jovencita de entonces. Tengo un esposo reconocido y respetado y soy madre de tres hijos. Si el escándalo se llegara a conocer, mi nombre saldría a relucir también. Y en el caso de que hubiese un proceso público contra Cardona, la maledicencia haría estragos en mi familia.

—Y quiere que los demás hagamos las cosas por usted.

Graciela Jurado endureció el gesto.

—No tengo otra alternativa.

—¿Y qué es lo que me propone?

—Me es imposible comunicarme con la magistrada Albayeros. Es ya una persona mayor que, según me dicen, se ha ido volviendo más hosca con el tiempo. Sigue sin querer saber nada de mí. Y mi propuesta para usted es simple. ¿Sabe si la Fiscalía ha hecho el test de ADN a los restos aparecidos en su jardín?

Dudé si responder o no. Aquella entrevista me estaba dando ñáñaras. Sospechaba que Graciela Jurado no me decía toda la verdad, por un lado, y, por otro, no estaba seguro de que debía entregarle una información que yo había obtenido de manera ilícita. Así que decidí devolverle la pregunta.

—¿Qué es lo que tiene en mente, señora?

—Que si puede obtener el ADN de la osamenta de su jardín, se lo lleve a la magistrada Albayeros y le pida que lo compare con el de ella. Sé que no haber encontrado los restos de su hija todavía la atormenta. Pero si ambos ADN coinciden, la magistrada podría reclamar los restos del jardín y, cuando menos, encontrar paz de espíritu sabiendo que son los de Kore.

Hubo un hondo silencio entre los dos.

—Algo grave debió de suceder —le dije.

—A qué se refiere.

—Al encuentro del día fatal entre Cardona y Kore.

—Nadie sabe qué ocurrió. Lo que sí puedo decir es que, cuando tuve la certeza de que Kore se había ido para siempre, no me cupo ninguna duda de que Cardona la había asesinado.

—¿Fue usted con la PNC, se lo contó a la Fiscalía?

—Ya se lo he dicho. Tenía los mismos motivos que ahora para no hacerlo. Lo consulté con mis padres. Les dije que me presentaría ante el Ministerio Público para decir lo que sabía. Me dijeron ni se te ocurra. Vas a meterte en un pleito que no es el tuyo. La primera regla de la vida es no sudar calenturas ajenas. La segunda, no librar batallas que no puedas ganar. Y esta parecía ser una de ellas. Me costó comprenderlo, pero tenían razón. El miedo a la ineficacia de la justicia fue uno de los muchos legados de la guerra. Ese territorio, me dijeron mis padres, es un campo de minas. Tú querías a tu amiga Kore y deseas señalar a quien piensas que es el asesino. Pero, si das la cara a los fiscales o a la Policía, puede que te cueste la vida igual que a ella. Hay fuerzas oscuras que no ves, estructuras escondidas. Y el mal que hacen suele quedar siempre impune, como seguramente quedará el que le han hecho a tu amiga Kore.

—Usted no tenía modo de probar el crimen. Todavía hoy no puede hacerlo. Ni siquiera sabe por qué Cardona asesinó a Kore, si es que fue él quien lo hizo. Solo puede hacerse conjeturas. ¿Le contó esto a la magistrada?

—Ya le he dicho que no quería verme.

—¿Conocía ella a Cardona?

—Es posible, no lo sé.

Graciela Jurado dijo esas palabras muy deprisa, como si quisiera evadir el asunto en lugar de dar una respuesta clara. Probablemente mentía, pero ¿quién podría asegurarlo, sino ella?

—Cardona era el abogado de los Matthäus, y Rosalía Albayeros, magistrada de la Corte de Apelaciones. Tenían que conocerse —insistí.

Volvió el rostro a los cipreses, luego al jardín, a la casa. No encontraba qué decir, supongo. Su seguridad en sí misma parecía pasar un mal rato.

—Señora Jurado, usted quería hablar conmigo para darme «una información importante» sobre los restos aparecidos en mi jardín y yo la creí. Pero cuando al fin parece que llegamos al meollo del asunto, resulta que no tiene nada. O que no me lo quiere decir. Y yo no puedo concluir que la osamenta aparecida en mi casa sea la de Kore Esquivel. Es una posibilidad tan remota como la que yo me convirtiera en el marqués de Sade.

—Véalo como una corazonada, la más fuerte que yo haya experimentado en veinte años. Y es un favor que le pido. Quisiera aliviar el dolor de la magistrada, aunque ella no quiera saber nada de mí.

—Los restos aparecidos en mi jardín son un hilo demasiado delgado para llegar a esa conclusión. Usted quiere además que yo vaya con la magistrada para decirle, ¿qué? ¿Que Cardona es el asesino de Kore Esquivel y que la enterró en mi jardín? ¿Se da cuenta de lo que me pide? ¿Quiere también que le diga que su hija era amante de Cardona, el personaje más corrupto y repugnante de este país?

—Si los restos hallados en su casa son los de la hija de la magistrada Albayeros, hay indicios fundados para abrir una línea de investigación que lleve a incriminar a Cardona. Piense en el alivio que eso supondría para usted.

—Y yo le digo, señora, que nada de lo que me ha contado podría usarse ante un tribunal como prueba fehaciente de que Cardona asesinó a Kore Esquivel.

Graciela Jurado cruzó los brazos sobre el pecho. De nuevo la veía a la defensiva, nerviosa. No encontraba nada sólido que decir y había una zona de sombra en su relato donde yo no podía entrar.

—¿Qué me está ocultando, señora? —le dije, entre fatigado y molesto.

En su celular sonó el tema de *Piratas del Caribe*. Lo sacó de su bolso de mano, hecha un manojo de nervios, se levantó de la silla y se alejó murmurando una excusa. Habló unos minutos de espaldas a mí, al cabo de los cuales regresó tal cual, como si no hubiera ocurrido nada.

—Me tengo que ir —dijo.

La tensión se había disipado y comprendí que, por más que yo insistiera, no iba a resolver mis dudas. Y decidí no hacerlo. A veces un caballero debe mantener los naipes bocabajo, aunque sepa que tiene la baza ganadora. Graciela Jurado conocía secretos que no estaba dispuesta a descorrer y yo no podía ni siquiera barruntar.

—¿Me promete hablar con la magistrada? —dijo al despedirse.

En su rostro y su mirada se había dibujado una beatífica expresión de súplica.

No tenía la más mínima intención de hacerlo, licenciado. La señora no había sido clara conmigo y, a medida que progresaba nuestra conversación, había ido creciendo en mí la sospecha de que, con su modito y su tono de plegaria, pretendía utilizarme como un títere. Los ríos mansos suelen ser los más hondos y hay que cuidarse de ellos. ¿Qué me iban o me venían a mí los amores entre una jovencita y un mafioso a quienes no conocía y que habían tenido lugar veinte años antes?

Graciela Jurado consideraba una obra de caridad identificar los restos de Kore, pero lo que buscaba en realidad era reconciliarse con la magistrada. Y no se atrevía a decírselo ni siquiera por carta porque eso significaba contarle que Kore había sido la amante de un canalla, un mal trago que doña Graciela no estaba dispuesta a apechugar. Así son estas señoronas, licenciado, mucha lengua, mucha cháchara, mucho pucherito en la boca, pero de comprometerse, nada. Su petición llegaba, además, cuando mi familia más necesitaba de mí. Así que le dije adiós muy buenas, no sin valorar la reunión como lo que en verdad había sido: una absoluta pérdida de tiempo.

Cuatro

Se pasó la mano por el mentón, como si quisiera determinar la dureza de su barba, y me dijo pensativo:

—¿Sabe cuál es la principal causa de estrés, licenciado?

—No —respondí.

—La muerte de un ser querido. ¿Y la segunda?

—Tampoco.

—Cambiarse de casa. Ansiedad, inadaptación, nostalgia por el viejo hogar, ruidos raros, depresión. Habíamos encontrado un apartamento en alquiler que se ajustaba a nuestras necesidades y nos lanzamos de lleno a la mudanza. Y el optimismo y la ilusión se apoderaron de nosotros.

Hasta que empezó el traslado.

El apartamento era un espacio de paredes desnudas, con algunas muescas y arañazos, sin un cuadro ni un adorno, sin lámparas, sin alfombras y todos sus espacios ocupados por un caos de cajas abiertas, ropa a medio extraer, cojines por aquí, sábanas por allá. Había bultos apilados y muebles sin desembalar en los cuartos, en los pasillos, en la cocina, en la sala.

Llevábamos dos días moviéndonos por entre aquella selva de cartón y todavía ignorábamos dónde estaban las toallas o los platos. Tres días frenéticos de subir, bajar, sacar, meter, y caminar sin ton ni son de un lugar a otro. Todo estaba desordenado y Ofelia se encontraba otra vez al borde de la histeria. Escapar de allí e ir al trabajo, le juro, era como salir de vacaciones. Conque dígame usted si iba yo a andar por ahí, visitando a la magistrada Albayeros por iniciativa de una amiga de su hija a la que no quería ni ver y buscándome más tensiones de las que ya tenía.

Habíamos trasladado ya casi todo al apartamento y solo quedaban en El Liquidámbar unos fardos con el menaje de cocina, juguetes, algunas herramientas. Alquilé una panel y fui a traer esas cosas. Cuando llegué, el garaje aún olía a madera chamuscada y en la pared exterior campeaba el infame rótulo que proclamaba a voz en grito que mi jardín era un cementerio clandestino.

El muchacho que me acompañaba terminó de cargar los últimos bultos en el vehículo. Yo me volví a la puerta y procedí a meter el llavín en la cerradura. Pero no pude. Mi mano temblaba como si tuviese el mal de Parkinson y todo mi ser era objeto de un incontrolable ataque de melancolía. Cuando el llavín bloqueara la cerradura, mi casa, mi heredad y quince años de mi vida quedarían tras aquella puerta. No sabía cuándo volvería a aquel lugar ni si estaba dejándolo para siempre. Pensaba esperar un año y regresar cuando toda aquella locura hubiese sido olvidada, si es que se llegaba a olvidar. Lo haría para reformar la casa y arreglar los daños, pero no estaba seguro de que el vecindario borrara el sambenito que alguien había colocado en la pared exterior, a semejanza de la infamante lista que la Inquisición colocaba en los muros de las iglesias con el nombre y el castigo de los penitenciados.

Al tercer intento conseguí introducir el llavín en la chapa. Cerré la puerta y me quedé unos instantes inmóvil, tratando de reponerme.

Oí entonces el sonido de un motor. Me di la vuelta. Un hombre y una mujer se apearon de un pequeño Hyundai. El hombre preguntó:

—¿Es usted Alejandro Cruz?

—Para servirle —respondí.

—Tenemos una notificación de desalojo de esta propiedad.

—Qué babosada está diciendo.

—No es una babosada, señor. Es una demanda de desocupación interpuesta por el legítimo propietario de este inmueble.

Mi primer impulso fue apoyar la espalda contra la puerta, abrir los brazos en cruz y gritarles aquí no entra ni el rey David cantando las mañanitas.

—Ustedes no pueden hacer eso —dije con la boca seca.

—Nosotros solo hemos traído a su conocimiento la notificación judicial. El desalojo lo hará la Policía Nacional Civil, si usted no abandona el inmueble en treinta días.

—¿Me está diciendo que esta propiedad no es mía? ¿Es eso lo que me quiere decir?

La mujer dio unos pasos adelante. Llevaba en las manos un papel amarillo forrado de plástico transparente que procedió a adherir a la puerta. Luego se volvió hacia mí y dijo en tono petulante:

—Esta es una orden judicial, señor —señaló el papel—. Tiene las firmas, los sellos y la confirmación de haber tenido a la vista el respectivo certificado del Registro de la Propiedad en el que no consta que usted sea el dueño de este inmueble.

—¡Este terreno fue inscrito en el Registro por mi padre hace más de cuarenta años —clamé—, y yo vivo aquí desde hace quince! ¿Cómo se atreve a decirme semejante cosa?

—Usted dirá lo que quiera, señor, pero el certificado del registro afirma que el propietario es otro.

—¿Y quién es ese individuo, si puede saberse?

—Miguel Ángel Sarceño Lima.

—No conozco a ese señor.

Ninguno de los dos quiso escucharme. Se dirigieron tranquilamente al Hyundai y me dejaron con la palabra en la boca.

—¡Oigan, oigan, no se vayan! ¡Tiene que haber un error!

La mujer se volvió a mí.

—Nosotros no cometemos errores, caballero. Y le aconsejo que no se haga el listo. De lo contrario, no solo perderá su propiedad, sino también algo tal vez más importante.

—¿Qué quiere decir con eso?

No hubo más entre nosotros. La pareja se subió al vehículo y se fue sin decir una palabra más.

Si lidiar con un burócrata es una experiencia frustrante cuando el tipo se niega a razonar, puede imaginarse, licenciado, el abatimiento que se viene sobre uno cuando con absoluta frialdad te dice que te has quedado sin casa. Los británicos acostumbran a decir mi hogar es mi castillo. Yo prefiero decir mi casa es mi patria, el lugar donde deseo vivir. Un espacio no necesariamente lujoso, pero limpio y acogedor, donde mis hijas crezcan y mi esposa y yo podamos envejecer con tranquilidad. Pero allí estaba tristemente la mía, quemada, sucia, confiscada, incluso proscrita por los vecinos.

Allí mismo llamé a José Ángel Valenzuela, mi abogado. Le expliqué lo ocurrido. Me habían despojado, así sin más, de mi casa y de las mil doscientas varas sobre las que estaba construida, le dije.

—Le entiendo, Alejandro —contestó—. Y lo siento de veras. Pero no es una situación desusada.

—¿Cómo así?

—Cada año, cientos de personas son desposeídos de sus propiedades con métodos parecidos.

—No me lo puedo creer.

—Hay bandas de estafadores que se dedican a este negocio. Jueces, abogados, notarios, funcionarios públicos. Se coluden entre ellos para despojar a los incautos de sus propiedades mediante inscripciones registrales viciadas, falsificación de firmas y métodos por el estilo. Pero vamos a hacer todo lo que esté a nuestro alcance para detener el asunto. Lo primero es averiguar la certeza de la demanda y que no sea una falsificación, cosa que también suele ocurrir.

—Que te roben el carro o te asalten, lo entiendo —le dije—, pero que te despojen de tu casa no me cabe en la cabeza.

—Como le digo, Alejandro, lo común es que detrás de la mascarada como la que usted acaba de vivir haya una estructura criminal dedicada al despojo de inmuebles. En ciertos casos, y quizás sea este uno de ellos, lo que buscan es inmovilizar la propiedad durante varios años, hasta que el verdadero propietario logra demostrar que la documentación del demandante, en este caso el tal Sarceño Lima, es falsa. La indolencia del sistema de justicia opera en favor de los estafadores. Y mientras se averigua a quién pertenece en realidad el inmueble, los delincuentes aterrorizan a la víctima, la cual en muchos casos cede para librarse de las amenazas de que es objeto. Pero no se preocupe, me pongo en marcha ahora mismo. Enviaré a alguien a revisar la orden judicial que dejaron en la puerta y le aviso en cuanto sepa algo.

Camino del apartamento con los tiliches a bordo de la panel, recordé la inquietante pregunta que me había hecho Graciela Jurado. «¿Ha pensado, señor Cruz, que Cardona podría ser el responsable de lo que le está sucediendo a usted?». Espéreme un tantito, licenciado, permítame que me explique. Para mí estaba claro que la expropiación de mi casa formaba parte de la operación de acoso y derribo que alguien había emprendido contra mí desde la aparición de la osamenta, y por un motivo específico: impedir que los restos fueran identificados. ¿De acuerdo? Ahora, aceptemos que Bernardo Cardona fuera el responsable. ¿Quién era ese señor? Un perfecto desconocido cuyo nombre había escuchado por primera vez hacía unos días, un tipo que presuntamente era un mafioso, que presuntamente había asesinado a la hija de la magistrada, a la cual, presuntamente, había enterrado en mi jardín. Si no hay prueba, no hay delito, ¿correcto? Entonces atribuir a Cardona las amenazas por teléfono o el atentado con una bomba incendiaria o la expropiación de mi casa o el asesinato de Kore Esquivel venía a ser algo así como querer cortar en el aire un pelo con un machete.

Con otras palabras, licenciado, todo lo averiguado hasta ese momento en torno a los restos humanos hallados en mi casa tenía el mismo sello: pura especulación. Conjeturas, las que usted quiera; pruebas que las confirmaran, ninguna. La aparición de los restos de una jovencita asesinada desataba la imaginación de decenas de miles de personas relacionadas con casos parecidos que ideaban conexiones artificiosas, como la que la señora Jurado me había querido vender.

La gente inventa historias que nunca han ocurrido. Y usted, que es investigador, debería saberlo. Solo de la creación del universo y el hombre existen cientos de mitos. A la señora Jurado le ocurría lo mismo. La imaginación le conminaba a creer que Cardona, Kore Esquivel y los restos aparecidos en mi jardín estaban relacionados.

Más allá de estas precauciones, no niego que yo también quería creer que esa relación era cierta. Un deseo nacido de la necesidad de encontrar al hijo de su madre que me tenía crucificado, por más que supiese bien lo que me jugaba si seguía en el patín de descubrir a la persona o personas detrás del crimen de la jovencita.

Pero era peor no hacer nada, que es lo que suele decirse en estos casos. No era broma que unos tipos, aparte de amenazar tu vida y la de tu familia, quisieran despojarte de tu casa. Ante todo, debo sobrevivir, me decía. Y para ello estaba obligado a pensar de otro modo. Tal vez no ir tan de frente, ser más estratégico que táctico, no sé, algo parecido. Pero también es verdad que uno nunca pierde del todo la inocencia. La buena voluntad y la buena fe le empujan a uno más de lo que uno cree. Siempre queda por ahí algún jirón de piedad, algún escrúpulo, algún resto de confianza en la gente, esas emociones de las que uno no puede desprenderse por más que quiera. Sentía pena por la magistrada, qué quiere que le diga, pues yo era padre también, y solo de pensar que a alguna de mis hijas le pudiera suceder lo que a Kore Esquivel me revolvía las entrañas. Y haciéndome estas reflexiones concluí que, no obstante lo remota que pudiera ser la relación entre Cardona, Kore Esquivel y los restos hallados en mi jardín, tal vez no era tan descabellado intentar cortar de un machetazo el pelo en el aire. Todo cuanto necesitaba era hablarle a la magistrada sin tapujos. Pasaría el mal trago de decirle lo que la señora Jurado no se había atrevido a hacer. Y si no salía como yo esperaba, pues a otra cosa, María Rosa.

Cinco

Entre la veintena de personas que conocí durante la pesquisa del crimen, la más cuca y escurridiza fue sin duda Mauro Tobar. De manera parecida a la salamandra, caminó por entre el fuego sin quemarse y salió del otro lado tan fresco. Tobar mentía mejor que un jesuita, pero no es menos verdad que, si pudo esquivar la justicia, fue porque contaba con el auxilio de la Fiscalía y la DEA. Sabía que en el caso de ser atrapado, podría recurrir a una *excusa absolutoria*, uno de los tantos recursos legales a los que se suele apelar para que un hecho delictivo no tenga sanción por razones de utilidad pública. E hizo un gran negocio al vender la información de que disponía sobre los capos de Colombia, Guatemala y México a cambio de una vida callada y anónima, protegido por el Departamento de Justicia de EE. UU.

Todo en la vida tiene un precio y ni siquiera la justicia está exenta de esta ley no escrita en los códigos. Si quieres quedarte con el pastel, debes sacrificar un pedazo. Y ese pedazo había sido la libertad de Tobar, en pago a la información que tenía. Así sucede con este tipo de granujas: al final de la jornada, todos se delatan entre ellos.

Pero el genio de la extorsión, el soborno y los trabajos sucios del bufete de Cardona, no se resignaba a quedar a merced de la opinión y, antes de perderse en la nada y el olvido, dispuso «limpiar su buen nombre», hágame el favor, con una declaración pública.

El aviso me llegó unos días después de mi última entrevista con Cruz. El abogado de Tobar me llamó para invitarme a escuchar la confesión de su cliente, el hombre de eterno gesto de cansancio y voz rasposa, detenido todavía en Nueva York, y que estaba a punto de volverse invisible en un territorio de diez millones de kilómetros cuadrados y trescientos treinta millones de habitantes.

—¿Y qué tengo que ver yo en todo eso? —le dije al abogado del truhan.

—El señor Tobar está muy interesado en que usted escuche la comunicación y la grabe. La presentación será mañana a las 8 a.m., hora de Guatemala, por *Zoom*, y está dirigida a un pequeño grupo de personas.

Algunas de las entrevistas de Tobar me habían parecido sorprendentes. Pero esta que reseño aquí, sería la madre de todas ellas. He omitido su cinismo exculpatorio, así como su contrita perorata de hombre arrepentido y su propósito de enmienda, discurso sin duda obligado por la fiscalía del Estado de Nueva York, dado el carácter público de la declaración. La hipocresía, ya se sabe, no es feudo exclusivo de los malos; también lo es de quienes se dicen buenos.

Videoconferencia de Mauro Tobar
Primera parte
Páginas 24-40.

< El asesinato de Kore Esquivel sucedió dos días antes de la revisión de la sentencia emitida contra los implicados en el caso Matthäus. Días tensos y difíciles para Nayo y para mí, pues habíamos apostado alto. Nos jugábamos el futuro del bufete que acabábamos de fundar y nuestro crédito con los carteles de Sinaloa, Guatemala y Medellín para casos de esta índole. Estábamos muy comprometidos y la cosa no pintaba bien. Teníamos un problema. Y era que la magistrada Albayeros presidía la Sala Cuarta de Apelaciones del Ramo Penal, donde iba a decidirse el fallo. Dos de los magistrados de la sala estaban de nuestra

parte, pero los otros dos y la señora Albayeros pretendían confirmar la sentencia de los Matthäus, dictada por un jueccito de mierda llamado Carlos Iván Hernández. Y es en estas circunstancias que tiene lugar el crimen.

Recuerdo que era un lunes y que, a eso de la medianoche, recibí una llamada de Nayo pidiéndome ayuda, como hacía siempre que se metía en algún lío. Le pregunté qué sucedía y me contestó que no me lo podía decir por teléfono. Estaba muy alterado y le costaba ser coherente.

Me incorporé de la cama de un salto, me vestí, subí al carro y corrí al pequeño apartamento de la Zona 10 donde Nayo hacía sus negocios y enfriaba sus calenturas. Dejé el vehículo en el sótano del edificio y subí directamente desde el garaje, sin pasar por la entrada principal.

Cuando Nayo abrió la puerta, me percaté enseguida de que algo grave había ocurrido. Estaba sin camisa, descalzo y más pálido de lo habitual y olía a trago de lejos. En una mano sostenía uno de los pesados candelabros de bronce que adornaban la mesita auxiliar del vestíbulo y su mirada era vidriosa y sin vida.

Me hizo pasar con un gesto y lo que vi en el vestíbulo me dejó friqueado. La patoja estaba tirada en el piso, con los ojos abiertos y la mejilla derecha pegada a un charco de sangre. Requería estómago verla. El golpe con el candelabro le había arrancado un mechón del cabello que todavía goteaba, adherido a la pared, y de la nuca brotaban algunas gotas de sangre. Tenía la coronilla rebanada por el golpe y su cuerpo presentaba desgarraduras en los brazos, uno de los cuales estaba descoyuntado por el codo.

Cuando a Nayo se le subía la bilirrubina se transformaba en un animal. Y uno podría decir que también es un animal el que roba a un mendigo o a un ciego, pero este tipo de personas tiene al menos el control de sus impulsos. Nayo no. Nayo carecía de ese freno. Su furia era parecida a la fobia que se apodera de uno cuando persigue a escobazos a una cucaracha o una rata. Y supuse que eso era lo que había sucedido allí, un ataque de furia en el que Nayo había golpeado a la chava hasta matarla.

Se sentó en uno de los sofás de la sala, abrió las piernas y los brazos y echó la cabeza hacia atrás. Sospecho que se había esnifado un par de líneas, pues tenía las manos temblorosas y las pupilas dilatadas. Eso aparte del trago, el cual ingería directamente de la botella.

—Vos, ¿qué hiciste? —le dije en voz baja.

—Era un bicho malo, vos —farfulló a modo de excusa—. Me amenazó con delatarnos.

—¿Cómo así, vos? —le dije extrañado—. Nunca tuvo acceso a documentos y siempre hemos sido cuidadosos con la información.

—Vos no conocías a esta jodida. Se fijaba en cosas que no se fijaban otras. Diputados, fiscales, maletines, clientes. Habló hasta por los codos de todo lo que tenía en contra nuestra. Fotos con Pascal Leroy, con la gente de Zacapa y de Colombia. Sepa Judas cómo las hizo o de dónde las sacó. Por lo visto, me había estado siguiendo.

Inspiró hondo.

—Teníamos días de no vernos, culpa de la apelación de los Matthäus. No tuve tiempo para reunirme con ella y le dio un ataque de celos. La tomé por un brazo y le di un bofetón porque se había puesto histérica. Fue entonces que se destapó. Me dijo que nos iba denunciar a vos y a mí por lavado de dinero y negocios con el narcotráfico, que tenía todas esas pruebas.

—¿Y te las mostró?

—No. Dijo que las guardaba en una caja de seguridad de un banco. Pero lo expresó con tanta rabia y tanto resentimiento que la creí. Entonces agarré el candelabro. Ella corrió hacia la sala, luego al dormitorio. Y yo detrás. Era muy ágil, la cabrona. Regresó al vestíbulo dando gritos y cuando intentaba abrir la puerta le di dos o tres guamazos en la cabeza. Y ahí se quedó, como está ahorita.

Qué dulce es el amor cuando comienza y qué amargo cuando termina. Nayo sabía de él más de lo que le habían enseñado. Lo que no sabía era cómo concluirlo. Siempre rompía con las mujeres a la brava. Pero esta vez se había pasado de tueste.

Estaba yo como en misa, con la cabeza inclinada y los ojos en la muerta, pensando en cómo desatar aquel nudo cuando Nayo viene y me dice, así, a lo viva la flor:

—Hay que sacar el cadáver del edificio y enterrarlo por ahí.

Se fue al pasillo, abrió un clóset y regresó con una frazada momosteca y un lazo de nailon de color naranja.

—Avisá a quien sea, a quien esté disponible, y decile que venga enseguida. Que limpien esta mugre, envuelvan el cadáver en la frazada, lo aten con el lazo y se lo lleven. Pueden subir en el elevador como hiciste vos e irse por la misma ruta sin que nadie los vea. Todo muy sencillo. ¿Está claro?

—Clarinero —dije yo—. Solo me preocupa qué va a pasar cuando se sepa la noticia en la calle. ¿Quién era esta patoja, vos?

—Nadie, no es nadie.

—¿No tiene nombre?

—No vas a querer saberlo.

—¿Y qué pensás hacer después?

Parecía estar medio dundo, pero no, el fregado estaba pensando.

—Ya se me ocurrirá algo —dijo—. Volvé aquí cuando terminen el trabajo.

Claro, lo que se dice claro, no vi yo que lo estuviera, a pesar de haberlo dicho. Díganme ustedes qué fácil puede ser a las dos de la mañana de un lunes encontrar gente que te haga un trabajito así. Hice cábalas, de todas formas, barajé algunos nombres y por último decidí llamar a *Los enterradores*, dos hermanos que se dedicaban a desaparecer cadáveres. Gente aseada, discreta, que resolvía problemas parecidos.

Saqué el celular y los llamé. No muy querían venir. Habían tenido un día muy atareado con otros dos servicios esa misma noche.

Tapé con la mano el micrófono del teléfono y le dije a Nayo:

—¿Cuánto estamos dispuestos a pagar?

—Lo que sea, vos. Solo quiero que se lleven esta mierda de aquí cuanto antes. No soporto verla ni un minuto más.

El precio fue cariñoso, pero una hora más tarde ahí estaban los hermanos Téllez, que aunque eran cuaches, no podían ser más distintos. Julio Roberto tenía aspecto de levantador de pesas, y era alto y pechugón; Mario Julio en cambio era más pijuy, jetón y algo corneta.

Entraron en el apartamento y empezaron a trabajar mientras yo limpiaba el candelabro y lo envolvía en una toalla. Pidieron una cubeta y un trapeador y dejaron el piso como para comer en él. Envolvieron a la patoja en la frazada, ataron el envoltorio con el lazo y lo sacaron al elevador. Me fui con ellos llevando el trapeador y la cubeta con el agua sanguinolenta que vacié en un desagüe del garaje. Metimos el bulto en el baúl del carro y salimos de la ciudad por el Bulevar de los Próceres. Subiendo hacia Condado Concepción, arrojé el candelabro a uno de los terraplenes cubiertos de arbustos que bordean la carretera y, luego de girar hacia San José Pinula, no dirigimos a un lugar oscuro y solitario, tupido de árboles.

Los muchachos hicieron su trabajo con la misma pulcritud y pericia que habían limpiado el apartamento. Les pagué y volví con Nayo cuando se anunciaban las primeras luces del día. Ya se había bañado, afeitado y perfumado. Estaba otra vez tranquilo, lo mismo que agua en un plato.

—¿Te apetecen unos huevos revueltos? —me dijo.

Mientras me duchaba, Nayo preparó el desayuno y minutos después dábamos cuenta juntos del pequeño banquete.

Y aquí viene lo importante, lo que cuenta de aquel crimen y que únicamente yo sé. El cerebro de Nayo no volaba en forma lineal, como lo haría un avión, sino de manera errática, como vuela una mariposa. Sabía que la intuición es a menudo más rápida y eficaz que la reflexión más sensata. Y como en otras ocasiones, así sucedió esta vez, solo que, en lugar de dar con una solución más o menos imaginativa que resolviese el problema de la desaparición de la chavita, a Nayo se le ocurrió una idea diabólica.

—Vas a llamar al *Churuco* —me dijo, soltando el tenedor en el plato—. Quiero proponerle un negocio. >

Seis

Videoconferencia con Mauro Tobar
Segunda parte
Página 41 y siguientes.

< *El Churuco*, que en gloria esté, y si no lo está es por su culpa, era un tipo flaco, arrugado, de piel marchita y pelo colocho, jefe de una banda de secuestradores que la polaca no había logrado identificar. En la capital operaban tres bandas de las cuales *Los Rapiditos* y *Los Guanacos* eran las más conocidas, pero había una tercera que suponía para los polacos una incógnita. Al jefe de esa banda le decían así, *El Churuco*, por las pocas carnes que cargaba encima, un tipo cabrón, ofrezco disculpas, que se había hecho millonario con el negocio del secuestro. Tenía veintisiete años y se le calculaba ya una fortuna de cuatro millones de dólares entre propiedades, terrenos en la capital y en Escuintla, dos tiendas de bicicletas y cuentas de ahorro repartidas en cinco bancos. Un mito para la muchachada de las maras y un dolor de rabadilla para las fuerzas de seguridad. Su voz astillada y gangosa era bien conocida por la PNC y por las diecisiete familias a las que había cobrado rescate, así como por las tres que se habían quedado sin hermanos o hijos aun después de pagarle el rescate.

El Churuco metía miedo a cualquiera que lo trataba. Había una buena razón, a más de su aspecto y su cara de tepezcuintle. Cuando hablaba contigo no dejaba de mirarte a los ojos, mientras mantenía la mano izquierda apoyada en la SIG Sauer de 9 mm que llevaba a toda hora entre el cincho.

La idea de Nayo era sencilla: ofrecerle al *Churuco* diez mil dólares por hacer dos llamadas telefónicas, haciéndose pasar por el secuestrador de la patoja. La primera tenía el propósito de tranquilizar a la madre y decirle que a su hija no le sucedería nada si seguía las instrucciones que le iría dando. Y la segunda, informarle del precio del rescate.

El Churuco aceptó el trato. ¿Y cómo no lo iba a aceptar? Figúrese, diez mil águilas por dos llamadas de un minuto cada una. Los secuestradores prefieren negociar con mujeres, porque las emociones las debilitan. Pero aquí no se trataba de negociar con una mujer, sino de aterrorizarla, según el diabólico plan concebido por Nayo.

Para ello, *El Churuco* echó mano de su recurso favorito cuando tenía que negociar con personas de carácter. Le dijo a la magistrada que, si no fallaba a favor de los Matthäus, le enviaría la cabeza de su hija en una caja por DHL. Según el propio *Churuco*, *eso* puso a Rosalía Albayeros al borde de la histeria. Ella intentó negociar, pero *El Churuco* no aceptó ni siquiera darle una prueba de que la patoja estaba viva. ¿Y cómo podría hacerlo si la patoja ya estaba muerta? A la señora no le quedó otra alternativa que inclinar su voto a favor de los Matthäus, quienes quedaron libres ante el escándalo de la curia vestida de birrete y toga.

Pero la historia no termina ahí. El asunto se nos fue de las manos cuando el mula del *Churuco* se permitió una libertad que Nayo nunca le dio. Y fue a hacer una última llamada por su cuenta y riesgo y sin cobrar un centavo más. Ese fue su regalo, según dijo, el cual nos vino a complicar la vida. Y de qué modo. Justo el día en que los Matthäus eran excarcelados, viene el baboso y llama a la magistrada para decirle que muchas gracias por los servicios prestados, pero que si pensaba que le iban a devolver a su hija, mejor esperara el día del Juicio Final.

Es lo que yo digo siempre: a la gente creativa hay que vigilarla de cerca con un palo, un matamoscas o un spray para darles en la jeta cuando se pasan de listos y hacen las cosas sin consultar. Todo iba sobre ruedas hasta que *El Churuco* hizo la tercera llamada. Los Matthäus ya habían salido del bote y pocas horas después estaban de nuevo dentro. ¿Qué había ocurrido?

Que la señora era más astuta de lo que pensábamos.

Cuando *El Churuco,* solo por joder, la llama y le dice que no volvería a ver a su hija, la señora se da cuenta de que ha caído en una trampa. Y piensa que ha sido el narcotráfico quien la ha forzado a salvar a los Matthäus, lo que era en parte cierto, no obstante que había sido Nayo quien lo había planeado todo.

Ahora bien, para exonerar a los Matthäus, la magistrada tuvo que ocultar una parte de la evidencia que los incriminaba. No le quedó otra, si no perdía a su hija. Y al darse cuenta del engaño del que había sido objeto, la vieja decidió vengarse. Como por arte de magia, la evidencia que no había sido utilizada para condenar a los Matthäus aparece al día siguiente en manos de cierto juez agresivo. Un nuevo delito señalaba a los Matthäus: la asociación ilícita con Pascal Leroy. Los Matthäus son detenidos en el aeropuerto y enviados otra vez al bote. Y nosotros, como nuestra cara. Después de prometer y trabajar hasta el agotamiento por la exoneración de los Matthäus, la tilapia se nos escurría de las manos

¿Está seguro de que el procedimiento fue ese?

Casi seguro. No hay otra explicación.

No me lo creo. Esa es una chapuza legal inexplicable.

Son cosas bastante corrientes, no crea.

¿Es en ese momento que Rosalía Albayeros dimite como magistrada de la Corte de Apelaciones?

Supongo que estaba abochornada por la forma en que había sido embaucada, creyéndose tan lista. Pero sí, dimitió inmediatamente después de entregar al juez que le digo la evidencia que condenaba a los Matthäus. Esa sería su venganza.

¿Y qué fue de los Matthäus?

Seis meses después fueron liberados y abandonaron rápidamente el país.

¿Se encargó Cardona de eso?

Sí. Era la especialidad del bufete, sacar a gente del bote con medidas sustitutivas, nuevas apelaciones, usted ya sabe.

¿Tiene idea de por qué la magistrada no fue acusada de prevaricación?

[Tobar guardó un largo silencio a mi pregunta sin dejar de mirar a la pantalla del computador que lo estaba filmando].

Hubo un acuerdo tácito de la señora con los otros magistrados. Para que no la acusaran, chantajeó a los dos que estaban de nuestra parte, quienes prefirieron quedarse callados, pues ambos habían votado a favor de revocar la sentencia. En cuanto a quienes habían estado a favor de condenar a los Matthäus, no les quedó más alternativa que callarse la boca, pues si la magistrada había prevaricado, ellos habían sido cómplices en el ocultamiento de parte de la evidencia que condenaba a los Matthäus. Ninguno estaba, pues, interesado en que Rosalía Albayeros fuese acusada de prevaricación.

Así y todo, hubo un abogado independiente que la demandó por eso.

No consiguió pasar de ahí. La magistrada adujo problemas de salud y la audiencia con el abogado acosador fue suspendida por los colegas de la señora. Indefinidamente. Ahí terminó todo. La magistrada tenía sus mañas y logró evadir la justicia.

Y esto es todo lo que tenía que decir, señores. Sé que no podré volver nunca a mi querida patria y que nadie me va a agradecer esta declaración, pero tampoco quiero que se me recuerde como el despiadado asesino que nunca fui, pues tanto el crimen como la extorsión a la magistrada fueron obra de Bernardo Cardona. >

¿*Ficta confessio*, como decía el latino, confesión ficticia? No hay quien no quiera lavarse las manos a la hora de admitir su participación en un homicidio. Pero la estremecedora frialdad con que Tobar describió la escena del crimen y el entierro de Kore Esquivel, hablando sin emoción alguna, con voz neutra y aburrida, como lo habría hecho un funcionario que recitara de memoria el reglamento de la ley de conservación del mangle y el pinabete, me dejó algunas dudas. ¿Fue Cardona quien concibió la diabólica idea de extorsionar a la magistrada, haciéndola creer que Kore aún estaba viva, o fue Tobar, el escurridizo y tenebroso genio del bufete? Nada puedo asegurar al respecto. Es posible que en su confesión haya ocultado algunas cosas y exagerado otras, pero tengo la impresión de que, en lo esencial, el relato es creíble. A fin de cuentas, nada tenía que temer. El hombre estaba ya a salvo, protegido por los U.S. Marshals y el Departamento de Justicia de Estados Unidos.

Siete

Unas fechas antes del día de Todos los Santos, Cruz me llamó para invitarme a disfrutar con su familia el fiambre en la casa que sus suegros tenían en Amatitlán. La experiencia fue muy grata, como suele ser este tipo de reuniones en un día tan señalado por la tradición. Sentados en pequeñas mesas, bajo un toldo de colores, casi medio centenar de invitados disfrutamos de esta ensalada compuesta de verduras, carnes saladas, embutidos «y otras cosas gustosas».

A los postres, Cruz me tomó de un brazo y me alejó del mundanal ruido. Había sido un invierno prolongado y la vegetación desplegaba con exuberancia su verdor y su flora en el extenso jardín. Caminamos a la orilla de una cerca de rojos jengibres y nos sentamos a la sombra de un matilisguate frente a la diminuta playa donde se desmayaban las suaves olas del lago.

—¿Cómo le va? —me dijo.

—Hoy muy bien, mañana no estoy muy seguro. Sigo buscando empleo y haciendo entrevistas.

Sonrió.

—Me refiero a su pesquisa.

—La respuesta no es muy diferente. Pero hay algo nuevo que descubrí días atrás, algo terrible que usted probablemente no sabe.

—¿Sobre el crimen de la magistrada?

Le conté en pocas palabras la confesión de Tobar y al paso que lo hacía me iba dando cuenta, por los movimientos de su cabeza y sus gestos, de que en su puzle particular las piezas encajaban a la perfección.

Cuando terminé de hablar, me dijo:

—¿Piensa que Rosalía Albayeros supo en algún momento que su hija no había sido secuestrada?

—Por el relato de Tobar, deduzco que la cruel estratagema de Cardona consiguió el propósito de engañarla.

Cruz se había quedado con la mirada perdida en las colinas que rodean el lago e inmóvil como uno de los monolitos de la isla de Pascua, solo que vestido con camisa blanca y tocado con una gorra de los Dodgers.

—No es tan importante saber algo, como saberlo a tiempo. Y al revés. Nada menos trascendente que recibir una información importante a destiempo.

Hablaba muy despacio, pero con alguna dificultad, como si le costara volver a un asunto al que detestaba regresar. Arrojó una piedra a las aguas del lago y permaneció ensimismado unos segundos observando cómo se extinguían las ondas.

—Le debo una explicación —dijo.

—¿Sobre la muerte de Kore?

—No. Sobre la opinión desfavorable que tenía de la magistrada, la cual no se debía solo a la prevaricación en el caso Matthäus, sino también al encuentro que tuve con ella. No se lo había contado en detalle para no discutir otra vez —sonrió—, pero ahora creo que le será útil saberlo.

Sostenía en la mano un vaso de cartón con agua y hielo. Dio un pequeño sorbo y lo saboreó como si fuera un brandy.

—Graciela Jurado había puesto ante mis ojos un anzuelo con la carnada de revelarme la identidad de quien amenazaba mi vida y pretendía despojarme de mi casa. Yo no conocía a Cardona, pero por lo que había sabido era probable que fuese él quien me estaba extorsionando. De modo que, no obstante mis prejuicios y escrúpulos contra la magistrada, hice de tripas corazón y dispuse ir a verla con el propósito de hacer entre ambos un pacto para incriminar a Cardona. Me animaba el hecho de que yo también podía situar ante sus ojos el mismo señuelo que la señora Jurado había puesto frente a los míos.

No me pareció nada difícil. A fin de cuentas, eso es lo que soy, un hombre de negocios, alguien que ofrece algo a cambio de algo. Y con esa motivación dispuse visitar un día a la magistrada.

»Le confieso que me impresionó verla entrar en la sala de juntas donde yo la esperaba. ¿Ha visto alguna vez, por televisión o en el cine, una de esas escenas donde un chambelán muy estirado y muy solemne se dirige a un público expectante y anuncia con voz engolada: señoras y señores, el presidente de los Estados Unidos o la súper vedette del Moulin Rouge o el archipámpano de Constantinopla? Pues algo por el estilo. De pronto se abrió la puerta de la sala y entró como una exhalación, a grandes pasos y con gesto hosco, de manera parecida a como, cuando no era más que un niño, yo había visto a Juan Pablo II entrar en la nunciatura. Llegó dando grandes pasos, revoleando la chalina de su blanca sotana, se sentó en una especie de trono que le habían puesto bajo un dosel y allí se estuvo un buen rato observándonos con gesto enfurruñado. Venía del Altiplano y le había pegado el sol. Tal vez fue eso. La magistrada, en cambio, estaba muy pálida y vestía de negro, pero su gesto era parecido.

—Señor Cruz —me dijo estrechando mi mano y fijando en mi rostro sus negras pupilas.

—Señora.

Un restaurador de pinturas habría dicho de ella que era una obra de arte en perfecto estado de conservación. Tenía sesenta y uno o dos años, pero su rostro exhibía el aspecto de una mujer más joven. Vestía traje de chaqueta con mangas recortadas y una blusa cerrada alrededor del cuello. Sus manos estaban impecables, sin una mancha en la piel, y sus esmaltadas uñas brillaban con ostensible elegancia. Por lo demás, ni un anillo, ni una pulsera, ni un dije. Alta, esbelta, señorial, la magistrada Albayeros era la austeridad encarnada.

Me recibió, como le digo, en una pequeña sala de sesiones decorada a la antigua, con duelas de conacaste, sillas perfectamente ordenadas, forradas de cuero verde fijadas a la madera con tachuelas rojas, y una estantería de cedro repleta de libros encuadernados en azul con títulos dorados en el lomo. En el centro de la mesa, de diseño ovalado, había un búcaro con claveles y, en el piso, una alfombra oriental en tonos azules y beis.

De una de las paredes pendía la foto de una joven sonriente y atractiva, de cejas delgadas y ojos muy vivos. Supuse que era Kore Esquivel. Y al imaginar que aquel rostro lozano y juvenil había sido una vez la envoltura de la calavera de ojos vacíos y mandíbula descolgada en una risa siniestra hallada en mi jardín, no pude evitar un escalofrío.

En aquellos primeros tanes del encuentro debo decir que me sentí optimista. La magistrada y yo teníamos un propósito común, o eso supuse: descubrir quién había asesinado a su hija. Y el hecho de que la imagen de Kore presidiera la estancia en la que estábamos, decía a todo el que entraba allí que Rosalía Albayeros no había renunciado a encontrar a su hija, lo que alentaba mi esperanza de hacer un pacto con la señora.

Pero, claro, una cosa es desear y otra cosa tocar el clarinete. La frialdad con que me recibió me hizo reflexionar sobre un ángulo del asunto que mis expectativas no habían contemplado. Y era que, después de veinte años de búsqueda y de recibir a buen número de personas que, como yo, la habían hecho abrigar esperanzas sobre el paradero de Kore, sus frustraciones debieron de haber sido numerosas.

—Quisiera antes que nada ponerla en antecedentes sobre… —empecé a decir.

—Sé quién es usted y conozco su problema —me cortó ella en seco, sugiriendo así que su tiempo y su paciencia eran limitados.

Me pareció que si aquel iba a ser el tono de la entrevista, lo mejor era entrar cuanto antes en materia.

—Mi insistencia en verla, señora, se debe a que podemos ayudarnos mutuamente. En su caso, para averiguar si los restos aparecidos en mi jardín son los de su hija. Y en el mío, para confirmar la intervención de la persona que no quiere que los identifique y que, para evitarlo, tiene amenazada mi vida y la de mi familia.

—¿Y qué es lo que propone?

—Soy proveedor de hospitales y laboratorios y tengo un conocimiento, digamos que suficiente, de la tecnología médica de última generación. Así que extraje un diente de la osamenta hallada en mi jardín. Llevé la pieza a uno de los laboratorios con los que trabajo y les pedí que hicieran un test de ADN. Pero no el test común, sino el mitocondrial. ¿Está familiarizada con este concepto?

La magistrada no se molestó en afirmar ni negar. Tampoco se inmutó. Escuchaba sin pestañear, mirándome fijamente con sus ojos oscuros, como si estuviese mirando a un reo antes de dictar sentencia.

—Significa —le dije— que el ADN obtenido de la osamenta es el de la madre de la persona que fue enterrada allí hace veinte años. Y que, si esos restos fueran los de su hija, el ADN de usted y el de ella deberían ser idénticos.

No le sorprendió lo que dije o supo bien simular que no estaba sorprendida. Solo su mano derecha se movía, haciendo bailar entre los dedos un lápiz amarillo acabado en una pequeña goma de borrar. No me apresuré, sin embargo. No tenía ninguna prisa y supuse que mi continuado silencio acabaría por obligarla a responder. Pero la treta no sirvió de nada. Ni apartó los ojos de mí ni le angustió en absoluto la pausa.

—Lo que usted quiere es resolver su problema a mi costa —dijo al cabo de medio minuto con un rictus escéptico en los labios.

—No. A su costa no, señora. Con suerte y alguna astucia, podríamos resolver el problema que ambos tenemos.

—Mire, señor Cruz, durante veinte años he invertido una fortuna en investigaciones, seguimientos, pruebas, detectives.

No he dejado de seguir una sola pista de las que me han venido a ofrecer. ¿Y qué cree que encontré siempre?

—Los tiempos han cambiado, señora. Y la tecnología también. Yo le ofrezco una posibilidad diferente y confiable que permitiría identificar y meter en la cárcel a la persona que nos ha hecho daño a usted y a mí.

—¿Y qué seguridad tiene usted de que tal cosa vaya a suceder?

—Por eso he venido a visitarla, para confirmar mis sospechas, y de paso las suyas.

—¿Sospechas? ¿Qué sospechas, si ni siquiera conoce a la persona que le está haciendo la vida imposible?

—No la conozco, es verdad, pero sí sé cómo se llama. Su nombre es Bernardo Cardona.

Tuve la impresión de que sus pupilas se dilataban lo mismo que las de un gato cuando se excita al ver un ratón.

—¿Cardona? —preguntó con displicencia.

—Fue el abogado de los Matthäus cuando usted presidía la Sala Cuarta de Apelaciones, hace veinte años. Es un malhechor de cuello blanco, vinculado al crimen organizado. Se mueve en las altas esferas donde hace oscuros negocios, pero nadie puede probarle nada porque tiene comprometidas algunas de las cortes de justicia. Pienso que esta es una ocasión de oro para investigarlo y saber si es también un asesino.

—¿Para qué, señor Cruz, para que me amenace de muerte, me queme la casa o incluso me desposea de ella? —dijo con entonación mordaz.

—¿Cómo sabe todo eso?

—Leo los periódicos, señor Cruz, y sé lo que ocurre en los juzgados.

—No consigo entenderla, señora. Le ofrezco una información valiosa y usted la rechaza.

—No creo que su propuesta nos conduzca a ninguna parte. ¿Por qué habría de creer que ese test de ADN mitolo-que-sea es el de los restos que encontraron en su jardín? ¿Cómo lo obtuvo?

—Se lo he dicho. De una pieza dental de la osamenta.

—Pero eso es ilegal

—No es ilegal. Cualquiera puede hacer hoy el test. Pero, además, ¿qué importaría que lo fuese?

—Sí importa, señor Cruz. No constituiría una prueba válida ante un juez. Sin certificar la muestra, esta podría proceder de cualquier otra persona fallecida.

—A usted lo que le interesa es verificar si los restos aparecidos en mi jardín pertenecen a su hija, ¿o no es así?

—Le hablaré con claridad, señor Cruz. Yo no le conozco de nada y no tengo motivos para creer que lo que me dice es verdad. Solo veo su interés en resolver su problema, el cual no tiene ninguna relación con el mío.

—No estoy aquí para engañarla, señora, pero si no me cree, diríjase a Aldo Zeledón, forense a cargo del examen de la osamenta. Hable con él. Solicítele una muestra de los restos y ordene hacer un test de ellos.

— El caso de mi hija está cerrado y enterrado desde hace tiempo y el Instituto Nacional de Ciencias Forenses no dispone de fondos para estos casos. Los necesita para otros fines más urgentes.

—Pero usted cree que su hija aún sigue viva —dije señalando la foto de Kore.

—Sí.

—¿Entonces?

La magistrada entornó los párpados y no respondió.

—Tengo la impresión de que usted piensa que yo soy su enemigo —le dije— o que me ve como un estorbo o una molestia, cuando solo quiero ser su aliado.

—¿Y quién es usted, Nostradamus, para adivinar lo que pienso? —exclamó irritada.

Hasta ese momento, había intentado persuadir a la magistrada de aceptar mi propuesta utilizando el argumento más racional y asequible: la conveniencia de comparar dos huellas genéticas, la suya y la de los restos hallados en mi jardín. Pero su terquedad era inaudita y sus evasivas, incomprensibles. Así de insensata y absurda era su postura siendo una persona a quien el Derecho debía asistir con una racionalidad mayor que el promedio de la especie. Pero al igual que me había sucedido con la señora Jurado, sospeché que me estaba ocultando algo que yo no sabía y, muy a mi pesar, se lo digo con toda franqueza, dispuse forzarla a entrar en razón. Quizá no debí recurrir a tan dolorosa instancia, pero yo tenía que proteger a mi familia y hacer todo lo posible para impedir que Cardona destruyera nuestras vidas.

—Desde hace casi dos décadas —le dije— usted ha venido creyendo que su hija fue secuestrada. Pero se equivoca. Su hija fue asesinada, probablemente por Bernardo Cardona, su amante, y luego enterrada en un lugar que bien podría ser lo que, años después, se convirtió en el jardín de mi casa.

—Eso que acaba de decir es una infamia —se soliviantó—. Mi hija nunca tuvo un amante y menos ese señor.

Al verla reaccionar de ese modo, tuve la certeza de que había tocado una tecla sensible y resolví seguir golpeando en ella.

—¿Cómo lo sabe, cómo puede estar tan segura?

—Es una falsa suposición sobre algo que usted no sabe. Mi hija no fue asesinada. A mi hija la secuestraron y desapareció, pero no está muerta.

—Solo repito lo que me contó alguien que su hija conocía muy bien.

—A buen árbol se fue usted a arrimar. Esa mujer es la sola culpable de que todo el país se enterara de la desaparición de Kore y de que nadie la volviera a ver.

—Era confidente y amiga de su hija. Estaba más cerca de ella que usted. Sabía que Kore y Cardona eran amantes hasta que él se cansó de ella.

—¡Cómo se atreve a insultar su memoria con ese abominable chisme!

No me gustaba nada lo que estaba haciendo, pero tampoco tenía alternativa.

—Un día, su hija le reclamó a Cardona su infidelidad, tuvieron un altercado y él la asesinó. Y vea qué coincidencia. Resulta que ese hecho ocurrió justo en los días que usted presidía la sala de apelaciones donde se ventilaba la revisión de la sentencia del caso Matthäus.

La magistrada se puso de pie. La vi tan pálida que pensé que podría estar sufriendo una apoplejía. Y la verdad, me asusté. Temí que Graciela Jurado y el padre del juez Iván Hernández me hubiesen mentido y que, a consecuencia de ello, yo le estuviera causando una ofensa y un sufrimiento injustos.

—¿Se ha vuelto loco? —dijo hecha una furia—. ¿Cree que me puede humillar aquí, en mi bufete, fundado únicamente en el chismorreo de una mujer resentida y estúpida de cuyo nombre no quiero acordarme?

No me moví del asiento, pese a que ella se había puesto de pie. Me costaba irme de allí con las manos vacías.

—Lo que esa señora no me dijo —continué sin hacer caso a su respuesta— fue el posible motivo del conflicto entre Cardona y Kore. Me cuesta creer que Cardona matara a su hija solo por un berrinche amoroso. Debió de haber algo más.

—Si no le importa, tengo cosas que hacer —dijo encaminándose a la puerta.

Aun así, procuré seguir siendo con ella cortés.

—A pesar de los rumores que corren sobre usted, muchos la siguen viendo como la viva encarnación de la justicia —le dije en un último intento de ralentizar la conversación—. Esta es su oportunidad de reivindicarse ante quienes la critican. Haga justicia, señora. Descubra al asesino de Kore y póngalo en manos de los jueces. No lo haga por mí, hágalo por usted. Salve la memoria de su hija y sálvese usted también.

Los neurólogos, con quienes tengo relación por motivos de trabajo, lo llaman temblor esencial, ese que hace mover involuntariamente un párpado, un pulgar o algún músculo de los brazos o las piernas. Tiene lugar en el cerebro, me dicen, porque alguna parte del mismo no funciona o ha dejado de funcionar como debiera de manera temporal. Pero tengo la sospecha de que también el espíritu tiembla cuando la mente no puede procesar un shock repentino provocado por un susto o una sorpresa. Esa fue la percepción que tuve cuando la magistrada reaccionó, temblando, a la demanda que le hacía.

—¡Yo no tengo que salvarme de nada ni de nadie! —exclamó hecha una víbora—. ¡Váyase de aquí, señor! ¡Váyase y no vuelva jamás! ¡Usted es un canalla, un mal hombre! ¿Qué le he hecho yo para que me venga a decir estas maldades?

Tenía que haberla visto, usted que la admiraba tanto. Le temblaba la mandíbula. Su repugnancia hacia mí, su creciente animosidad, daban pavor. La inquina deformaba sus facciones, sus ojos escupían fuego. Parecía una de aquellas deidades antiguas a las que no podías mirar so pena de quedar petrificado *in situ*.

No pude continuar. La señora era imposible. Abrí el portafolio que traía conmigo, saqué el sobre que contenía el test de ADN y lo dejé sobre la mesa.

—Haga con esto lo que crea conveniente. A mí ya no me va a servir.

Hice mal. Debí ser más tolerante, pero ella no me dejó espacio. Qué señora. Me fue imposible hacerla entrar en razón. Nunca más la volví a ver ni supe de ella hasta el día del crimen. Y no tuve oportunidad de volverle a hablar ni de entendernos.

Ahora, licenciado, dígame que no estoy bien de la cabeza, dígame que soy un retrasado mental, pero dígame también cómo entender a Rosalía Albayeros. Yo no podía creer que aquella mujer fuese tan poco inteligente y tan terca como para rechazar una prueba tan sencilla con la cual tenía la posibilidad de identificar los restos mortales de su hija Kore. Y eso suscitó en mí la sospecha de que algo había estallado en su cerebro cuando le dije que su hija había sido amante de Cardona. Aquel breve temblor de su rostro, y luego la explosión de ira, me hicieron pensar que acaso se debiera al bochorno que para ella suponía que su hija hubiese tenido relaciones con un prominente miembro de la mafia político-judicial.

Cruz se llevó una mano a la frente.

—La primera vez que hablamos, a usted le molestó la mala opinión que yo tenía de Rosalía Albayeros. Ahora ya sabe por qué. Todavía sigo convencido de que me ocultaba algo, lo mismo que la señora Jurado. Algo escondían las dos. Y hasta la fecha no puedo evadir la indignación que me causa el que ambas me hayan utilizado como un pelele. Una, para enviar un mensaje a la otra, a sabiendas de lo explosivo que era. La otra, como un monigote con quien escenificar el acto de matar al mensajero, ese mecanismo de desahogo que accionamos a menudo contra quien nos revela una verdad incómoda.

»Hay un simbolismo en el juego de damas que me parece justo asociar a la conducta de estas dos señoras. En él, las piezas no se mueven de frente, sino en dirección oblicua. Se juega utilizando el lado oscuro del tablero, el de las casillas negras. Y se hacen jugadas en apariencia torpes para distraer al adversario y empujarlo a alguna trampa. Poe dijo de este juego que requiere una perspicacia superior a la del ajedrez. Quizá sea una exageración, pero sabiendo que en otros siglos eran las damas quienes lo practicaban, dice mucho de la inteligencia femenina. Lo que en modo alguno disminuye mi enfado con ambas señoras, pues entre la una y la otra habían echado a perder la conexión que yo pretendía establecer entre Cardona y la osamenta encontrada en mi jardín.

Ocho

Mis primeros pasos en el bufete de la magistrada Albayeros, ya fuese por la indiferencia natural de quienes me miraban como un extraño, por la ambigüedad en el trato que de eso se derivaba y, más que otra cosa, por ser alguien a quien la magistrada había elegido como su procurador, no fueron fáciles ni cómodos. Tenía familiaridad con pocos de aquellos hombres y mujeres a quienes veía muy superiores a mí. Y aunque algunos se esforzaban en ser amables, otros me veían como el injerto de una especie que no encajaba en absoluto con las que crecían en aquel jardín.

Para mi suerte, hubo una persona que se apiadó de aquel jovenzuelo a quien los demás consideraban poco más que un asterisco. Su nombre era Alfonso Cañas, pero en el bufete le decían Alfonso X, el Sabio, autor del código de *Las Siete Partidas*, primer conjunto de leyes publicado en nuestra lengua en los días de las damas de velo y los caballeros andantes.

Alfonso tenía un cerebro privilegiado en cuyas estructuras alojaba una turbina generadora de ideas, una biblioteca infinita y un algoritmo con el que asociaba en cuestión de segundos la imaginación y la memoria. El bufete estaba digitalizado y no había dato o documento que no conociese o no supiera a dónde pertenecía: textos legales, contratos, sentencias, clientes, facturación, contabilidad. Hasta sabía latín. Tenía en su biblioteca ediciones bilingües de la *Biblia de Jerusalén*, *La guerra de las Galias* y la *Eneida*. Era de una edad cercana a la de la magistrada, había rebasado los sesenta años, y lejos de lo que pudiera pensarse, no era el típico nerdo sabihondo, armado con gruesas gafas de carey y expresión de vivir en una nube, sino una persona realista y amistosa. Tenía un rasgo adicional que seducía a todos los que trabajábamos con él. Y era la seguridad que transmitía, esa confianza del hombre experimentado en quien descubres que, allí adónde tú quieres llegar, él ya ha estado muchas veces.

Alfonso era también la persona de confianza de la magistrada en sus asuntos privados. Había trabajado con ella casi quince años cuando se produjeron los acontecimientos que he venido contando hasta aquí y, poco después de que el bufete se disolviera, fue contratado como asesor jurídico de una importante corporación internacional con operaciones en México y Centroamérica. Durante mi investigación, fue a él a quien recurrí a menudo para confirmar testimonios o certificar informaciones y datos que recibía, en la medida que esto era posible y él estaba dispuesto a entregarme. Alfonso era corpulento, epicúreo, ágil de movimientos y palabras y dueño de una abundante cabellera gris. Estaba casado, tenía dos hijos en la universidad y, a raíz de la disolución del bufete, llevaba la vida que siempre le había gustado llevar, esto es, dar consejo a quien supiera aprovechar una sabiduría que salpicaba con expresiones jurídicas y frases en latín de los clásicos tras los cuales se escudada con no poca ironía.

El conflicto entre Cruz y la magistrada, y la última confesión de Tobar, había supuesto para mí una especie de alto en el camino. Que Rosalía Albayeros se hubiese negado a identificar los restos de su hija mediante el test de ADN destrozó mis cábalas sobre ella y el crimen. Y pensando que necesitaba ayuda para entender lo que ninguna lógica era capaz de explicarme, llamé a Alfonso y le sugerí un desayuno de trabajo en la cafetería del edificio en la cual tenía su oficina.

Nos sentamos frente a un gran espejo, al pie de un macetón de cerámica del cual emergía una de esas palmeras que se asemejan a la cola desplegada de un pavo real. Había un lejano olor a tocino frito mezclado con perfume de mujer y la gente alrededor hablaba en voz baja, como si se estuviesen confesando sus pecados.

Saqué de mi portafolio algunos papeles y mientras observaba a Alfonso devorar con fruición la *omelette* que había ordenado, le conté a grandes rasgos el incidente de Cruz con la magistrada y, a renglón seguido, comencé a dispararle la seguidilla de preguntas que había preparado para la reunión.

—Sitúese por un momento en el año de la desaparición de Kore. ¿Qué hicieron la Fiscalía y la Subdirección de Investigación Criminal al respecto?

—Lo usual, presentarse en el bufete y hacer preguntas.

—¿Y cómo respondió la magistrada?

—Se negó a tratar con ellos y les dijo lo que solía decirles a quienes le hacían perder el tiempo, que tenía muchas cosas que hacer. Hasta el propio ministro de Gobernación recibió ese mensaje cuando le habló por teléfono. Rosalía negó el secuestro y rechazó la ayuda. Estaba furiosa porque la noticia estaba en la calle, pero sobre todo temía, y con razón, que los secuestradores asesinaran a su hija si se enteraban de que ella se había puesto en contacto con la Policía. Si no confiaba en el sistema de justicia, menos confianza le merecía el sistema de seguridad. Una pichacha con cien agujeros, así lo solía describir, por los que se filtraban en la calle toda clase de datos y referencias sobre hechos similares a los de la desaparición de Kore.

—¿Participó usted en la negociación que siguió al secuestro?

—Me ofrecí a ser intermediario, pero ella no me lo permitió. Quiso hacerlo todo sola, sin saber lo que eso suponía. En las primeras veinticuatro horas recibió, qué sé yo, docenas de llamadas telefónicas con pistas falsas, cartas, visitas de gente inescrupulosa que le pedía dinero a cambio de información.

—¿Cuántas llamadas hicieron los secuestradores?

Se volvió hacia mí sorprendido.

—Que yo sepa, una sola. ¿Hubo alguna más?

Por su semblante y su gesto tuve la impresión de que se le había detenido la respiración.

—Sí, hubo otras dos —le dije.

—Nunca mencionó una palabra de ellas. ¿Cómo consiguió usted ese dato, si yo, que estaba tan cerca de ella, lo ignoraba?

—Lo supe hace pocos días.

—Pues la magistrada solo recibió una llamada, eso me dijo. Le ocurrió lo peor que le puede pasar a la familia de un secuestrado: el silencio del secuestrador.

—La magistrada, sin embargo, no perdió nunca la esperanza.

—Eso es verdad. Después de dos meses de espera, cuando, quienes la ayudábamos, llegamos a la convicción de que no volveríamos a ver a Kore, la magistrada me confesó un día, con los ojos enrojecidos, que nunca dejaría de buscarla. Siempre se temió lo peor, pero no quería darlo por un hecho.

—Veinte años de espera. ¿No son demasiados de engañarse a sí misma?

—Usted conoció a la magistrada. Tenía un carácter que no se daba permiso para cambiar de opinión. Podía admitir que Kore estuviese desaparecida, pero no que hubiese muerto. Seguía a la letra, tengo la impresión, la sugerencia de Ovidio: *perfer et obdura, dolor hic tibi proderit olim,* sé fuerte y perseverante, pues ese dolor te será útil un día.

—¿No pensó alguna vez que Kore pudo haberse ido del país, sola o en compañía de alguien?

Alfonso encogió los hombros con un gesto ambiguo.

—Rosalía se aferraba a cualquier clavo, helado o al rojo vivo, si eso la podía conducir hasta su hija. Pensaba que si Kore se había ido de Guatemala, lo habría sabido por boca de ella. Solo por hacerla sufrir, le hubiera dicho: mamá, me voy del país y ahí mirás lo que hacés. Era el argumento que, con un dejo de amargura, Rosalía solía exhibir para mantener la esperanza de que su hija seguía en Guatemala.

—Caray.

—Sí, las relaciones entre las dos estuvieron siempre muy tensas.

—Eso lo puedo entender, pero ¿por qué rechazar la ayuda de usted y de otras personas, como Cruz o las amigas de Kore?

—Eso es más difícil de explicar.

—No necesita hacerlo, si no quiere.

—Había caído en estado de negación. Y la negación de la realidad es el mejor mecanismo para protegerse de la desesperanza.

Cañas se encontró de pronto en su terreno.

—Es la reacción normal de quienes temen a la verdad o rechazan la evidencia —dijo—. No quiero pensar, no quiero saber, déjeme tranquilo, estoy bien como estoy. Cuando se escuchan estas frases en boca de alguien, uno puede dar por cierto que no aceptan la realidad tal como es. La magistrada era una paradoja. Siendo tan racional como era, se resistía a los argumentos de la razón, y aun pretendía convencer a los demás de que la razón estaba de su parte. Seguía creyendo que Kore estaba viva y no había nada ni nadie que se lo pudiera sacar de la cabeza.

—Entre las personas que he hablado, algunas me han dicho que era una mujer peligrosa. ¿Usted qué cree?

—De que hay mujeres peligrosas, no hay duda. Pero lo mismo sucede con los hombres. Ello no obstante, hay hombres que califican de peligrosas a las mujeres que temen. ¿Peligrosa, la magistrada Albayeros? Depende de la clase de hombres a los cuales usted se refiera. Para un imbécil, por ejemplo, cualquier mujer inteligente es una mujer peligrosa.

—A usted le hacía caso.

—Solo en asuntos profesionales. Rosalía Albayeros era un ser excepcional, pero muy suya, muy terca. Confiaba en mí, es verdad, pero no seguía todos mis consejos y era difícil de descifrar. Rara vez mostraba sus emociones, las que sin duda tenía, pero que solo afloraban cuando se encontraba en compañía de otras mujeres.

—Mauro Tobar, uno de los implicados en el asesinato de Kore, acaba de hacer una confesión pública sobre su participación en el crimen y quisiera que me aclarara esta duda, pues la fuente no es de mucho fiar, usted me entiende. Según la información que la magistrada y usted tuvieron en su día, ¿fue Kore secuestrada por alguna banda de las que operaban en aquellos años o simplemente desapareció?

—Fue secuestrada, no lo dude.

—¿Está seguro de que la historia real es esa?

—Cuando concluyó la guerra, el secuestro y el crimen eran incontenibles. Se pagaban grandes sumas a los secuestradores, quienes, en muchos casos, asesinaban a las víctimas. Nos habíamos contagiado con lo que sucedía en Colombia y en México, donde el secuestro no era un delito, sino una industria.

—¿Le pidieron dinero a la magistrada?

Había terminado su desayuno. Sacó una cajita de metal con pastillas blancas y me ofreció una. Tenía un intenso sabor a menta. Se metió una en la boca, chasqueó la lengua y tomó aire con un mohín resignado.

—Sorprendentemente, no. El tipo que se comunicó con ella le dijo algo así como tranquilícese, señora, tenemos a su hija y no le sucederá nada si usted sigue nuestras instrucciones. Volveremos a llamarla, pero una advertencia le hago: si la noticia del secuestro llega a la Policía o a la Prensa, su hija será ejecutada. Lo que hace siempre esta gente. La conversación duró menos de un minuto y ahí comenzó el viacrucis de Rosalía Albayeros. Pasaron dos días y la segunda llamada no llegaba. De hecho nunca llegó. Pero usted me dice que hubo tres.

—Mauro Tobar confesó ante el fiscal general de Guatemala y el General Attorney del Estado de Nueva York que esa fue la conversación mantenida por la magistrada con un delincuente llamado *El Churuco*. La segunda llamada tenía como propósito extorsionar a la señora. Debía fallar a favor de los Matthäus a cambio de la vida de su hija.

—La magistrada me ocultó haberla recibido.

—Era natural. De habérselo comentado, tenía que haberle dicho también que se proponía salvar la vida de su hija, aunque para ello tuviera que faltar a sus deberes judiciales.

—¿Y la tercera llamada?

—Esa fue una broma macabra de *El Churuco*, en la cual le comunicó a la magistrada que no volvería a ver a Kore.

—¿Aun después de que ella fallara a favor de los Matthäus?

—Según Tobar, Kore ya había sido asesinada cuando los secuestradores hicieron la comedia de negociar el rescate. Solo pretendían ganar tiempo para deshacerse del cadáver de Kore y que la policía no supiera que ya estaba muerta.

—¡Qué bárbaros… qué animales! La vida y la experiencia en este oficio me endurecieron durante los años que practiqué la abogacía penal, pero esto rebasa todo los límites —dijo.

Trituró en la boca los restos de la pastilla de menta y, ya con el aliento perfumado, retomó el tono entre estoico y cínico que le era habitual.

—Debo decirle, muy a mi pesar, que este es un oficio agradecido. Tanto que, con los años, te permite agregar a tu currículum el título de humanista. No me refiero al humanismo melifluo y aristotélico de quienes todavía creen que el hombre es la medida de todas las cosas y que por naturaleza sus actos se encaminan hacia el bien. Apañados estaríamos si eso fuese verdad. No, el humanismo del abogado penalista es de otra índole. Es el que tiene por sujeto al asesino, al secuestrador, al asaltante, al extorsionista, al hijo que asesina a sus padres, al padre que asesina a sus hijos, a la madre que abandona a su bebé en una cloaca (no me diga que eso no es posible, lo sé, lo he vivido), a los que empalan adolescentes después de haberlas violado, al terrorista que revienta bombas en trenes o aviones donde viajan cientos de personas inocentes, a los que asesinan prostitutas en serie, a los que ametrallan adolescentes en un colegio, a los torturadores que se deleitan haciendo sufrir a sus víctimas hasta que estas exhalan su último suspiro, al sicario que quita la vida a otro sin pestañear o al que ejecuta a tu hija con un candelabro y la entierra en un bosque.

A pesar del catálogo de crímenes que acababa de describir, Cañas conservaba la sonrisa de quien comprendía la condición humana y no se extrañaba en absoluto de sus desafueros.

—Los códigos penales del mundo siguen dando a estos prójimos el nombre de delincuentes. Y eso para mí es un error. Le diré por qué. Hoy sabemos que nuestro origen se debe a una explosión en la noche de los tiempos. Desde entonces, el universo no ha dejado de expandirse ni la vida de evolucionar. En especial la nuestra, la del *Homo Sapiens*. En la sabana africana, grupos de mamíferos se expandieron por aquel continente hace millones de años. Su evolución fue admirable, pues incluso un día fueron capaces de elevarse sobre la Tierra y viajar al sistema solar. Y esta es la tesis a la que he venido dando vueltas desde hace algunos años. Buen número de aquellos especímenes, tal vez millones, pertenecientes todos a la familia de los homínidos, no lograron convertirse en seres humanos. Basta examinar la conducta de sus descendientes para concluir que son criaturas que no han completado el proceso de evolución de la especie, quiero decir, que su genoma contiene una elevada proporción de alimaña. Y la tragedia es que no dejan de multiplicarse. Cada generación trae consigo su respectivo cargamento de estos seres prehistóricos, cuya evolución se ha detenido, y que parecieran ser cada día más numerosos. No dan muestras de ser una variante de la especie en vías de extinción. Tampoco seres degenerados como algunos piensan. Es gente que no ha completado el ciclo evolutivo y, por tanto, que nunca llegaron ni llegarán a ser del todo humanos. La selección natural no genera perfección, ¿sabía eso?, y es muy posible que ese haya sido el freno de su progreso a etapas superiores de la animalidad de que proceden.

Se quedó mirando a un lado, en silencio, con el gesto de quien espera el autobús.

—Las alimañas son difíciles de detectar. A mí al menos me cuesta mucho distinguirlas. Uno las ve por la calle y parecen personas, pero son alimañas por dentro. Y si dijéramos que son unas pocas, bien estaría. Pero son multitudes. Nazis, bolcheviques, fascistas, déspotas, narcos, inquisidores, terroristas islámicos y no islámicos, secuestradores, asaltantes, mercaderes de personas. Millones de ellas habitan este planeta y ay de aquel que tenga la desgracia de encontrarse con alguna en su camino. La retórica es el arte supremo de nuestro oficio, el solo de violín que mueve la conciencia a los duros de oído. Así que seré retórico. No somos seres humanos, Rodrigo, no como piensa el humanista blandengue y sentimental. En nuestra naturaleza late un oscuro atavismo que nos inclina al crimen y a la crueldad. Pero entre todas las alimañas de la especie hay una que tiene con el carnívoro un parecido espeluznante. Y ese dechado de humanidad es el sociópata, el Bernardo Cardona de turno, quien no solo mata y engaña, sino que no siente arrepentimiento ni culpa por quitarle la vida a un semejante. ¿Dónde está aquel ser perfecto de la creación del que me hablaron los maristas? —concluyó, haciendo un ademán dramático.

—No es una mala teoría.

—¡Es una teoría buenísima! Ahora me explico por qué Rosalía Albayeros se volvió tan áspera con las personas, con el mundo, con los abogados, con el sistema de justicia…

—¿También con los hombres?

—Eso no lo sé. Desde la separación de su esposo, «el señor de los cepillos», le decían algunos, a saber a quién o quiénes se cepillaba —dijo bajando la voz—, otros le llamaban *Mr. Clean*, en tono más cariñoso, no había encontrado un hombre con quien compartir la existencia. Pero teniendo poco más de cuarenta años cumplidos, ¿cómo cree que iba a vivir una vida de castidad?

—¿Tuvo usted noticia de alguno? ¿Tal vez de alguna?

Introdujo los pulgares tras los vistosos tirantes con que sostenía los pantalones y estiró la espalda.

—Si la magistrada tuvo amantes, fuera de un sexo o de otro, no lo sé. Y si lo supiese no se lo diría, pues el honor de una dama no permite decir de ella lo que un caballero no debe.

Admiré su elegancia, aunque sabía que era solo una pose. Siempre había sido sincero conmigo y reacciones como esta, entre teatrales y románticas, solían ser en él algo natural. Su respuesta, además, tenía mucha lógica y yo no tenía intención de seguir la conversación por esos derroteros.

—Volviendo al rifirrafe entre la magistrada y Cruz. ¿Por qué la magistrada rechazó la ayuda que él le proponía? ¿No le parece absurdo o cuando menos misterioso?

—No.

—¿No? El ofrecimiento de Cruz podría ser la respuesta a muchos años de búsqueda del cadáver de su hija. No fue justa con él, creo yo. Cruz había ido a verla de buena fe.

—Ella me contó que Cruz la había ofendido y que no quería verlo más por el bufete.

—Y él dice que la ofensa se debió a que la magistrada no sabía que Kore y Cardona eran amantes.

—La magistrada llevaba veinte años buscando a su hija y aún abrigaba la esperanza de encontrarla viva. De repente se le aparece un tipo en su despacho que le dice que los huesos de su hija pueden ser los aparecidos en su jardín, que el presunto asesino es Bernardo Cardona, que tiene un modo de probarlo y que para más escarnio había sido el amante de su hija. ¿Qué habría hecho usted? Rosalía no pudo contenerse. La noticia era demasiado gruesa, demasiado cruel.

—De todos modos, fue una reacción difícil de entender.

Percibí en él cierto titubeo.

—También a mí me sorprendió, pero Rosalía había sido engañada tantas veces. Supuse que la fatiga de veinte años de búsqueda le cobraban ahora peaje, que estaba harta de tanto esfuerzo estéril. Y sin embargo, todavía alcanzó a ver un rayo de luz cuando, de improviso, surgió algo que no esperaba.

Meditó unos momentos sin dejar de mirarme, como si dudara de que debía decirme algo que yo no sabía.

—En sus entrevistas con terceros, ¿le han mencionado alguna vez a una mujer llamada Marta Lidia Téllez? ¿Ha oído hablar de ella? —me dijo.

—No.

—¿Tampoco de dos individuos conocidos por *Los Enterradores*? ¿Sí? Qué bueno. Entonces puede que entienda ahora mejor el motivo de que Rosalía Albayeros rechazara la ayuda de Cruz.

Nueve

—El 2 de febrero del año pasado, víspera de la Candelaria, me propuse llegar a la oficina dos horas antes de lo habitual a fin de ponerme al día con algunos asuntos que tenía pendientes y en especial un caso de violación y asesinato del que la magistrada necesitaba consejo —continuó Cañas—. Iba, en una palabra, a leer, que es lo que hacemos los abogados la mayor parte del tiempo. Cuando llegué al bufete, descubrí justo a la entrada a una mujer en actitud de espera. Aparentaba unos cincuenta años, de aspecto humilde y vestimenta modesta. Era muy delgada y tenía una expresión de tristeza no circunstancial, sino estructural, como diría un sociólogo, una de esas expresiones rígidas imposible de borrar del rostro de ciertas personas, aun cuando se ríen o viven horas felices.

»Al ver que me dirigía a la puerta, se acercó a mí para decirme que necesitaba hablar con la magistrada Albayeros. Le informé que Rosalía había salido de viaje al interior de la República y que no volvería hasta dos días después. Me preguntó entonces con quién podría hablar para proponernos un asunto urgente. Sabía que una persona de su aspecto no podría pagar los honorarios de la firma, pero sentí pena por ella y la hice pasar, si bien haciéndole la advertencia de rigor.

»—Señora, es mi deber informarle de que este es un bufete de primer nivel y que, en consecuencia, nuestros honorarios son elevados.

»—No se preocupe por eso, licenciado, estoy segura de que nos vamos a entender después de que escuche lo que tengo que decirle.

»—De acuerdo, señora, usted manda.

»Entramos en mi escritorio, le ofrecí una silla y, al tiempo que tomaba notas mientras ella hablaba, me contó lo que sigue.

»—Mi nombre es Marta Lidia Téllez y vengo de una familia muy pobre del departamento de El Progreso. De los siete hermanos que éramos, los siete de dos padres diferentes, ya solo quedamos tres. Cuando nos hicimos grandes, mis dos hermanos mayores se vinieron a la capital y, a poco, supimos que habían empezado a prosperar gracias a un su negocio mero raro. Enterraban muertos por las noches, fíjese. Y como cobraban lo mismo que las funerarias, el pisto les abundó. Mis hermanos eran generosos y con su ayuda, Dios me los bendiga, mis hijos y yo pudimos saltar de la miseria a la pobreza. Ellos sabían que soy madre soltera y que estaba muy necesitada. Y cada mes me enviaban dinero para sostener a mis hijos.

»Las palabras brotaban de su boca sin el menor esfuerzo y tuve la intuitiva certeza de que, si hubiese hablado con un detector de mentiras en su brazo, la aguja no se habría movido de su eje ni un milímetro.

»—En eso, la guerra terminó y el negocio se desinfló. Tuvieron que cambiar de trabajo. Eligieron el contrabando y en eso estuvieron unos años. Se fueron a vivir a la aldea El Rosario, en Zacapa, a poca distancia de la carretera al Atlántico, un lugar que en realidad no era una aldea, sino toda ella un almacén de mercadería robada donde se podía comprar lo que otros sacaban subrepticiamente de la aduana de Puerto Barrios o de los furgones que asaltaban en la carretera: ropa, refrigeradoras, bicicletas, zapatos tenis, lo que cayese. Todo de importación. Un día les pillaron con un contenedor lleno de estufas y acabaron en el bote. A Julio Roberto lo mandaron a Pavón. Allí murió hace tres años. Y a Mario Julio lo encerraron en Escuintla, en *El Infiernito*, donde sigue todavía, aunque enfermo y viejo, ya más hoja que tamal.

Hace como quince días apareció un esqueleto en la colonia El Liquidámbar. Mario Julio se enteró y me llamó para que le fuera a ver. Me dijo que él sabía que los restos pertenecían a una patoja que había sido asesinada como veinte años atrás y que él conocía al autor del crimen. También me contó que le había pedido ayuda a este fulano para que lo sacara de la cárcel y le asistiera con su mal, porque el tipo es influyente y tiene pisto. Pero el muy hijo de su reverenda no se dignó contestarle. Mi hermano me encomendó entonces buscar un abogado para decirle que estaba dispuesto a declarar ante un juez quién era el malnacido que se había tronado a la patoja.

»Yo sé que ustedes cobran muy caro y nosotros no tenemos dinero para pagarles. Pero mi hermano me pidió que buscara al mejor bufete del país y le dijera que, por cien mil dólares en mano, podía denunciar al hijo de su madre. Usted me preguntó que cómo íbamos a pagarles. Es muy sencillo. De los cien mil que nos pagaría el fulano por callarnos la boca, nosotros les daríamos a ustedes veinticinco mil. Mi hermano no tiene cómo ayudarme a mí y a mis hijos y pensó, con mucha inteligencia, porque para estas cosas tiene una sheca como pocas, que esto es todo lo que podía hacer por nosotros antes de morir.

»Inclinó la cabeza, como si sintiera rubor por lo que me había contado.

»—¿Le parece lo que le propongo, licenciado? ¿Pueden ustedes ayudarme?

»Dejé de tomar notas y me la quedé mirando en medio de un silencio indulgente.

»—No es tan fácil hacer lo que me dice, señora. Necesitaría más datos.

»—Pregunte, pregunte.

»—¿Presenciaron sus hermanos el crimen, lo vieron con sus propios ojos?

»—Cuando llegaron al apartamento para llevarse a la chava y enterrarla, la infeliz ya estaba muerta, tirada en el suelo. Y a pocos pasos de ella, vieron a esta persona que le digo, bien a pichinga, y sangre por todo el piso que tuvieron que limpiar durante casi una hora.

»—O sea que no vieron el asesinato.

»—No, no lo vieron.

»—El testimonio no es muy sólido que digamos. No convencería a un juez. Pero antes de continuar, dígame, ¿por qué vino con nosotros, en lugar de buscar otras firmas de abogados?

»—Fíjese, licenciado, que en la cárcel no hay secretos. Hay cuijes por todas partes. Siempre se sabe quién es quién, qué es lo que hizo y por qué está en el bote. Y mi hermano había averiguado que la patoja era hija de una magistrada de apellido Albayeros.

Tuve una inspiración en ese instante, mejor dicho, una revelación. Se me vino a la memoria la noche que Alejandro Cruz me habló de una voz de mujer que por teléfono le había dicho: «Le llamo para decirle que sabemos quién es la patoja asesinada, quién la mató y quién la enterró en su jardín». Si esto último era verdad, Marta Lidia Téllez debía de haber sido quien llamó a Cruz y así se lo comenté a Cañas.

—Cambió de opinión, sin duda —le dije—. Era obvio que el hermano de la señora Téllez consideró que sería mejor negocio extorsionar a Cardona, usando como mediador a nuestro bufete. Pero déjeme seguir con la historia. La aparición de la señora Téllez era una seria amenaza para Cardona y Tobar, de eso no hay duda. El crimen no había prescrito y, en consecuencia, podrían caerles más de veinte años a cada uno. A la comparación del ADN de la osamenta del jardín de Cruz con el ADN de la magistrada, se unía ahora un testigo que, si bien era circunstancial, podría ser decisivo a la hora de incriminar a esta pareja de criminales *cum laude*. Así que, cuando Rosalía volvió de su viaje, le planteé esta posibilidad. Pero no fue muy receptiva.

—Se lo dije. Cruz había tenido la misma experiencia con ella.

—Pero finalmente accedió.

—Me cuesta creerlo.

—Y a mí me costó más convencerla, pero no habría otra oportunidad como aquella. Si bien el testimonio del enterrador era dudoso, tenía suficiente información de lo ocurrido la noche del crimen para vincular a Cardona con el asesinato de Kore. Nuestro bufete estaba en condiciones de destapar un escándalo memorable que, con suerte, concluiría en la detención y juicio de Cardona y Tobar. Teníamos todo lo necesario para solicitar una orden de captura contra ellos. Así que llamé a la señora Téllez y le dije que se pasara por la oficina para ultimar los detalles de nuestra participación en el caso.

»Todo esto sucedió un fin de semana. Tres días después, cuando llegué a la oficina, me esperaba sin embargo una sorpresa. Los diarios desplegaban en portada un motín que el día anterior había ocurrido en la cárcel de *El Infiernito*, en Escuintla. A consecuencia del bochinche, dos reos habían muerto en los incidentes. Y adivine quién había sido uno de ellos.

—El hermano de la señora Téllez.

—Y ahí concluyó la historia. Nos habíamos ahogado a la orilla de la playa, cuando estábamos a punto de poner los pies en ella.

—Se mandaron a soplar al infeliz.

—Lo más seguro.

—Cardona y Tobar.

—¿Usted qué cree? La magistrada decidió entonces comparar su ADN con el que le había dejado Cruz. No tenía otra alternativa.

—Y coincidieron.

—Fuimos a visitar al fiscal general. Con los dos tests contrastados, le pedimos los restos de Kore. Y una fría tarde de noviembre, les dimos sepultura en el cementerio de la Villa de Guadalupe. *Consummatum est*, me dije. Rosalía Albayeros había llegado al final del camino. Con aquella sencilla ceremonia, coronaba un esfuerzo de veinte años por encontrar a su hija. Estábamos los dos solos. El viento nos azotaba con desusada inclemencia. La magistrada lloraba. Nunca he sentido una tristeza más honda en mi vida.

Diez

La entrevista con Alfonso Cañas alteró la sustancia de mi pesquisa. Mi conciencia se había escindido. Su relato sobre lo sufrido por la magistrada hacía olvidar los errores de esta, pero al mismo tiempo desvirtuaba la pureza de sus actos. Y me pareció que seguir apelando a la justicia y la verdad para reivindicar su nombre era algo así como predicar en Las Vegas la doctrina de Mahoma. Sobre todo en un mundo como el de la justicia penal, donde, desde el acusado al defensor, pasando por fiscales y testigos, todos dicen verdades a medias. Había llegado a la conclusión de que la verdad que yo pretendía contar sobre Rosalía Albayeros no haría mucha diferencia ante un público de por sí confundido a causa de las numerosas mentiras que se habían contado de ella. Conoceréis la verdad, decía el evangelista, y la verdad os hará libres. Yo había descubierto otra cosa: conoceréis la verdad y perderéis la inocencia. La magistrada no era el dechado de virtudes que yo había pensado, excuso decir, pero, ¿no era ella también una víctima? Y si lo era, ¿no merecía cuando menos el derecho a defenderse?

No era este, sin embargo, el único problema que yo tenía. Había otros relacionados con la historia que pretendía contar. El desorden me seguía como mi sombra y el método huía de mí como alma en pena. Solo de pensar que tenía que volver a escuchar y a leer el material que había reunido en casi cuatro meses de investigación me causaba acidez de estómago. En el revoltijo de entrevistas y documentos se mezclaban, además, hechos aislados que desentonaban o me parecían del todo ajenos al relato. Hoy sé que el lector no necesita conocer todos los entresijos de una historia para que la narrativa sea coherente, y que hay hechos y detalles que sobran o que al lector no le interesa saber en absoluto. Pero yo desconocía entonces estos ardides y, en mi terquedad por disponer de una versión integral del drama de Rosalía Albayeros, había plagado la investigación con interferencias de las que seguramente debía prescindir. Y sin embargo me resistía a hacerlo, no sin antes comprobar si eran o no un estorbo.

Una de esas incomodidades o molestias que mi historia llevaba adherida como un parásito era el asunto del hospital infantil mencionado por Tobar y que Cruz evadió, no sabría decir si a propósito o porque pensaba que la historia de Graciela Jurado tenía prioridad. Quizá no fuese más que una insignificante gota de agua en el proceso, pero, como decía Sherlock Holmes, detrás de una minúscula gota, podría haber un océano.

Esta sencilla reflexión me estimuló al punto de hacerme pensar que no era tan ingenuo como creía ni tan torpe como me juzgo ahora. Algo había aprendido en el camino y que, no obstante retrocesos y reveses, todavía me animaba la exigencia de llegar al fondo del pozo, al cieno, que es donde, por desgracia, la verdad se esconde con frecuencia. Y como el asunto del hospital me seguía arañando el oído con una estática molesta, decidí un día llamar a Cruz para concertar una nueva cita y aclarar el asunto.

No pudo ser. Había una exposición en Kioto a la que se proponía asistir y me dijo que estaría fuera del país una semana. Pero me remitió con Giordano Burgos, su socio, quien, según palabras de Cruz, me podría suministrar una información más completa y objetiva que la suya sobre el negocio del hospital.

Detrás de una gota de agua, el océano. Todavía no lo puedo creer, pero sucede: lo que uno sabe de una ciencia, una mujer, una vida, es casi siempre infinitamente menor a lo que ignora de ellas.

Once

El día siguiente, a media mañana, salí de mi casa de la Zona 9 —por aquellas fechas yo vivía con mis padres en Tívoli— y me dirigí a Ciudad Cayalá, donde me había citado con Giordano Burgos. Atrapado en el espeso tráfico de esa hora percibí, como cada día, la asfixiante sensación de ahogo y falta de espacio, y la impotencia para moverme por mi propio impulso, sino más bien arrastrado por la energía oculta de la multitud. Todo estaba lleno, decía el autor de *La rebelión de las masas* a principios del siglo pasado: las ciudades, las calles, los edificios, los cafés, los paseos, los espectáculos. El fenómeno se repetía ahora en Guatemala y su signo más visible era el derrame de la ciudad a los cuatro puntos cardinales para constituirse en la mayor concentración, urbana y humana de la América Central, el sur de México y el Caribe. El crecimiento había desbordado las dimensiones y capacidades de la urbe originaria, la cual, vista desde Cayalá, trepaba ahora colinas arriba a partir de la llanura donde había sido fundada.

Dejé el carro en el estacionamiento subterráneo y me dirigí al lugar de encuentro por entre una encalada arquitectura de techos color vino añejo y caminos de adoquín. Un toque parisino aquí, una plaza recoleta allá, una bóveda acristalada de este lado y, a lo lejos, un inmenso templo blanco, cuya cúpula recordaba la del Sacre Cœur, solo que pintada de azul. Ni un papel, ni una cáscara, ni una hoja de lechuga lacia en el suelo. Cayalá era a mis ojos el epítome del urbanismo y la urbanidad a un tiempo, de la asepsia y de la higiene, pero también de la ciudad sin misterio, donde todo está señalizado y todos saben dónde queda cada cosa.

Deambulé todavía unos minutos por entre los nítidos panales de la moderna colmena hasta que, por entre el sinnúmero de rótulos comerciales que parecían hablarme en todos los lenguajes de la Tierra, localicé uno que decía *Down Under Wines*, el pequeño y coqueto local diseñado a modo de boutique donde Alejandro Cruz y Giordano Burgos habían instalado su negocio de vinos australianos y en cuyas estanterías, iluminadas con luz ambarina, se exhibía la más espléndida colección de vinos traídos de las antípodas.

Era Burgos un tipo bien hecho, alto, casi rectangular y de expresión agradable, uno de esos rostros que siempre sonríen, aunque su dueño se sienta más triste que un lunes por la mañana. Gran vendedor, como Cruz, pero de trato más fácil y mejor vestido, llevaba puesto un saco de sport color azul alta mar, camisa a rayas y unos zapatos puntiagudos de color café. Según propia confesión, pensaba que para vender un buen vino la mejor introducción era vestirse como un *dandy*. Yo he de decir sin embargo que, tanto como la indumentaria y el donaire, le ayudaban sus buenas maneras y su sonrisa encantadora. Burgos daba la impresión, aún me la sigue dando, pues seguimos siendo buenos amigos, de ser una de esas personas que no se enfadan por nada y se llevan bien con todos. A sus cuarenta y tres años estaba todavía soltero, lo que agregaba a su personalidad esas gotas de morbo que la gente suele verter sobre quienes no se acomodan a las viejas tradiciones y a las reglas de vida habituales.

—Le confieso que su nombre me suena muchísimo —le dije al estrechar su mano—, pero no consigo averiguar de qué.

—No es el primero al que le sucede. Fue una ocurrencia de mi madre, que era arqueóloga de profesión y piruja convencida. Admiraba a Giordano Bruno, el fraile dominico a quien la Iglesia acusó de herejía por haber dicho que el universo era infinito y que las galaxias eran incontables. La Inquisición romana lo quemó vivo y como mi padre se apellidaba

Burgos, a mi madre le gustó la rima y me pusieron de nombre Giordano. La mañana está preciosa, ¿no quiere que demos un paseo, en lugar de hablar en mi oficina?

Colocó sobre el caballete de su nariz unas gafas tornasoladas sin montura y echamos a andar.

—Me contó Alejandro que es usted abogado.

—Más o menos —sonreí.

—Entonces sabrá qué dijo el diablo cuando entró en la Corte Suprema de Justicia.

—No tengo la menor idea.

—Abrió los brazos, emitió un suspiro y exclamó: «¡Hogar, dulce hogar!».

Reímos al unísono.

—¿Ha visto la prensa de hoy? —dijo—. Viene una noticia interesante. Resulta que, no hace mucho, la Cámara Penal condenó a veintiún años a un abogado por cohecho activo y tráfico de influencias. El típico caso del bufete corrupto que ofrece «servicios de impunidad», usted sabe. Los jueces dejaron pasar un tiempo, para tapar el ojo al macho y, dos años después, la Corte Suprema le redujo la pena a la mitad. ¿Qué le parece? ¿O cree que no fue suficiente? ¿No? Pues acierta. Ayer un juzgado de ejecución penal lo dejó en libertad sin cargos. Para resumir, dos años efectivos de prisión y por ahí anda ahora el tipo tan pancho.

—Y usted cree que fue cosa del diablo en la Corte Suprema.

—Yo no creo en el diablo.

Volvimos a reír y yo, en tono doctoral, quise agregar una coda.

—El sistema de justicia está en quiebra y es preciso reformarlo.

—Hay un problema del tamaño de la catedral. Y es que quienes tienen que reformar el sistema son los políticos, y los políticos no tienen ningún interés en hacerlo porque les va muy bien como está. Así es y ha sido desde los días del código de Hammurabi: quienes hacen las leyes no se sienten obligados a cumplirlas —concluyó con un guiño.

Caminamos bajo blancos soportales con arcos de medio punto. Pasamos ante un templo griego al cual se accedía por una elegante escalinata. Dejamos atrás el campanario estilo florentino del templo de cúpulas azules y, más allá de su pequeño oratorio, nos sentamos en una banca de hierro forjado, cerca de unos bloques de viviendas también blancas, con balcones y corredores de madera desde los que sus moradores podían contemplar la antigua ciudad a lo lejos.

Burgos sacó una pitillera plateada y encendió un cigarrillo.

—Bien, le contaré la historia que Alejandro no le pudo contar y en la que los dos nos vimos implicados hace más o menos un año. Me encontraba aquí al lado, en una floristería, cuando sonó el celular. Era la secretaria del fiscal general de Guatemala. Me dijo, en realidad me ordenó, que nos presentáramos al día siguiente, a las 9 a.m., en las instalaciones de la Fiscalía situadas en el barrio de Gerona. Llamé a Alejandro, le informé de la llamada y le pregunté si tenía algún problema personal con el Ministerio Público. Me dijo que no. Apenas pude dormir esa noche tratando de imaginar qué pretendía la Fiscalía de nosotros. Eso de que quien nada debe nada teme no deja de ser una mafufada. Cuando el jefe del Ministerio Público te convoca en su despacho, aunque no debas nada a nadie, el miedo te hipoteca la vida. Hágase cargo. Para personas como usted o como yo, que vivimos al margen del delito y conocemos el estado en que ha caído la justicia penal, cualquier requerimiento por parte de ella es motivo de preocupación. ¿Qué habremos hecho?, le dije a Alejandro. ¿Qué ley habremos violado? ¿Cuándo y dónde nos paseamos en ella? Si ya es triste desconfiar de los hombres que gobiernan y legislan, imagínese cómo será hacerlo con los que imparten justicia. La escueta llamada del Ministerio Público era lo más cercano a una orden judicial. Y con esas angustias y prevenciones nos presentamos al día siguiente en el edificio de la Fiscalía.

Doce

Burgos aplastó el cigarrillo en el suelo y alzó la mirada a la cúpula del templo pintada de azul.

—No tuvimos suerte al llegar —murmuró—. Había una larga cola en el control de entrada y, en el interior, el tráfico de personas se parecía al Paseo de la Sexta. Un bosque de hombres y mujeres, portando chalecos negros con las letras MP en amarillo, entraban, salían, platicaban en voz baja. Parecían alterados. Alguien nos comentó que el correcorre se debía a dos incidentes ocurridos esa mañana. Un dron se había desplomado en la terraza del edificio, tal vez con el propósito de amedrentar o espiar, y eso había inquietado a los agentes del Ministerio Público. Y por otra parte, el fiscal general había ordenado detener a dos fiscales señalados por corrupción y daba en esos momentos declaraciones a la prensa sobre el hecho.

»Probablemente conoció usted al fiscal. Se llamaba José Emilio Contreras, una persona íntegra y valiente. Había prometido rejuvenecer la Fiscalía con agentes nuevos y librar una decidida batalla contra la corrupción y la impunidad en las altas instancias de la política y los negocios públicos. Contaba cuarenta y seis años y era un individuo de rostro afilado, frente surcada de arrugas y mirada un tanto siniestra, no porque él lo fuese, sino por la grisura que sombreaba sus párpados. De aire taciturno y reservado, te observaba con desconfianza y, aunque eso no ayudaba a simpatizar con su persona, traté de comprender su trabajo, el de un hombre dedicado a investigar, perseguir y encerrar a la canalla humana, tanto la ínfima como la de alto copete. Pero qué se puede esperar, me dije, de alguien que está al frente de una entidad de tanto estrés como la Fiscalía, que debe enfrentar cada día crímenes y delitos atroces. No puede tener una expresión feliz.

»Pidió excusas por el retraso y, tras las formalidades de rigor, nos presentó a dos de sus subalternos, dos hombres jóvenes revestidos, como los demás, con negros chalecos. Uno trabajaba en la Fiscalía contra la Corrupción; el otro, en la de Narcoactividad. Se situaron ambos a un lado del escritorio de Contreras y allí permanecieron inmóviles y con gesto sobrio, como dos soldados que hicieran guardia en la puerta de Palacio.

»—Señor Cruz, señor Burgos —empezó diciendo el fiscal—, les he pedido venir por un asunto que concierne al estado de cosas que vive nuestro país y sobre el que esta Fiscalía desea solicitar su colaboración.

»Alejandro y yo nos miramos de reojo. Era un alivio saber que no estábamos allí por lo que habíamos sospechado o temíamos, pero tampoco era normal ni tranquilizador que una institución como la Fiscalía acudiera a nosotros para pedir ayuda.

»—Me apresuro a aclararles que no deseamos comprometerles más allá de lo que deseen comprometerse ustedes y que en esencia se trata de una cooperación voluntaria.

»A mi suspiro de alivio siguió un estado de ansiedad. ¿En qué clase de tinglado nos querían meter?

»—La Fiscalía tiene información confidencial y confiable de que la señora presidenta de la República ha dispuesto construir un hospital infantil en la Sexta Avenida de la Zona 10, y quiere que el equipamiento se realice con la tecnología más avanzada que se pueda adquirir.

»Bajó la vista a su escritorio, abrió una carpeta, extrajo de ella una hoja de papel y nos leyó en tono de rezo la descripción de tres de los equipos más sofisticados del proyecto.

»—Un tomógrafo de 650 cortes, un robot Da Vinci de cirugía y un equipo para terapia de cáncer por medio de protones, los tres representados en Guatemala por una sola empresa —desvió la mira del papel y la fijó en nosotros con malicia.

»Me volví de nuevo a Alejandro. Estaba más sorprendido que yo. Los equipos hospitalarios de nuestra firma eran los mejores del mercado, pero los tres que había mencionado Contreras eran únicos, si bien nunca habíamos vendido uno solo.

»El fiscal dejó caer la hoja de papel sobre la mesa.

»—La señora presidenta de la República sabe que ustedes representan a las compañías que los fabrican y desea que hagan una oferta, en un solo paquete, con el resto del equipamiento que requiere el hospital.

»Se produjo un silencio incómodo y que ahora puedo calificar de intencionado. Contreras lo subrayó cruzando los dedos de las manos y adoptando una actitud de espera.

»Alejandro resolvió intervenir.

»—No vamos a negar que nuestra firma representa a algunas de las empresas más avanzadas en tecnología médica del mundo —le dijo a Contreras—, y que podemos equipar con suficiencia y eficacia el nuevo hospital. Contamos con el mejor servicio de apoyo y mantenimiento y especialistas traídos de fuera para la instalación de los equipos y la preparación de operadores locales. De manera que, sí, podemos dotar al hospital de lo mejor del mercado. Pero a mi socio y a mí nos extraña, o mejor dicho, nos parece sospechoso, una propuesta como la que usted nos hace, pues pareciera que estuviese dedicada y dirigida a nuestra firma.

»—No es verdad —replicó Contreras—, aunque es innegable que su empresa está en una posición inmejorable respecto de otros proveedores para llevar a cabo el equipamiento, dadas las marcas que representan y la imagen que tienen en el mercado local.

»—¿Se conoce la cifra total de la inversión en equipamiento? —me atreví a preguntar.

»—Según el estudio preliminar, la cifra asciende a unos cuarenta millones de dólares.

»Alejandro sonrió, incrédulo.

»—¿Y todo esto que me dice es verdad?

»—Absolutamente —replicó Contreras, sorprendido—. En cualquier caso, habrá una licitación con plicas cerradas y todas las de la ley. Esto es importante. Dada la magnitud de la operación, saldrá gente avorazada y corrupta que quiera aprovecharse de ella. Donde hay queso, acuden enseguida los ratones.

»—Todo eso está muy bien, pero, ¿quiere decirnos qué tiene que ver la Fiscalía con un negocio que incumbe o debería incumbir al Seguro Social o al ministerio de Salud o a quien corresponda?

»—Esa es la parte más difícil de explicar.

»Al oír estas palabras me atreví a comentar:

»—No hay ninguna seguridad entonces de que se nos adjudique el negocio.

»—No, no la hay. Pero es más que probable que la comisión que examine las ofertas se lo adjudiquen a ustedes. Todo depende de que consigan un buen mediador.

»Nos quedamos callados, y Contreras, pensando que no habíamos entendido, quiso aclarar el concepto.

»—Sí, un mediador, alguien que ponga de acuerdo al Gobierno y al proveedor de los equipos a cambio de una comisión. Lo que garantiza que, antes de que se abran las plicas, el negocio está ya bien cocido y condimentado.

»Alejandro frunció el entrecejo.

»—No puedo creer que usted nos proponga un negocio de esta naturaleza.

»—Lo entenderá si me permiten que termine de explicarles la propuesta al completo.

»—Nosotros no hacemos ese tipo de negocios, disculpe —le interrumpí.

»Contreras alzó una mano en son de paz.

»—Lo sabemos —dijo Contreras—. Ustedes nunca harían una transacción de este tipo. Si les he ofendido, mil disculpas. Pero esta es una coyuntura especial, una situación muy delicada para la cual les ruego la mayor comprensión... Demonios, qué difícil es todo esto... yo tengo una obligación que cumplir y... —titubeó.

»A Alejandro se le agotó la paciencia.

—¿Por qué no prueba a decir lo que tenga que ofrecernos sin rodeos?

»Contreras ahogó un suspiro de alivio.

»—Tiene razón. Vea, se trata de un plan para que usted se preste, con nuestras garantías y las del Estado, por supuesto, a hacer el negocio de la venta de los equipos del hospital utilizando los servicios de un conocido mediador a quien quiero meter en la cárcel por el resto de sus días. Y lo que le pido es que simule con él una negociación que nos permita atraparlo, cuando le ofrezca una comisión como intermediario del negocio con el Gobierno.

»Nos quedamos con los ojos como platos.

»—¿He entendido bien? —inquirió Alejandro, inclinándose hacia delante en su asiento.

»Uno de los jóvenes fiscales que había permanecido hasta ese momento como una cariátide decidió terciar.

»—Se preguntarán por qué la Fiscalía les ha elegido a ustedes, o mejor dicho a usted, señor Cruz, para esta operación. Y yo voy a tratar de darles una respuesta. Sabemos de cierta persona que le hostiga con amenazas de muerte, a usted y a su familia, y que incluso le ha despojado de su casa por la vía del entrampamiento judicial. Y lo que la Fiscalía le ofrece es resolver su problema de inmediato a cambio de su cooperación en la detención de este mafioso.

»—Qué sorpresa tan agradable —ironizó Alejandro—. Ustedes estuvieron en mi casa la mañana que se encontraron allí unos restos humanos. Me interrogaron, me molestaron, me acosaron y no volví a saber de ustedes. Y ahora, casi dos semanas después, resulta que saben de mí hasta la fecha en que me operé de las amígdalas. ¿Me pueden explicar eso?

»—No queríamos llamar demasiado la atención ni que se supiera que el Ministerio Público mostraba interés en los restos hallados en su jardín. Hubiéramos espantado al pájaro.

»—¿Lo conozco?

»—Se llama Bernardo Cardona, un abogado corrupto, implicado en sobornos, extorsiones y asesinatos, un manipulador del sistema de justicia vinculado al dinero ilícito proveniente del narcotráfico.

»—¿Y usted me pide que haga un negocio con un criminal que intenta destruir mi vida? ¿Es eso lo que me pide?

»—Algo así.

»—¿Está usted en sus cabales?

»El joven fiscal se turbó y Contreras entornó la mirada, como si le diera reparo lo que iba a decir.

»—Cardona tiene en su poder una copia del estudio preliminar del hospital.

»—¿Cómo lo sabe? —replicó, más que preguntó, Alejandro.

»—Alguien en la presidencia, no lo sé de fijo, hizo esa copia subrepticia y se la filtró a Cardona —dijo lanzando una rápida mirada al fiscal que había tomado la palabra.

»—También sabemos que Cardona desea hablar con usted —agregó el joven, dirigiéndose a Alejandro—. Y por la misma razón que nosotros: los tres equipos más caros del proyecto los representan ustedes de forma exclusiva. Si le conocemos bien, Cardona se pondrá en contacto con ustedes en breve.

»—Eso no se lo cree ni usted.

»—¿Cuánto hace que no recibe amenazas ni extorsiones? ¿Diez, quince días?

»—¿Cómo sabe todo eso?

El joven fiscal pretendió no haber escuchado.

»—En ese lapso, Cardona hubiera podido hacerle alguna llamada conminatoria, dado una paliza, incluso asesinarlo.

Y sin embargo no lo ha hecho. Lo que significa que ya sabe que lo necesita para hacer este negocio y esa es la razón de que haya detenido el hostigamiento.

»—¿Que Cardona me necesita? Por favor —dijo Alejandro moviendo a un lado y a otro la cabeza.

»—El silencio de los últimos días lo confirma. ¿Por qué? Porque Alejandro Cruz puede hacerle ganar muchísimo dinero. ¿Cuánto? Alrededor de un diez por ciento del valor de los equipos del hospital. Cuatro millones de dólares, una fortuna. Creemos conocer bien a Cardona. Lo venimos investigando desde hace rato. Es un hombre que puede abstenerse de la ira, del odio, de la soberbia, pero nunca de satisfacer su codicia. Es su prioridad, no tiene otra. Será su amigo y su socio hasta que consiga el botín.

—¿Y después?

—No habrá después, no tendrá tiempo. En el caso de que quisiera hacerle alguna trastada, tendría lugar únicamente después de haber hecho el negocio. Y para entonces ya le habremos cazado. Entretanto, usted es el milagroso contacto que nunca imaginó encontrar, su mírame y no me toques.

»El otro joven fiscal quiso completar el discurso de su compañero.

»—Cardona se siente además complacido tras haber sido avisado de que la magistrada Albayeros no piensa demandarle por el asesinato de su hija Kore.

»—¿Cómo puede estar seguro de eso?

»—Porque ella misma me lo vino a decir —interrumpió Contreras—. Tenemos una estrecha relación con ella. También me contó de su conversación con usted y el asunto del ADN. Fue molesta, según entiendo, pero, a consecuencia de esa reunión, la magistrada se hizo el test de saliva y, lamentablemente, coincidió con el test de la osamenta que usted le había llevado. La semejanza era de un 99.9 por ciento. Me pidió que le entregara los restos de su hija y eso hice.

»—Vaya, este parece ser el día de las grandes revelaciones. Y qué amable la señora, ni siquiera se dignó a darme las gracias por la idea que le sugerí y que ella rechazó de mala manera.

»—Estaba triste por el hallazgo.

»—Ah, vaya, estaba triste —ironizó Alejandro.

»—El capítulo más negro de su vida se cerraba, pero al mismo tiempo había hallado la paz interior perdida durante casi veinte años de búsqueda.

»El fiscal del departamento de narcoactividad intercedió.

»—Uno de nuestros informantes ha filtrado en el bajo mundo que una demanda de la magistrada contra Cardona estaba ahora fuera de toda consideración y que ni usted ni ella suponían para él ningún peligro. Eso, y el estudio preliminar del hospital, ha motivado la tregua. Puede estar tranquilo, señor Cruz. Nadie le va a molestar.

»Contreras escrutó el rostro de Alejandro buscando alguna reacción y, al no encontrar ninguna, dijo en tono paternal:

»—Si no se siente cómodo con la idea, no pasa nada. Aquí se termina la reunión. Nuestra propuesta tiene un carácter estrictamente voluntario.

»El fiscal era un hombre astuto. Sabía la condición emocional en que se hallaba Alejandro, tras las agresiones de Cardona, y hoy, visto desde mi espejo retrovisor, tengo la impresión de que lo que pretendía era echar sal a la herida para que Alejandro reaccionara. ¿Y cómo no entender el estado de ánimo de mi socio? Todas sus iniciativas para paliar la situación en que le había puesto Cardona habían fracasado. Sobre todo la de hablar con la magistrada, el recurso en el que más esperanzas había depositado.

»—¿Y si todo sale mal? —preguntó Alejandro.

»—Esto, como casi todo en la vida, es un juego. Se puede ganar, se puede perder. Pero si uno no juega, si uno no se arriesga, no ocurrirá lo uno ni lo otro. Aun así, las posibilidades de que algo salga mal son bajas. La operación es delicada, no le voy a engañar, pero en lo que a usted respecta, su vida no correrá peligro hasta tanto no remate el negocio con Cardona. Desde que llegué a la Fiscalía, me propuse sacarlo de circulación. A él y a su socio. Tenemos una compleja operación en marcha, pero no sabíamos cómo darle jaque mate. Usted nos ofrece una ocasión única para llevarla a buen fin. Es también su oportunidad para que pueda librarse de la extorsión y del acoso de que es objeto, si no de algo peor.

»Alejandro se puso de pie y comenzó a caminar de un lado a otro de la oficina. Solo él sabía lo que pasaba por su mente, pero que yo, por conocerlo bien, podía imaginarlo. Aquella era una propuesta insólita. La construcción de un hospital para niños se tornaba por arte de la Fiscalía en instrumento para atrapar a un mafioso, utilizando a Alejandro como anzuelo. ¿Los inescrutables caminos del Señor? ¿Los extraños caprichos del azar? ¿Las retorcidas ocurrencias de los hombres? Era inútil tratar de comprenderlo. Todo se reducía a tomar una decisión que implicaba para Alejandro no solo el peligro de que la celada no saliera bien, sino el desamparo en el que caería su familia de ocurrir algún contratiempo. Pero al mismo tiempo quizá pensara que era peor quedarse cruzado de brazos. Su crisis personal había hecho de él un hombre errático y hasta indolente, pero su condición vital empezó a cambiar cuando aparecieron en el jardín los restos mortales de Kore Esquivel, como si de aquella horrible osamenta hubiese brotado la energía que Alejandro necesitaba para volver a ser quien era. A veces las adversidades son así, en lugar de tumbarte, te ponen de pie. Y eso fue lo que sucedió aquella mañana en la Fiscalía. Cuando menos me lo esperaba, Alejandro se detuvo junto a la ventana de la oficina y se volvió. Era un Alejandro transformado, diríase que resurrecto. Hacía meses que no le miraba tan firme y en su sitio.

»—¿Qué condena le caería a Cardona? —le preguntó al fiscal.

»—Estimamos que bastarían algunos acápites de la Ley Anticorrupción de 2012 —replicó Contreras—. Cuando alguien media o interviene en la compra de bienes con el fin de defraudar al Estado, recurre al tráfico de influencias, a la corrupción o al fraude, la suma de las penas por estos delitos puede llegar a treinta años.

»Alejandro se acercó al escritorio del fiscal y, con una frialdad que no hubiese podido suponer solo unos días antes, dijo:

»—Cuente conmigo para lo que haga falta.

»—¿Está seguro? —inquirió Contreras.

»—Quiero darme el gusto de hacer sufrir a ese desgraciado lo que me ha hecho sufrir a mí y a mi familia.

»No me pude contener.

»—Deberías pensarlo mejor, Alejandro. Todo esto es un disparate, un despropósito.

»—No lo haría si lo que me propongo hacer fuese en perjuicio tuyo. Pero aquí el único que correrá ese riesgo soy yo.

»—Se lo agradezco —intervino Contreras—. No es común que las personas actúen como usted en circunstancias como la suya. Lo normal es que se retraigan o se escondan.

»Alejandro sonrió.

»—Créame, señor fiscal. Ni yo mismo me conozco. Y mejor si salgo de aquí antes de que me arrepienta.

Trece

Existe en la Luna un cráter que lleva el nombre de Giordano Bruno en memoria del monje dominico que tuvo la premonición de la infinita dimensión del universo y fue, por ese motivo, quemado en las hogueras de la Inquisición romana. Y en el asteroide donde habitan mis recuerdos hay otro dedicado a Giordano Burgos, por las atenciones que me dispensó aquella mañana en Ciudad Cayalá. Me obsequió una hora de su tiempo, me abrió la puerta a un tesoro de secretos que desconocía y para más gentileza me regaló una botella de exquisito vino de Coonawarra. Le dije que no entendía de vinos y él entonces me hizo una sugerencia que con los años se volvería rutina en mí.

—Cuando haga una cata de vino, aspire su aroma, cierre los ojos… y piense. Reténgalo dos o tres segundos en la boca… y piense. Ingiéralo con suavidad… y piense. ¿En qué? En todas las impresiones sensoriales que pueda experimentar, pero no diga nunca qué sabroso porque eso no quiere decir nada. Son solo palabras vacías. Si hace lo que le digo, descubrirá atrás de sus párpados un arcoíris y su paladar no volverá nunca a ser el mismo.

Burgos me hizo entender también lo que él llamaba la guerra silenciosa, la guerra por la justicia, una guerra como cualquier otra, donde solo vale ganarla y no existe la piedad por el adversario. Y después de haberlo escuchado, me fue difícil discernir si la guerra es una magnitud desmesurada de la vida o la vida una forma atenuada de la guerra, pero que ambas estaban relacionadas, de eso no me quedó ninguna duda.

El guerrero de aquella mañana había sido Alejandro Cruz, quien entre la retirada y el ataque optó por saltar de la trinchera. A secreto agravio, secreta venganza, debió de pensar. Retraerse, esconderse, poner la otra mejilla, eso podría estar hecho para una sociedad de siervos que agacharan la cabeza ante el castigo, mas no para él. Cruz quería resarcirse, ese elegante verbo que pareciera derivarse de rezar, pero que en realidad es un eufemismo para justificar la venganza. Un cambio radical para un hombre que nunca se había metido con nadie y prueba de que ciertas pulsiones solo permanecen dormidas hasta que alguien ajeno a uno las despierta. Así al menos lo expresaba Shylock, el mercader de Venecia: si nos pinchan, ¿acaso no sangramos?, si nos hacen cosquillas, ¿no reímos?, y si alguien nos ultraja, ¿no nos vengamos?

Lo más significativo de aquella mañana en Cayalá, no obstante, fue una sensación de aurora boreal, de que la luz había empezado a iluminar el misterio de la magistrada, y la remota pulsión de que los hechos de mi historia, hasta entonces desordenados y dispersos como abejas en un prado, comenzaban a enjambrar y a reunirse en torno a su reina.

Catorce

La llamada «Operación Cardona», a la que, por una ocurrencia del fiscal se le dio finalmente el nombre de «Operación *Chardonnay*», tuvo lugar entre la tarde del 27 de diciembre y el amanecer del 28, día de los Santos Inocentes, tarde-noche augural como suele ser toda fecha de vísperas, misteriosa palabra esta por lo que anticipa o barrunta. La acotación de la fecha es importante, pues la mayoría de quienes fuimos testigos de los hechos que aquí voy a referir seríamos en mayor o menor dosis engañados. Nada nuevo. El ser humano es un animal mentiroso. Mentimos sobre la edad, el trabajo, el amor, la cuenta corriente, mentimos sobre casi cualquier cosa. Hasta cuando guardamos silencio. Inseguridad, necesidad, pasatiempo, precaución, miedo, hay mil motivos para mentir. De hecho, si utilizamos a diario expresiones tales como «para serte franco», «la mera verdad» o «voy a ser sincero contigo» se debe a que decir la verdad es la excepción de la regla. La condición humana es así. Nos movemos en un baile de disfraces donde mentira y verdad van del brazo de la otra y nadie sabe quién es quién. Mentimos desde la infancia y llegamos al uso de razón inmersos en el juego del engaño pensando que es solo eso, un juego, hasta que ya de adultos descubrimos que esa impostura inocente a veces corre el peligro de convertirse en una apuesta mortal.

Reconstruir las horas que transcurrieron entre el 27 y 28 de diciembre de aquel año me habría de causar una íntima tensión, pues parte de ellas la viví en primera persona. Fueron solo alrededor de doce, pero, por los desdibujados contornos con que las recuerdo se me antojan hoy doscientas.

De ellas debo decir que, si algunos no salimos mal parados o con daño, fue debido a la casualidad o a que nos protegía el manto de la Inmaculada. Pues, a diferencia del delito, que es cauteloso y discreto, la inocencia es incauta e impetuosa. Y sería la inocencia, sobre todo la mía, la que acabaría por pagar el precio de su candor.

El testimonio de Cruz sobre la entrevista con Cardona que había acordado con la Fiscalía era el primer capítulo de la cadena de acontecimientos que habría de concluir en el crimen. Y a tal fin, traté varias veces de hablar con él para que me la refiriera de viva voz. Pero solo conseguí evasivas que, al cabo, concluirían en un molesto silencio. Supuse que estaba harto de todo y que necesitaba un respiro. Y solo tiempo después, cuando al fin me fue posible acceder al sumario del caso, pude contar con la información de lo que había sucedido entre Cruz y Cardona. La reproduzco aquí palabra por palabra, copiada de la deposición, un tanto informal, todo hay que decirlo, que Cruz hizo en su día ante el juez que tuvo a su cargo el caso.

> < No vayás, me dijo Ofelia, mi esposa. Después de todo lo que nos ha hecho ese desgraciado, solo falta que te quite la vida. Es una culebra, un asesino. El único propósito de su existencia es hacer daño a los demás para llenar con ello la bolsa. Olvidemos el asunto, Álex. Vas a estar solo con él, sin nadie que te proteja, y si las cosas salen mal, si cometés un solo error, no tendrá compasión de ti.
>
> Traté de razonar con ella. Mi principal argumento fue que no me gusta dejar gavetas abiertas en mi vida, que esta era una de las más peligrosas y que tenía que cerrarla como fuese. Pero, al igual que otras veces, no la pude convencer. Ni ella en esta ocasión tampoco a mí.
>
> Nos separamos, Ofelia inquieta, yo molesto, como a las cinco y media de la tarde del 27 de diciembre. Y media

hora después estacionaba mi carro frente a un discreto edificio de ocho pisos y fachada de ladrillo visto, situado a pocas cuadras del hotel Camino Real.

Me detuve a la puerta de entrada para comprobar la dirección, aparentando la indiferencia de un visitante común y corriente, y evitando cualquier ademán o actitud que pudiera despertar sospechas. Me costaba sujetar los nervios que trataba de calmar haciendo memoria de las instrucciones que me habían girado los fiscales unos días después de la entrevista con ellos.

—Vaya con precaución —me aconsejaron—. Cardona es un seductor de hombres y mujeres que conoce todos los trucos de la persuasión y el tapujo. Sabemos que es una persona que se irrita fácilmente, no obstante su apariencia de persona amable y educada. Y cuando se sale de sí, es capaz de convertir lo que toca en salsa de chimichurri. Recuerde que no lidiamos con un distinguido miembro del Colegio de Abogados, sino con una organización mafiosa que se atribuye así misma el nombre de *El Concordato*. Sea sobre todo discreto. Lo más seguro es que únicamente le plantee un compromiso inicial, no el negocio propiamente dicho. Le pedirá una comisión y le dará algunos detalles. Y es ahí donde lo queremos atrapar. Necesitamos lugares, nombres, cifras. La desconfianza de usted le dará certeza de que trata con una persona ingenua y, viendo que es vulnerable, su vanidad de hombre inteligente y astuto se verá compensada y le tratará con complacencia. Simule que se deja engañar y que ha caído en la sima de la codicia. Déjele hablar, que él mismo se embarre. Sea reticente hasta el final. A Cardona debe costarle convencerlo de que el mejor intermediario para hacer este negocio con el Gobierno es él. Haga, en fin, verosímil la plática. Nosotros abonaremos el terreno. Por interpósita mano, dejaremos saber a Cardona que la firma de ustedes tiene dificultades económicas y que necesita una operación de estas dimensiones para salir del hoyo. Eso le dará confianza.

Crucé el vestíbulo del edificio y me dirigí a los elevadores. Pulsé el botón del séptimo nivel y, un minuto más tarde, un hombre que se presentó a mí como Mauro Tobar me hacía pasar al apartamento donde Cardona se ventilaba a sus amantes y realizaba sus negocios.

Con un gesto que parecía pedir mi comprensión, Tobar me palpó desde los hombros a los tobillos. Me despojó del celular, el reloj, el pin de los rotarios que llevaba en la solapa del saco, mi pluma Montblanc y hasta tanteó una curita que tenía en la frente a causa de un golpe que me había dado al salir del baño ese día. Y de repente me sentí como un gato encerrado en una perrera.

—¿Quiere también mi anillo de graduación? —le dije.

No, respondió. Señaló un corto pasillo que llevaba a una sala desde la cual se podía ver el bosque de edificios cercanos al Bulevar de los Próceres y se quedó con los brazos cruzados cerca de una mesa adosada a la pared de la cual colgaba un espejo.

Sentado en un sofá estaba Cardona. Lo identifiqué por la foto que me habían mostrado en la Fiscalía. Se levantó con rapidez y se vino hacia mí, sonriente, con los brazos abiertos, como quien recibe a un embajador o a un amigo de toda la vida.

Era un hombre de cincuenta y tantos años a quien le sobraba encanto personal, fuese psicópata o no, y cuyas pupilas como clavos no se habrían de apartar de mí en el tiempo que duró la entrevista. Si un obispo hubiese dicho de Cardona que tenía mirada concupiscente, cosa por demás muy probable, Madonna la habría calificado de inquietante y seductora. Seguí por instinto el criterio de Madonna, pero procuré concentrarme en el hecho de que, por muy linda que fuese la mirada del personaje, yo me encontraba en presencia de un asesino y de su cómplice, los mismos que habían amenazado mi vida y la de mi familia.

—Buenas tardes, señor Cruz. Muchas gracias por venir. Es un placer conocerlo —me dijo con la mayor frescura.

Hizo las invitaciones de rigor, café, coca-cola, algo más fuerte. Las rechacé todas y le hice una pregunta descarada, qué demonios, a fin de cuentas yo era un hombre de negocios y sabía cómo plantear estas cosas.

—Vayamos al grano, señor Cardona. Su secretaria me llamó por teléfono para pedirme una cita con usted sobre un negocio que me podría interesar. Y mi pregunta obviamente es de qué se trata ese negocio.

—Usted sí que no pierde el tiempo, señor Cruz. Eso me gusta. Pues verá, yo quería proponerle una operación relacionada con su actividad.

—Pero yo no sé nada de usted y sin la confianza que da el trato es difícil hacer negocios. Dígame, ¿es usted propietario de algún hospital, algún conglomerado de clínicas médicas?

—Lo único que sé de este negocio es la visita que hago cada año al Centro Médico para hacerme un chequeo, y que usted representa a tres de las firmas más avanzadas del mundo en equipamiento de hospitales. Pero estoy seguro de que nos vamos a entender.

—¿Ya habló con mis competidores?

—Hasta donde sabemos, ninguno de ellos está en capacidad de suplir las necesidades de un proyecto como el que le queremos ofrecer. La operación, por otra parte, deberá llevarse a cabo de la manera más discreta. No habrá papeles de por medio. Todo será de palabra. Nosotros trabajamos así. Hay mucha gente golosa al acecho que daría lo que fuese por caerle encima al negocio.

Me explicó entonces que la señora presidenta de la República quería construir un hospital modelo para niños en la Décima Avenida de la Zona 10.

—Y yo quisiera saber —dijo al concluir— si su empresa está en condiciones de ofertar una operación cerrada, una especie de *turnkey operation*, con todos los equipos que el hospital requiere.

Alcanzó un sobre de papel manila que yacía en la mesita auxiliar cercana a él y lo puso frente a mí

—Ese es el estudio preliminar del proyecto. ¿Quiere echarle una ojeada?

Hice lo que me sugería sin detenerme demasiado. Solo examiné los renglones principales y los grandes números, mientras Cardona continuaba hablando.

—Será una operación complicada. Cuando se anuncian inversiones públicas de esta magnitud aparecen toda clase de cazadores. Imagínese, cuarenta millones de dólares de inversión.

Empecé a ponerme nervioso.

—La gestión para conseguir la adjudicación del contrato —siguió Cardona— requiere contactos, ayudas, relaciones con terceros, aliados, colaboradores, informantes, mucho dinero y toneladas de paciencia. Y lo que yo le ofrezco es una mediación profesional y eficaz para cerrar la operación limpiamente.

—¿Y quién pondrá todo ese dinero?

—De eso no se preocupe. Nosotros sabemos cómo obtenerlo.

—Habrá una licitación, supongo.

Cardona ahogó en silencio un eructo tapándose la boca con los dedos.

—Sí, claro. Pero déjeme preguntarle, ¿sabe usted qué es una trampa saducea?

—Primera noticia.

—Los saduceos no creían en la resurrección de la carne y, solo por fregar, se acercaron un día a Jesucristo y le preguntaron: maestro, si una mujer ha tenido siete maridos, cuando los siete resuciten, ¿de cuál de ellos será esposa?

—¿Y qué respondió Jesucristo?

—Eso no tiene importancia. Lo que importa es saber que una licitación es una variante de la trampa saducea. ¿Cómo saber quién será el afortunado que se lleve la licitación a la cama? Muy fácil: el que la apalabre y la negocie antes de que se abran la plicas. Lo fundamental de un negocio como este es que la licitación llegue ya asignada a la comisión calificadora.

—Nunca he hecho un negocio así.

—Hay métodos. Uno de los más sencillos es que las compañías que usted representa incrementen el valor de sus respectivos equipos en un diez por ciento. Pero existen otras más sofisticadas.

—No todas las compañías que mi firma representa van a querer hacer eso.

—Esa será tarea suya, señor Cruz. Quien algo quiere, algo le cuesta. El resto es más sencillo. El Gobierno les paga a las compañías por sus equipos y estas trasladan la sobrefacturación a nuestras cuentas bancarias, situadas en Ciudad del Este, el estado de Nauru y el reino de Baréin. Puede verificar si lo desea que, en esos lugares, ningún Gobierno soberano puede meter la nariz ni exigir información.

Habíamos entrado en territorio comanche y el pulso se me aceleró.

—¿Y qué seguridad tiene usted de que, una vez el Gobierno le haya pagado a mi firma —le dije—, le transferiremos a usted la comisión del diez por ciento?

Cardona fijó los clavos de sus ojos en los míos y con sonrisa canalla me dijo:

—Usted no haría eso por nada del mundo, ¿no es cierto, señor Cruz?

Traté de sacar la pata haciendo una pregunta capciosa.

—Tengo una curiosidad. ¿A qué se debe que mi empresa haya tenido el privilegio de ser la elegida por usted para realizar la mediación?

—Le hemos investigado, señor Cruz, y tenemos las mejores referencias. Eso es todo.

Las manos me empezaron a sudar.

—También sabemos que está pasando por dificultades económicas y que necesita hacer una operación de este tamaño para reflotar su negocio.

—Y eso, ¿cómo lo sabe?

—Lo sabemos.

—Ya.

Hice como que me quedaba pensando.

—Digamos que entiendo lo que me pide hacer, pero me cuesta verme implicado en una operación de esta naturaleza. ¿Y si el Gobierno descubre la movida?

—No piense en el costo, señor Cruz, piense en el beneficio. Y sobre todo considere que, si no lo hace usted, lo harán otros.

El disimulo es un arte difícil. Un paso en falso y estás perdido. Pero decidí arriesgarme. Bajé los ojos unos momentos en gesto dubitativo y me quedé callado.

Creo que el gesto me salió muy bien.

—Esto no me gusta nada, señor Cardona —le dije—. Creo que sería mejor que se buscara otro proveedor.

Cardona puso su mano en mi brazo.

—Comprendo sus temores. Pero será difícil que el Gobierno o la Fiscalía descubran nada. Y aun si por un mal azar eso llegara a ocurrir, no tiene de qué preocuparse. Hemos hecho este tipo de negocios muchas veces y ya ve, aquí seguimos desde hace veinte años.

Sonó el teléfono de Tobar, quien contestó en voz baja y le hizo a Cardona una seña casi imperceptible. No percibí que fuese nada anormal, pero el gesto entre ambos me inquietó.

—¿Así de fácil? —le dije.

—El negocio que le propongo parece fácil, pero no lo es. Somos nosotros quienes lo hacemos sencillo. ¿Ha oído hablar de *El Concordato*?

Arqueé los labios e hice gesto de ignorar de qué me hablaba.

—Es una discreta alianza de abogados, funcionarios y diputados del Congreso de la República que se constituyó hace un año para resolver crisis parecidas a la que usted teme. *El Concordato* negocia suspensiones de penas, obtiene sentencias favorables y medidas sustitutivas, gestiona inmunidades, sobornos, créditos, clausuras de procesos y suspensiones de audiencias. Cualquier problema que pueda imaginar, lo resolvemos.

—Eso no es garantía de nada. Yo también tengo un abogado.

—¿Es bueno? Quiero decir, ¿es buena persona?

—Por supuesto que lo es.

—Entonces no le va a servir de nada. Para este tipo de negocio se necesita gente de mucho colmillo.

—¿*El Concordato,* me dice? Nunca he oído hablar de él. ¿Podría ser más específico? ¿Quiénes son las personas que lo constituyen?

—Eso es algo que no puedo revelarle por ahora. Lo que sí puedo decirle es que yo soy el presidente de la alianza. ¿Le basta con eso?

—Entiéndame, señor Cardona. Ni mi empresa, ni mi socio, ni yo, estamos preparados para este tipo de aventuras. Nunca hemos recurrido a la competencia desleal para tener ventaja sobre otros proveedores.

—Tampoco lo necesita. Es lo que trato de explicarle. Nosotros nos encargamos de todo. Hemos comprado la voluntad de dos cortes de apelaciones y tenemos de nuestro lado a un grupo de jueces amigos, así como contactos en la Fiscalía. Con esas ayudas hemos conseguido liberar diputados, empresarios y hasta un presidente del Congreso.

—Usted me habla del pasado, pero ahora hay un nuevo fiscal general y nuevos jefes de división en la Fiscalía.

—Todos tienen la misma debilidad que usted y que yo, señor Cruz. Dádivas quebrantan peñas. Y si no son dádivas, serán favores. Tenemos una larga experiencia en negocios con el Estado y sabemos resolver esta clase de asuntos.

—Pero los agentes de la Fiscalía son nuevos, me dicen. Tienen fama de parecerse a «los Intocables». No se dejarían sobornar.

Cardona hizo un gesto de extrañeza, como si pensara, ¿qué es lo que quiere este hombre? ¿Adónde quiere llegar con estas sus babosadas? ¿Hice bien en traerlo aquí y proponerle el negocio? Temía haberme pasado de rosca, cuando la voz de Tobar salvó el *impasse.*

—Si no ceden, tendremos que usar otros métodos, otros equipos de personas, otros recursos. Incluso llegar a instancias no muy agradables. Tenemos cubiertos todos los aspectos de la operación. Descuide, señor Cruz. Sabemos cómo proteger a nuestros clientes.

—¿Cuántas personas conocen el proyecto? —pregunté para salir del trance.

—La señora presidenta, un ministro, los técnicos que han hecho el estudio, un joven agente de la Fiscalía y nosotros tres. La discreción es absoluta. Siempre ha sido nuestra condición para operar.

—Necesitaría estudiar los números.

—Por supuesto.

—Pero no me siento muy seguro, la verdad.

—Se trata de una operación compleja, no lo niego, pero para eso estamos nosotros, para resolver hasta el más mínimo detalle del proyecto.

—Qué detalles.

—Pregunte.

No sabía qué preguntar. Empezaba a sentirme como el doctor Fausto frente a Mefistófeles. Estaba allí para atrapar un mafioso y recuperar mi vida, pero el negocio era tan atrayente que la codicia me susurraba al oído: aprovecha la ocasión, no seas pendejo.

—¿Cuál es el costo de la mediación? —dije por decir algo.

—Ya se lo he dicho. Nuestros servicios suponen el diez por ciento de la factura más una donación de quinientos mil dólares a la Comunidad Apostólica Valle de Cedrón.

—¿Y eso qué tiene que ver con el negocio?

—Soy cristiano, señor Cruz, pero de un tiempo a esta parte, a los evangélicos se nos tacha de charlatanes, curanderos y asociados al dinero ilícito. Lo cual no es cierto. Y yo estoy dispuesto a borrar esa imagen tendenciosa que se nos adjudica de manera gratuita. Por eso dedico una parte de mis ganancias a limpiar la imagen de nuestra comunidad.

—Una tarea loable —le dije.

Para cínico, cínico y medio.

—Entonces, ¿tenemos un trato?

—Va usted muy deprisa, señor Cardona. Este trabajo llevará algún tiempo.

—Tendrá todo el que necesite. Pero, en principio, ¿estaría de acuerdo o no?

—El negocio me interesa, naturalmente, pero me siento como un pez entre dos aguas, una dulce y otra salada.

—Esta es una ocasión que no puede desaprovechar, señor Cruz. Piense en la supervivencia de su negocio, en su familia, en su esposa, en sus hijas.

Pedazo de trozo de hijo de su reputada madre.

—Vaya que sí pienso en ellas —le dije.

—¿Entonces?

—Pongamos que acepto seguir negociando. ¿El diez por ciento, me dijo?

—Ajá.

—No puedo confirmarle nada todavía, pero creo que podremos hacer algo.

—Magnífico, señor Cruz. Sabía que podríamos entendernos. Y aunque aún no seamos socios, puedo afirmar que a partir de hoy somos cómplices —y soltó una risotada.

Entre aprensiones y recelos, abandoné el apartamento de Cardona sintiéndome inseguro y convencido de que había hecho algo indebido prestándome a ser el anzuelo que habría de atrapar a aquel hombre sin escrúpulos. Hasta ese momento me había sentido protegido por la Fiscalía, pero, si mi sospecha era cierta, no sería solo Cardona quien acabaría en prisión. Con un abogado hábil, sus contactos y recursos en las Cortes, él estaría libre en unos meses. En cambio, yo me pudriría en la cárcel durante los siguientes veinte o treinta años de mi vida.

Salí a la calle pensando en consultar el asunto con mi abogado. Tenía la impresión de que la Fiscalía me había tomado el pelo y que si el negocio salía mal, más de alguno me diría «por inocente». >

Quince

La magistrada Albayeros giró sobre el sillón de su escritorio, abrió una gaveta de su archivo y extrajo una carpeta. Introdujo en ella el documento que le acababa de entregar. Era lo común al final de cada jornada: yo le rendía informes, le proporcionaba declaraciones, testimonios o escritos a los juzgados que ella adjuntaba a los litigios en curso.

Anochecía con rapidez. Diciembre exhalaba sus últimos suspiros. Las cumbres de los volcanes se teñían de tonos violeta y las luces de la ciudad comenzaban a encenderse. La magistrada se volvió hacia mí, colocó las palmas de sus manos sobre el escritorio y me observó por espacio de unos segundos.

—Hace tiempo que se lo quería decir, Rodrigo, y creo que este es el momento más adecuado de hacerlo. Llevo muchos años en esta profesión y nunca había tenido un asistente que me facilitara tanto el trabajo como usted. Sabe escuchar, es ordenado, sensato, activo, cuidadoso. Lo compruebo con cada informe que me prepara y cada encuentro que tengo con usted.

Se frotó con suavidad las yemas de los dedos y agregó:

—El recurso más efectivo de un penalista es saber enhebrar un relato que apele al corazón tanto como a la lógica. Conmover y convencer es nuestro trabajo y eso solo se consigue si se sabe contar una historia. Un relato bien armado y bien dicho transforma al abogado penalista en una persona convincente y creíble ante cualquier tribunal. No le extrañe que sea así. Desde la infancia nos gusta que nos cuenten cuentos, que alguien estimule nuestra imaginación con una historia, un cuento, que nos haga soñar en el bien, la verdad, la justicia. Pero armar bien un relato es un arte que debe realizarse con maña, pues, de lo contrario, el abogado se convierte en un cuentista. Será un magnífico abogado si consigue perfeccionar esta aptitud en la que tanto me ayuda. Le doy las gracias por ello.

No recuerdo haberme ruborizado, pero sí quedado sin saber qué decir. Mi cerebro trataba de encontrar las palabras debidas para responder a tan inesperada lisonja. Nunca había recibido de la magistrada un halago y no sabía qué decirle, salvo que mi madre no lo habría hecho mejor, no digamos mi padre, que era más duro que el esmeril a la hora de reconocer los méritos de su hijo.

El teléfono de mesa me salvó. Rosalía Albayeros lo tomó en su mano derecha, dijo aló y, cuando identificó a la persona que llamaba, su mano izquierda reptó con lentitud hacia el aparato y pulsó suavemente el botón del altavoz.

Reconocí la entonación de José Emilio Contreras. Estaba eufórico.

—Lo tenemos —le dijo—. Cardona se desnudó como jamás pensé que lo haría. Debió de ser su arrogancia.

—Seguramente —apostilló ella.

—Este es un delito de riesgo, usted ya sabe. Solo el mero hecho de proponer una colusión o de intentarlo ya es punible por la ley. De modo que no vamos a perder el tiempo buscando más pruebas. Contamos con el testimonio oral y el visual. Estamos preparándolo todo para arrestar a Cardona pasado mañana a primera hora.

—¿Y Cruz, cómo está?

—Se portó con valor e inteligencia. Logró sacarle a Cardona lo suficiente para que le caigan como mínimo veinte años. Pero tuve que tranquilizarlo cuando salió del apartamento. Estaba nervioso e inseguro. Temía incluso que le hubiésemos engañado.

—¿Lo registraron al entrar?

—Sí, fue Tobar quien lo hizo, pero no dio con el dispositivo que Cruz llevaba oculto. Utilizamos uno de los últimos avances de la nanotecnología, un minúsculo audífono de cincuenta dólares, de 2.5 milímetros de diámetro con micrófono indetectable de alta sensibilidad, dos horas de autonomía y 32 GB de memoria, fabricado en Alemania. Iba totalmente oculto en el conducto auditivo de Cruz y se comunicaba vía inalámbrica con mi celular. Lo tenemos todo grabado. Fue una jugosa conversación que incrimina a Cardona por violar ocho artículos de la Ley Anticorrupción, entre ellos los de sustracción y uso indebido de información del Estado, revelación de secretos oficiales, tráfico de influencias, fraude en la compra de bienes para el Estado e intento de cobro ilegal de comisiones. Bastará que la señora presidenta confirme la existencia del proyecto del hospital para hundir a Cardona.

El rostro de la magistrada, sus facciones, sus cejas, sus labios, no expresaban ninguna emoción. Su gesto era parecido al que habría mostrado Einstein si alguien hubiese querido explicarle la teoría de la relatividad. Allí el único sorprendido era yo.

—¿Y las imágenes? ¿Lograron conseguir alguna?—preguntó.

—Eso fue mérito del propio Cruz, debido a su experiencia con microcámaras para diagnosticar dolencias del aparato digestivo. ¿Se lo puede creer? Consiguió que le instalaran una camarita de gran angular en su anillo de graduación, el único objeto metálico que no le quitó Tobar. El dispositivo registró imágenes nítidas del estudio preliminar del hospital, pues Cruz lo tuvo un par de minutos en sus manos.

Es probable que, a la fecha, yo sea aún la persona que más información posee sobre el caso Albayeros, pero, en aquella hora de mi vida, yo estaba en ayunas de todo lo que la magistrada y el fiscal hablaban. La conversación entre ambos fue la primera noticia que tuve sobre lo que habían maquinado con Cruz para atrapar a Cardona. Y el motivo de que la magistrada hubiese dispuesto que yo escuchara una información tan sensible no llegaría a entenderlo sino hasta el siguiente día, cuando el fiscal general llegó al bufete.

—El arresto será mañana a las seis de la mañana —le dijo delante de mí a la señora Albayeros—, en la casa que Bernardo Cardona tiene en Las Margaritas. Y como amor con amor se paga, la petición que usted me hizo será servida. La Fiscalía se lo debe. Les diré a los muchachos que usted estará presente en el allanamiento.

La magistrada se me quedó mirando con un amago de sonrisa. Su expresión era distinta a la de la noche anterior. Parecía una mujer si no feliz, complacida. Y no sé si debido al contento por la noticia que había recibido, o como si de súbito hubiese tenido una inspiración, me preguntó:

—¿Quiere acompañarme? Le aseguro que, para su formación profesional, será una experiencia necesaria e inolvidable.

El fiscal ya se había ido y estábamos solos en su despacho. Y yo pensando que era el momento apropiado para confesarle mi admiración por ella, me dejé llevar por un impulso de gratitud y por la emoción que sentía.

—Señora —le dije—, usted me ha enseñado en pocos meses lo que no aprendí en la universidad durante años. Y si ha encontrado en mí alguna virtud, eso se lo debo a usted.

Las palabras se me encabalgaban, pero, convencido de mi candorosa elocuencia, seguí hablando sin detenerme.

—Usted ha sido mi ejemplo, mi modelo. Y no sé cómo expresarle mi gratitud. La búsqueda de justicia, el sueño que usted abriga desde siempre, es ahora también el mío. Soy consciente de que la corrupción política ha degradado el sistema en las altas esferas de la política y los negocios, pero al mismo tiempo me doy cuenta de que, sin personas como usted, esto no tendría arreglo.

Hay mujeres a quienes ruboriza el piropo. Las hay que se ríen o niegan sus dones. Y están aquellas a las que el encomio desconcierta. Creo que este último fue el caso de la magistrada ese día. Creí ver alguna humedad en sus ojos, pero no se dejó llevar por la emoción que probablemente le embargaba en aquel día del otoño de su vida, esa edad en que los errores y fracasos pesan sobre las personas como plomo.

—Estoy muy lejos de ser la persona que usted piensa que soy, pero se lo agradezco —respondió—. Nunca antes me habían dicho algo tan bonito. En cuanto a su preocupación por la justicia solo puedo decirle que, tarde o temprano, siempre llega. Durante estos veinte años he buscado infatigablemente hacer justicia a mi hija, y tuvo que ser el azar el que viniese en mi ayuda. Me siento gratificada por ello y ese es el motivo de pedirle que me acompañe. Bien está todo lo que bien termina. En la vida, como en la literatura, lo que importa es un final justo. Y mañana tendrá la oportunidad de presenciar uno de estos desenlaces. No lo olvide, en mi casa a las cinco de la mañana. Allí le estaré esperando.

La humedad había desaparecido de sus ojos y a su cuerpo y a su rostro había regresado la estatuaria rigidez de siempre.

Dieciséis

La casa de Bernardo Cardona estaba situada en la recoleta y silenciosa zona residencial de Las Margaritas, pequeño oasis situado en las cercanías del inquieto Oakland Mall. Era una vivienda relativamente nueva, con un muro blanco exterior y seis esbeltos cipreses que le daban el aspecto de una villa toscana. Flanqueando la puerta principal, dos grandes farolas daban luz al encaminamiento de granito que llegaba hasta la calle. Y del otro lado del muro exterior, se alzaba la construcción de dos niveles de la que solo se veía el segundo y las goteras de lo que parecía un tejado de pizarra.

Aún no había amanecido y la oscuridad arropaba con sus sombras las fachadas, los arbustos y los árboles de la colonia. El único vehículo visible era el que ocupábamos la magistrada Albayeros y yo. Solo algún vecino madrugador correteaba por la calle abriendo y cerrando los brazos como si fueran las alas de un avestruz.

En el radio de la Suburban, Shania Twain cantaba *Man! I Feel Like a Woman*. La magistrada sacó un pequeño termo de la cajuela del vehículo y me ofreció café.

—Descafeinado y con estevia —sonrió.

—No importa.

Sí importaba. No el café, sobra decir, sino un remoto pálpito de que algo no estaba en su sitio. Comprendía que la magistrada deseara que Cardona supiese que ella había sido la autora de la trama para detenerlo. Entendía que ella me hubiese dado la oportunidad de vivir la experiencia de un allanamiento. Pero ni aun así las tenía todas conmigo. Y la atmósfera del lugar no ayudaba. Pero también era la primera vez que yo presenciaba una detención, y no ante una persona normal y corriente, sino ante un mafioso protegido por guardaespaldas. Y me dije que tal vez fuera eso lo que más me tenía sobre ascuas.

Miré el reloj del carro. Eran las 5:45 del día, esa hora del amanecer en que los primeros trinos de las aves anticipan la llegada de la luz, una hora fugaz sin apenas tiempo para recrearse en ella.

Llevando el ritmo de la canción de Shania Twain, la magistrada golpeaba suavemente el timón con el vaso del termo. Parecía impaciente. Se acercaba la hora convenida y los vehículos de la Policía y de la Fiscalía General no habían aparecido.

Cuando las sombras comenzaban a huir, dos carros con siglas y números amarillos en las portezuelas, y otro blanco con siglas negras, doblaron la esquina a nuestras espaldas y se acercaron muy despacio hasta nosotros.

De la palangana de los dos primeros saltaron varios agentes de estatura superior a la media, todos uniformados de negro, portando subametralladoras y armas de fuego cortas y cubriendo sus rostros con pasamontañas.

Del otro vehículo descendieron tres agentes de la Fiscalía, dos hombres y una mujer, con jeans azul oscuro y chalecos negros en los que se podía leer en amarillo las letras MP, y debajo, Ministerio Público, Ciencia, Verdad, Justicia. La mujer llevaba colgada en bandolera una bolsa de plástico para los documentos.

Dos policías pasaron ante nuestro carro sin mirar, llevando en las manos una alfombra de púas que desenrollaron al extremo del muro de la casa, donde había una puerta enrejada de doble batiente que daba paso al garaje.

Otros dos agentes se acercaron a las cámaras de vigilancia y las cubrieron con paños negros. Algunos se frotaban las manos, otros comprobaban el estado de sus armas. Se movían en silencio con absoluta normalidad, como actores que se alistaran para representar una obra de teatro. Quien parecía el jefe de la operación se acercó a nuestro vehículo y saludó a la magistrada.

—¿Todo en orden, señora?

—Sí, muchas gracias —le dijo.

Rosalía Albayeros no parecía interesada en los movimientos de policías y fiscales. Debía de conocer bien el protocolo. En cambio, yo tenía la impresión de estar viendo un episodio de *Law and Order*.

A las seis menos dos minutos, la agente de la Fiscalía, seguida por sus dos colaboradores, se acercó a la puerta principal de la vivienda. Detrás de ellos caminaban once agentes de la policía. Unos pasos adelante, los once se dispersaron y, siguiendo las órdenes de su capitán, tomaron posiciones a lo largo del muro de la casa. Dos se pegaron a la pared, otra pareja se situó cerca de los cipreses, un quinto se plantó a un lado de la puerta del garaje y el resto se posicionó tras los agentes del Ministerio Público.

Creo que fueron los dos minutos más largos de mi vida.

—No tenga ninguna pena —me dijo la magistrada, presintiendo mi estado de ánimo—. No habrá violencia. Cardona tiene guardaespaldas en la casa, pero no se atreverá a enfrentar a la fuerza policial.

Cuando los números en el reloj digital del carro marcaron las seis en punto, la agente de la Fiscalía pulsó el timbre de la puerta principal. Bajé el vidrio de la portezuela y escuché que una voz masculina contestaba en la bocina del intercomunicador. La agente dijo algunas palabras que no pude oír y se produjo una larga pausa.

—Este es el momento más difícil —susurró la licenciada—, el de abrir o no abrir la puerta a la autoridad que lleva a cabo el allanamiento.

Pasó como un minuto, después otro. Daba la impresión de que en el interior de la vivienda se resistían a dar paso a las fuerzas del orden.

La puerta finalmente se abrió. La agente de la Fiscalía extrajo un documento de su bolsa y se lo mostró a un hombre de camisa blanca. Tras un breve intercambio de palabras, el hombre se apartó y dejó pasar a la mujer, a sus auxiliares y a cuatro agentes con las subametralladoras.

No se oía ningún ruido. Los últimos movimientos se habían realizado en un absoluto silencio.

La magistrada abrió la portezuela y salió del vehículo.

—Quédese aquí —me ordenó y, acto seguido, se dirigió a la puerta principal.

Tenía miedo, la verdad, pero no podía quedarme en el carro y, desobedeciendo su orden, caminé tras ella.

En la puerta se dio un movimiento violento y los agentes de la policía enderezaron sus armas. Se oían voces en el interior, como si se hubiese producido alguna resistencia. Al cabo de unos segundos, los escoltas de la casa se apartaron y, poco después, Cardona aparecía en la puerta esposado con las manos a la espalda.

La amarillenta luz de las farolas de la entrada incidió en su rostro. Sus facciones desfiguradas por la ira y su boca recogida en un frunce, yo diría que demencial, distaban mucho de parecerse a las de Ronald McDonald.

En cuanto puso los pies en las losas de granito, comenzó a forcejear con los dos agentes que trataban de arrastrarle de los brazos hasta uno de los vehículos policiales. No podían contenerlo. Cardona insultaba, gruñía, sembraba los tacones de los zapatos en la grama para impedir que lo movieran de allí.

Rosalía Albayeros, en cambio, seguía guardando la pose y el gesto. Su corazón podría ser un brasero, pero su rostro estaba pálido como una sábana. Con las manos cruzadas por delante de una oscura capa que le llegaba a la rodilla, contemplaba con total serenidad los tironeos y las arremetidas de Cardona.

Desmadejado por el esfuerzo, se dio finalmente por vencido. Tomó aire, se irguió entre los dos agentes que le tenían por los brazos y fue en ese preciso instante que su mirada se cruzó con la de Rosalía Albayeros.

Seguramente no esperaba ver allí a la magistrada y, por la atónita expresión de su rostro, le supuse enterado de quién era la causante de una situación que no esperaba.

Su cuerpo empezó a temblar como si sufriera un ataque de malaria. Y sin poderse contener, con mueca de patán y voz rasposa, gritó:

—¡Viejo costal de mierda! ¡No te librarás de mí! ¡Vas a pagar por esto del mismo modo que lo pagó tu preciosa hijita!

La magistrada no dijo una sola palabra. Por toda respuesta, abrió por delante la capa que la cubría, deslizó la mano derecha a su espalda y sacó una pistola de color negro mate y cañón corto, muy parecida a la que cargaban los agentes de la Policía Nacional Civil.

El movimiento de extracción del arma fue rápido y preciso. No creo que un profesional lo hubiese hecho mejor.

Lo que sucedió después pasó ante mis ojos como un fogonazo. Con la culata apoyada en la palma de su mano izquierda, la magistrada tensó los brazos, apuntó a Bernardo Cardona y, antes de que ningún agente pudiera impedirlo, le disparó dos balazos en el pecho. No lo hizo en silencio, sino profiriendo un agudo y penetrante alarido, una estremecedora fusión ente el grito del karateca y el bramido de un toro de lidia. Fueron dos tronidos, dos destellos que me deslumbraron como si, tras mirar fijamente al sol, me dejaran las pupilas en blanco.

Cardona se dobló hacia adelante como un fardo y quedó colgado de los brazos de los dos policías que lo sujetaban. Y durante dos o tres segundos, nadie supo qué hacer, justo el tiempo que necesitó Rosalía Albayeros para llevarse el arma a la sien derecha y hacer fuego de nuevo. Su cuerpo se desplomó sobre la grama y quedó en ella tendida con el rostro mirando al cielo de la madrugada.

Los agentes se agolparon frente a la puerta de la casa con las subametralladoras en mano para impedir que los guardaespaldas de Cardona salieran a la calle.

El jefe de la operación hablaba por el celular, pedía refuerzos y una ambulancia. Todo eran carreras, nervios, órdenes en voz baja y tensión alrededor de ambos cadáveres.

Uno de los policías tomó a la magistrada el pulso en la yugular y luego de algunos segundos negó con la cabeza en silencio.

En el pecho sentí una punzada. Me temblaban las rodillas, las manos, la mandíbula. Nunca antes había visto nada parecido.

Cuando conseguí serenarme, me acerqué al cuerpo caído de la magistrada Albayeros. El balazo no había alterado la belleza de sus facciones y su expresión era de una paz plácida y plena.

IV. Las líneas ocultas de la Osa Mayor

Cada día acontecen crímenes capaces de quitarle a uno el sueño, pero la mayoría pasan inadvertidos. Es el crimen de alto impacto el que conmociona al gran público. Lo que sugiere que no es el crimen en sí, sino el criminal o la víctima quienes excitan las emociones colectivas y provocan el horror. Que una magistrada de Cortes asesinara a un abogado sin escrúpulos conectado con el crimen organizado y después se suicidara, implicaba un misterio del que todos querían conocer. Y en ausencia de una aclaración oficial, precisa y creíble, las opiniones afloraron como una bengala en la noche. Todo eran conjeturas. La justicia popular, esa que se practica en la calle, los medios, las redes y las tertulias, es el reino de la contradicción, y su veredicto es de suyo dispar, por no decir disparatado.

Habiendo sido testigo de un hecho tan terrible, el crimen dejó mi vida a expensas del insomnio y de pesadillas pobladas de gritos estremecedores, acertijos en latín, frazadas momostecas, mariachis con sombreros de petate y justas de caballeros en el campo del honor. Todo había sido tan brutal, tan repentino. Presenciar un crimen y un suicidio a un tiempo resta espontaneidad a la vida. Uno se mueve tras el hecho por inercia, a impulsos de lo visto, y el cerebro no puede pensar con frialdad porque la imagen del horror ha invadido sus neuronas

La indignación y el escándalo, empero, se habrían de extinguir con rapidez, como suele ocurrir con la mayoría de los crímenes de sangre. El público empezó a prestar más atención a otros sucesos y, cuatro meses después de haber iniciado mi pesquisa, me vi en la pírrica situación de ser quizá la persona con más y mejores referencias sobre un crimen que ya no interesaba a nadie.

La frustración se apoderó de mí de manera irreversible. Cualquier novedad que yo pudiese proporcionar sobre el caso, pensé, pasaría inadvertida. Eso sin contar la edad y la persona del informador. ¿Cuánto podría influir el alegato de un jovencito de veintitrés años en el prestigio perdido de Rosalía Albayeros, habiendo sido su empleado? ¿Qué crédito podría yo tener ante tanta opinión y tanta controversia?

El encontronazo con la realidad alteró para siempre mis proyectos y esperanzas. Mi yo iluso se había caído del caballo y dado de bruces contra el talpetate, y el único bien que me dejaría el revolcón fue ver la realidad como si me hubiesen operado de cataratas, lo cual, pensándolo mejor, no era grano de ajonjolí.

Con ese sentimiento de derrota, procedí a recoger mis bártulos, mis grabaciones, mis documentos y mis archivos, a guardarlos y olvidarlos, así como a buscar empleo, que era lo que debía haber hecho cuando se suicidó la señora, en lugar de meterme en camisas de once varas. Hasta pensé en emigrar, pero, ¿adónde iba yo a ir con las cuatro letras de un abogadito sin experiencia ninguna? Cada mañana, al abrir los ojos, me parecía mentira que hubiese dedicado tanto tiempo a una tarea que ahora se me antojaba ridícula. ¿Para qué sirvo yo?, me preguntaba, ¿qué utilidad puede tener mi vida para mí y para los demás?

Fueron los primeros síntomas de un cambio que no había visto venir. Y en medio de la confusión en que me hallaba, creí que lo mejor sería arrinconar sin plazo ni fecha lo que había averiguado. Con la perspectiva que el paso del tiempo da a los avatares y altibajos de la vida, quizá la distancia permitiera que la magistrada fuese juzgada con más ecuanimidad en el futuro. No es lo mismo, me decía, juzgar el asesinato de monseñor Gerardi o el de Facundo Cabral hoy que cuando tuvieron lugar sus respectivos crímenes. El pasado está más cerca del mito que de los hechos y pensé que, si lo contaba en el futuro como un suceso de ayer, haría un mejor servicio a la magistrada, aunque ya no sintiera por ella lo que al principio de la indagación sentía. Su historia no había prescrito, solo quedaba en suspenso hasta mejor ocasión.

Y así fue como el fruto de mi noble pesquisa se convirtió en la más grande historia jamás contada.

Pero si bien se mira el acontecer humano, ninguna historia concluye del todo. Lo que es más, toda historia, empezando por la de la misma humanidad, es incompleta y tiende a expandirse y a engrosarse con el paso del tiempo y a ocupar más espacio del que originalmente tenía. La vida continúa sin detenerse. Todo cambia, todo fluye y la historia se renueva y acrecienta a medida que aparecen nuevos hallazgos y nuevas revelaciones. En las crónicas del pasado quedan siempre áreas oscuras, huellas materiales enterradas, episodios ocultos o suprimidos que solo el tiempo desvela, como sucedió con los guerreros de terracota de Xi'an, el descubrimiento de Tikal o los rollos del Mar Muerto. En otros casos, la expansión de la historia procede de documentos que no sabíamos leer o interpretar, como ocurrió con el Lienzo de Quauhquechollan, la compleja pintura de los indios del valle de Puebla cuyos extraños glifos y oscuras pictografías habrían de revelar, cinco siglos más tarde, que el verdadero conquistador de Guatemala no fue Pedro de Alvarado, sino su hermano Jorge, al mando de decenas de miles de guerreros quauhquecholtecas. Toda historia se rectifica a sí misma a medida que aparecen episodios ignorados u olvidados, aserto que habría de comprobar, un año después del crimen, cuando visitaba las oficinas de Jurídica Corporativa, una firma de abogados que proporcionaba asesoría legal a empresas y organizaciones privadas.

Por esas témporas, ya había conseguido un trabajo en un bufete de penalistas y me dedicaba a lo poco que uno sabe hacer a esa edad y que por regla general se limita a la actividad de mandadero —procurador le dicen algunos, para no ofender—, esto es, ir y venir a los tribunales, recoger firmas o llevar a cabo gestiones rutinarias en bufetes como el que visitaba ese día.

Llevaría media hora esperando en la recepción de la firma cuando asomó por una puerta el rostro de Mauricio Suárez. Lo he citado páginas atrás, pero no creo haber mencionado su nombre. Mauricio era un abogado diez años mayor que yo, a quien conocí en el Ministerio Público donde trabajaba a las órdenes del fiscal Contreras. Su trabajo consistía en hacer investigaciones sobre delitos en los que estaban involucrados hombres de negocios, funcionarios y políticos. Y tras el crimen de la magistrada, había dejado ese empleo para trabajar en Jurídica Corporativa.

Mauricio no tenía una onza de grasa. Llevaba el pelo muy recortado y había perdido el aspecto de empleado público. Ofrecía un aire más catrín, más elegante. Vestía un traje azul marino, una camisa muy blanca y una corbata de color indefinido, entre gris y verde mar. Investigador sagaz y destacado analista, el único defecto que yo le habría adjudicado era el de ser un racionalista impenitente.

Mi gestión en su oficina fue breve, pues se trataba de un intercambio de documentos y firmas. Pero concluidos los trámites me dijo con algún misterio:

—Quisiera hablar con usted unos minutos. ¿Tiene tiempo?

—Sí, claro —le dije.

Bajamos a la planta baja del edifico Spazio, la moderna construcción situada sobre el Bulevar Rafael Landívar, que albergaba las oficinas del bufete. Pequeñas estaciones de servicio ofrecían allí una amplia variedad de comida rápida. Nos acercamos a una de ellas. Mauricio pidió un refresco de fresa con pajilla y yo un café *espresso*. Y ya sentados a una mesita de vidrio con ribetes de metal preguntó:

—¿Cómo va su investigación sobre la magistrada?

—Ahí, caminando.

[*Nadie reconoce sus derrotas, al menos de buenas a primeras. Es más cómodo ocultarlas*].

—Se lo pregunto porque quisiera contarle una historia que tal vez desconoce.

—¿Sobre el crimen?

—Le podría interesar.

—Me interesa, por supuesto.

[*Mostrar interés sobre algo que ya no interesa a nadie es señal de buena educación. No sirve para nada, desde luego, pero está bien visto en los ambientes mundanos*].

—Desde que dejé la Fiscalía he venido pensando en hacerlo, pero me ha dado pena hablarle. Todos hemos quedado muy afectados por lo que sucedió en Las Margaritas.

—Le entiendo. A mí me sucede lo mismo. Al hacerse públicas las sospechas suscitadas por la Comunidad Apostólica Valle de Cedrón deseaba hablar con usted. ¿Sigue siendo miembro de ella?

—A decir verdad, nunca lo fui. Era solo un infiltrado que hacía un trabajo de investigación. La Fiscalía sospechaba que la comunidad no era trigo limpio y que allí se lavaba dinero. No sería el primer caso.

—¿Y lograron descubrir alguna cosa?

—Nunca se pudo probar nada. Esa gente se sabe cuidar. Pero mi trabajo no fue un total desperdicio. Por lo menos sirvió para tenderle la trampa a Cardona. Y de eso es de lo que quería hablarle.

—Le escucho.

—Vea, a mí se me hace que examinar el crimen de la magistrada es como observar el cielo en una noche limpia y serena. Nada parece tener sentido en esa oscuridad saturada de estrellas dispersas y desordenadas. No hay estructura ni referencias, no al menos para quienes no sabemos una jota de Astronomía. Hasta que, de improviso, alguien te señala una agrupación de astros más rutilantes que los otros y traza con un dedo las invisibles líneas que conforman la Osa Mayor.

Solo entonces, el paisaje de la noche empieza a tener sentido y, sobre todo, un orden.

Tomó un sorbo del refresco y continuó.

—Dos semanas antes del crimen, la señora Albayeros llama por teléfono a la Fiscalía y le pide una cita a José Emilio Contreras. Ambos se conocen y se aprecian, lucharon juntos para que él llegara a ese puesto. Ese mismo día por la tarde se reúnen en la oficina del fiscal. La magistrada le informa que la señora presidenta de la República ha dispuesto construir un hospital para niños en la Zona 10. Y en principio, a Contreras le destantea la noticia. No entiende que tenga nada que ver con el trabajo de la Fiscalía. Pero la magistrada le convence rápidamente de lo contrario cuando, aprovechando la construcción del hospital, le sugiere a Contreras un plan para atrapar a Cardona. «La Fiscalía es un organismo independiente del Ejecutivo y el Legislativo», le dice al fiscal, «pero recuerde que fue la señora presidenta quien lo eligió a usted para este cargo de la terna que se le presentó en su día. Por razones obvias, ella debe estar al margen de la operación, pero por motivos que ella, usted y yo compartimos, esta es la ocasión idónea para librarnos de esa lacra de bufetes y abogados corruptos que tienen secuestrada la justicia». Contreras no lo duda un momento. También él necesita asestar un golpe de efecto al sistema. «Eso, señora, está hecho», le dice. «Lo difícil es llegar hasta Cardona sin despertar suspicacias de su parte, hace falta alguien más allá de toda sospecha que lo haga, si queremos que muerda el anzuelo». Y entonces, ni corta ni perezosa, la señora le propone al fiscal que convenza a Alejandro Cruz, conocido representante de equipos hospitalarios, para que lleve a cabo el trabajito, de la mano de la Fiscalía y con la bendición de la señora presidenta de la República.

—Estoy enterado.

—Muy bien. Ahora escuche lo que sigue. Contreras me manda a llamar y me pide con mucho sigilo que intente pasarle a Cardona la información que la magistrada le ha dado al fiscal.

—El estudio preliminar del proyecto.

—Y con él, un presupuesto aproximado para su construcción y equipamiento de las instalaciones.

—¿Y eso le pareció a usted normal?

—Nada en el caso Albayeros me ha parecido nunca normal. Por dondequiera que lo mire, todo era un enredo. Empezando por el hecho de que Cardona me tuviese por un cristiano nuevo infiltrado en el Ministerio Público, cuando era justamente al revés. Pero pensando que el fin era bueno, me dije que podía hacerle la vista gorda a los medios, fueran del color que fuesen.

—Comprendo —le dije en el tono más neutral que pude, pero sospechando que lo que Mauricio y yo teníamos no era una conversación amistosa, sino una confesión de su parte.

—En una reunión de la Comunidad Apostólica, le pasé la información a Cardona y le prometí llevar a su oficina el proyecto del hospital, previo el pago, eso sí, de una mordiduca fluca.

—Le dio pisto.

—Me regaló un BMW.

—Guau.

—De la serie M1. Blanco. Una preciosidad.

—Solo con eso podían haber condenado a Cardona.

—No era suficiente. El fiscal estaba en plan de caza mayor. Su objetivo no era solo Cardona, sino también la hidra de *El Concordato* y sus seis cabezas, a las cuales atrapamos cuando Tobar accedió a cantar su increíble serenata, tras hacer un trato con la Fiscalía, la DEA y el District Attorney de Nueva York.

—Y usted se quedó sin carro.

—Solo pude disfrutarlo unos días.

—Pero Cardona se tragó lo del proyecto.

—Como quien se echa un *shot* de vodka.

—¿Incluso la sugerencia de que el equipamiento de los hospitales lo llevara a cabo la empresa de Cruz? Él y su socio tenían la representación de los mejores equipos del mercado, pero ¿cómo se explica que Cardona se engullera también esa píldora?

—El éxito del estafador reside en la codicia del estafado. Cuando hay dinero de por medio, hay gente que cree incluso que los bueyes tienen alas.

Asentí con convicción, haciéndole saber que también sabía eso.

—Yo estaba en gallo de muchos detalles, pero antes de dejar la Fiscalía y venirme aquí a trabajar, logré unir los puntos de la Osa Mayor. Que por cierto, no sé por qué la llaman así. A mí me parece más un circuito eléctrico con una cola parecida a la de un barrilete. El asunto es que la Osa Mayor, una figura geométrica compuesta por siete estrellas separadas y a la vez unidas por líneas invisibles, conforma de manera bastante precisa los hilos de la conspiración, si me entiende —dijo haciendo un guiño—. Y esos hilos, esas líneas, fueron dibujados por alguien. Me sigue, ¿verdad?

—No, Mauricio, no le sigo.

—Ok. Déjeme empezar por la primera y más enérgica de las estrellas, la magistrada Albayeros. A raíz de la información del proyecto de hospital que yo le pasé a Cardona, este le pide a Tobar que haga contacto con Burgos, el socio de Cruz, para concertar una reunión. Y unos días después, el fiscal general, estando yo delante, convence a Cruz de que se preste a ser la carnada que debía de morder Cardona.

—Burgos, el socio de Cruz, me contó todo eso.

—¿Y por qué Contreras convence a Cruz de una sentada, pese al peligro que suponía negociar con un asesino? ¿Por su elocuencia?

—Usted me dirá.

—Lo sabe, no se haga.

—Prefiero que me lo cuente.

—De acuerdo. Contreras había sido informado por la magistrada Albayeros de una tensa conversación con Cruz en la que la señora había rechazado asociarse con él para detener y acusar a Cardona por el asesinato de Kore Esquivel. La magistrada sabía, pues, de primera mano que Cruz estaba ansioso por meter a Cardona en el bote. Se da cuenta de la ansiedad de Cruz por librarse de las amenazas y extorsiones de Cardona e intuye que lo puede utilizar para sus propios fines.

—Esa presunción no me parece realista. Cruz era un hombre tranquilo, un tipo de clase media acomodada a quien no le gustaba meterse en problemas.

—Nadie sabe qué tiene uno dentro hasta que le sale la fiera. Pero tenga la certeza de que Cruz inspiró inconscientemente a la magistrada el diseño del plan, quiero decir, la secuencia de trazos que habría de conectar unas estrellas con otras, sin que ninguno de ellos se percatara de lo que la señora Albayeros se proponía hacer.

Mauricio sacó una pluma y pintó en una servilleta las siete estrellas de la Osa Mayor. Las unió con varias líneas y dijo señalando el dibujo:

—Vea esto. Cada punto de la constelación es un personaje del drama, y el drama, un circuito cuyos focos se irían encendiendo en secuencia, una corriente eléctrica diseñada con el único fin de llegar hasta Cardona para quitarle la vida. Si se fija, cada uno de esos personajes tenía motivos para encender la siguiente bombilla del circuito. ¿Con qué? Con la pasión que consumía a cada uno de ellos. La magistrada conocía las debilidades de cada partícipe. El interés político de la presidenta de la República por desarticular una mafia de abogados que vendía impunidad a diestra y siniestra. La insaciable codicia de Cardona. La impaciencia de Cruz por vengarse y recuperar su familia y su casa. El afán de Contreras por dar un golpe espectacular que sacudiera al sistema de justicia. Pero sobre todo, la pasión siempre latente de la magistrada, que no era una pasión justiciera, sino un recocido encono que había mantenido vivo durante casi veinte años. Todo estaba conectado y cada personaje implicado en el circuito de la Osa Mayor actuó como Rosalía Albayeros esperaba que lo hiciese, incluyéndole a usted, Rodrigo.

—¿A mí? Lo dudo. Ella solo me pidió que la acompañara la madrugada de los Inocentes a la casa de Cardona. Me dijo que sería una buena experiencia para mí presenciar un allanamiento.

—Fue una excusa, créame. Conociendo su constancia y aptitud para el trabajo de investigación, ¿no cree que la magistrada lo eligió como relator del crimen que se proponía cometer? Relator en el sentido jurídico del término, el de la persona obligada a hacer la relación de un expediente de manera imparcial y veraz. Por eso le pidió que estuviese presente esa mañana en la casa de Cardona. Y quién sabe si con ello no le inducía también a que contara el drama al completo.

—Eso es mucho suponer.

—Vamos a ver, Rodrigo, ¿qué le llevó a escarbar el caso después de sucedido el crimen?

—Tenía otras razones.

—Bien, de acuerdo, no le forzaré a que me las diga. Pero estará de acuerdo conmigo en que la magistrada era una mujer de naturaleza contradictoria, a veces inexplicable, pero muy inteligente. Y que la suprema inteligencia consiste en conseguir que los demás hagan lo que uno desea sin que ellos se den cuenta. Pues bien, Rosalía Albayeros era el epítome de esta clase de talento. Manipuló a todo el mundo y eso nos ardió a todos como brasas bajo los pies. ¿Supo cuál fue la reacción del fiscal Contreras cuando tuvo noticia de que la señora había asesinado a Cardona y luego se había quitado la vida?

—No, no lo sé.

—Se puso como cien mil. Sintió eso que le digo, que la señora le había tomado el pelo. Él había creído, como usted, como yo, como todos, que la revancha de Rosalía Albayeros consistiría en que Cardona supiese que había sido ella la arquitecta de la trampa que lo llevaría a prisión. Una venganza civilizada, llamémosla poética, con la cual no se podría estar en desacuerdo. Lo que nunca pudimos suponer fue que lo que ella pretendía era asesinar a Cardona.

Mauricio guardó silencio unos instantes y cambió a un tono más tranquilo.

—Presencié la conversación que Cruz mantuvo con el fiscal y mi jefe después del crimen. ¿Sabe lo que nos dijo? «Ustedes me han engañado como un chino», les espetó de mal modo. «Yo no quería que el caso concluyera así, yo solo pretendía que Cardona pagara el daño que me había hecho, no que lo asesinaran a mansalva como hizo esa buena señora. Pensaba que, si ustedes lo atrapaban, Cardona pasaría el resto de sus días a la sombra. En cambio, mire usted el clavo que organizó. No se me va de la cabeza. Fue decirle que su hija había sido amante de Cardona para que, allí mismo, mientras yo le hablaba, empezara a maquinar su venganza y hacer de mí lo que nunca habría deseado: ser cómplice de un asesinato que ahora debo llevar de por vida en mi conciencia».

Suárez hizo una pausa.

—¿Y sabe que le contestó el fiscal? «La magistrada nos hizo cómplices a todos en contra de nuestra voluntad», le dijo.

—Lo siento por Cruz. Es un buen hombre.

—Por cierto, ¿supo que el proyecto del hospital infantil era falso?

La lengua se me fue al cielo del paladar.

—Tanto el estudio como el presupuesto eran una patraña, un señuelo ideado por Rosalía Albayeros para tontear a la señora presidenta quien, envanecida por un proyecto que le daría un lugar de honor en la historia del país, convenció al fiscal Contreras de que debía utilizarlo para atrapar a Cardona.

—¿Ha dicho la señora presidenta? Es la segunda vez que lo menciona.

—También ella estaba implicada. Muy amiga de Rosalía Albayeros, prefirió callar y engavetar el falso proyecto del hospital para que el escándalo no le alcanzara. Y por supuesto, en privado, sigue negando haber negociado ningún trueque con la institución armada para que el edificio se construyera en los terrenos del antiguo hospital del Ejército. ¿Qué le parece?

Mauricio había encontrado una secuencia que tenía mucho sentido. Algo esquemática, quizás, tal vez demasiado fría, si se piensa que la conducta humana no se puede describir con fórmulas extraídas de las Matemáticas o la Astronomía, pero al fin y al cabo una secuencia válida. Había otras interpretaciones del crimen, desde luego, pero ninguna se acercaba a la minuciosa y racional disección que había ideado Mauricio.

Me dejó muy impresionado, la verdad, pero un poco con la sensación de cosa vista, algo así como si el exfiscal hubiese adoptado la personalidad de Hercule Poirot al final de una de sus investigaciones y desenredado el misterio ante todos los personajes que habían intervenido en él. Sentí que le faltaba algo, aunque en ese momento no podía saber qué era.

Una antigua tradición asigna a la Virgen de la Merced el título de patrona de los abogados. Redimir cautivos de manos de los piratas musulmanes del Mediterráneo que asediaban las costas españolas en el siglo XIII con el fin de secuestrar cristianos, indujo a un religioso de nombre Pedro Nolasco a fundar la orden mercedaria. Desde entonces, pedir merced es pedir piedad, compasión, misericordia, labor que los mercedarios practicaban suplicando la liberación de los cautivos a cambio de una suma de dinero. Y en memoria de ese espíritu, que en nuestros días reside en defender a los agraviados y obtener para ellos justicia, nuestra profesión recuerda cada 24 de septiembre a su patrona con un animado festejo.

La celebración de aquel año se oficiaba bajo la carpa de la Explanada 5, el espacio multiusos en que se había convertido el antiguo estadio del Ejército y que ahora albergaba bajo sus toldos desde conciertos de Arjona hasta populosas asambleas de la Iglesia Ebenezer. Nuestro gremio era ya tan numeroso que se necesitaba un campo de fútbol para celebrar el Día del Abogado.

Cuando llegué al lugar, el trasiego de personas en los alrededores del Campo de Marte era apretujado y montonero. La avenida que corría a lo largo del estadio venía atestada de tráfico y a la entrada del pabellón se agolpaba una larga cola de letrados y letradas con prisas, pues había empezado a llover.

A poco de entrar al recinto, por cuyo interior corría un oscuro rumor de voces parecido al de una lejana caída de agua, vi un brazo que se agitaba como lo habría hecho un náufrago al paso de un velero. El brazo pertenecía a Alfonso Cañas, quien platicaba con el licenciado Ortiz Cedeño, especialista en Derecho Tributario, un señor bienoliente, repeinado, pechugón, de anchos hombros y caderas estrechas, quien debía de estar martirizando a Cañas con algún rollo sobre las dificultades de los empresarios para recobrar el IVA u otra trivialidad por el estilo. De ahí los aspavientos de Cañas en demanda de auxilio.

Cañas me dio un abrazo, me preguntó dónde trabajaba, a qué me dedicaba ahora y si continuaba investigando el caso Albayeros. Le conté que había dejado la pesquisa para mejor ocasión, pues el trabajo no me permitía dedicarle tiempo.

—Pero, ¿llegó a alguna conclusión preliminar? —insistió.

Y justo cuando me disponía a explicarle que tenía sentimientos encontrados y que estaba aún confuso, Ortiz Cedeño se me adelantó y dijo con acento despectivo:

—Ese crimen fue un acto de venganza, puro y simple. Un escándalo, una vergüenza. Todo lo demás que se diga de él es aire caliente.

Cañas arrugó el ceño.

—No se equivoque, licenciado, fue un acto de justicia. Piense un minuto, se lo ruego. Toda justicia es un ajuste de cuentas, ¿no?, una retribución por el mal recibido de otra u otras personas y, en definitiva, la reivindicación de un derecho propio y no la violación de un derecho ajeno. ¿Está de acuerdo?

—No del todo.

—Eso no es una respuesta, es una tocata y fuga en re menor. ¿Cómo que no del todo?

—Todo o casi todo en el mundo del Derecho es materia discutible.

—No me venga con lindezas, lic. La venganza es uno de los impulsos primarios más poderosos del hombre que la civilización y el Estado de Derecho no han logrado suprimir. No hay persona que no haya sentido alguna vez la compulsión de restaurar su equilibrio existencial y emocional cuando la justicia de los hombres está distraída o ausente. Como decía Hitchcock, la venganza es dulce y además no engorda. ¿Puede haber golosina mejor?

Cañas quería fastidiar a Ortiz Cedeño, era evidente.

Pero el letrado no se dejó.

—El crimen de la licenciada fue un homicidio en toda regla y esa su retórica bárbara no me convence en absoluto. Con todo y sus defectos, la justicia existe. Mire a su alrededor —subrayó, abriendo mucho los ojos—, observe esta multitud de ¿dos, tres mil personas? ¿Qué es lo que ve? Abogados de toda condición, hombres y mujeres fuertes, débiles, corruptibles, firmes, apocados, indignos, poderosos, discretos, honrados, decentes. La naturaleza humana está dispersa en ellos con todas sus imperfecciones y taras. ¿Cómo pretende usted que exista una justicia perfecta?

—No se justifique, licenciado. Tenemos la gorda obligación de ser mejores, no de conformarnos con lo que somos. La nuestra no es precisamente la mejor justicia posible, ¿o cree usted que lo sea?

Ortiz Cedeño se quedó más frío y más serio que un róbalo.

—¿Es usted hombre religioso, licenciado? —inquirió Cañas.

—Lo soy.

—¿Y lee la Biblia a menudo?

—Me precio de conocerla.

—Entonces convendrá conmigo en que Rosalía Albayeros hizo justicia siguiendo al pie de la letra lo que dice el libro sagrado, la cual consiste en aplicar al hechor de un delito un castigo semejante al mal cometido. Que quien tal hizo, tal pague, esa era la primera norma de la justicia sagrada. ¿Cómo la ve desde ahí?

—No la veo desde ahí, sino desde allí —y subrayó el allí señalando a algún lugar con un dedo—. Aquella era una sociedad donde los jueces carecían de los instrumentos con que la justicia moderna está dotada hoy día.

—Pero los jueces gobernaban siguiendo los mandatos de Jehová, no me diga que no. Hay un libro que lo confirma. Otoniel, Débora, Gedeón, Jair, Abdón, Sansón, eran líderes militares escogidos por Jehová para que el pueblo de Israel tomara venganza de sus enemigos.

—Los jueces de la Biblia eran hombres justos, agentes de la justicia divina.

—Con todo respeto para sus creencias, licenciado, la represalia sobrevuela sin piedad por las páginas del Antiguo Testamento. «Cualquiera que mate a Caín, siete veces sufrirá venganza», «si un hombre quita la vida a otro, ciertamente ha de morir», y mandatos por el estilo. Todos se vengan de todos y muy en especial el Jehová del Deuteronomio, donde se lee *Mea est ultio, et ego retribuam in tempore,* mía es la venganza y yo me la cobraré a su debido tiempo. La sociedad de aquellos días podía ser primitiva, pero estaba ordenada y dirigida por un dios que tenía la venganza como principal instrumento de justicia.

—Usted es una jurista notable, Alfonso. ¿Cómo puede decir esas barbaridades? Nadie tiene derecho a llevarse por delante la vida de otra persona. Tomarse la justicia por propia mano y, lo que es peor, aceptar ese hecho, es volver a la Edad de Piedra.

—Entiendo que conoce la leyenda de La Llorona —dijo Cañas.

—Todo el mundo la conoce.

—Y tal vez sepa que su dolor se debía a haber ahogado a sus hijos.

Ortiz Cedeño hizo como que lo sabía, pero me quedaron dudas.

—Seguramente ha oído también la historia de la Siguanaba, aquella bellísima mujer de larga cabellera que salía desnuda cada noche a las calles de Guatemala para seducir a los hombres infieles y a los que ultrajaban o asesinaban a sus esposas. Pero cuando volvía su rostro a ellos, resultaba ser una horrible criatura con cabeza de yegua que horrorizaba al hombre que la seguía, al cual atrapaba, pateaba y lo despeñaba por un barranco.

Cedeño escuchaba enmudecido, con la boca entreabierta.

—Ahora examine el contexto. La Llorona es el símbolo de la culpa por no haber sabido ser madre, y la Siguanaba, una representación de la venganza contra los hombres indignos. Dos alegorías poderosas. La Llorona es la mujer arrepentida por su error; la Siguanaba, la mujer herida por la traición y las ofensas de su hombre. Son solo personificaciones, claro está, criaturas imaginarias, pero cargadas de emociones muy fuertes y dotadas de una energía síquica arrolladora. Bromeamos a veces con ellas, pero si han sobrevivido hasta hoy es porque las emociones que representan no han perdido relevancia en nuestras vidas. Esas trágicas mujeres son un recordatorio de que los mitos y las leyendas no vienen de la nada, sino del mundo real. Sume ambas figuras femeninas y tendrá el retrato emocional de Rosalía Albayeros.

Cañas refirió todo lo anterior con absoluta naturalidad a un Ortiz Cedeño despalabrado, mientras yo invocaba en mi memoria las figuras de la Esfinge y de Medea, espejos de la Siguanaba y La Llorona, reivindicaba la universalidad de los mitos y evocaba con gratitud la biblioteca de mi tío abuelo.

—Dígame una cosa, lic, ¿qué le llevó a ser letrado? —preguntó Cañas sin interrumpir su discurso.

—Ayudar a la gente, obtener justicia para ella.

—Hermoso, sí, señor, le felicito. Ahora piense en los asesinatos, las violaciones, las palizas, las humillaciones de que son objeto cada día las mujeres de este país, y dígame cuántas de ellas obtienen justicia.

—Hay delitos difíciles de probar.

—Pero sí coincidirá conmigo en que esas mujeres merecen justicia.

—Por supuesto.

—Y que son pocas las que consiguen obtenerla.

—Por desgracia.

—¿Le parecería entonces injusto aplicar el ojo por ojo al hombre que violara y asesinara a alguna de las cuatro hijas que usted tiene? O mejor aún, ¿aceptaría con docilidad y resignación que un juez absolviera de culpa al violador asesino?

Ortiz Cedeño dudó unos momentos.

—No me parecería injusto —dijo al cabo—, siempre que la ley se aplicara siguiendo el debido proceso establecido por el ordenamiento legal instituido

—Admiro su sinceridad, licenciado —dijo Cañas falsamente conmovido, tanto, que por unos segundos pensé que lo había dicho en serio—, pero la realidad no es así. ¿Y si ese altisonante ordenamiento, el del pomposo «imperio de la ley», se hubiese descarriado y desacreditado y los altos tribunales de justicia estuvieran mediatizados por el poder político y el dinero ilícito? ¿Qué sucede cuando la justicia es incierta e insegura y no hay manera de satisfacer el agravio recibido porque los traficantes de la justicia hacen micos y pericos con ella? ¿Cree usted que los ofendidos deberían quedarse quietos?

—Habría que preguntarse si la venganza por propia mano se justifica, aun cuando el sistema de justicia sea perverso —dijo Ortiz Cedeño con voz voluminosa y doctoral.

—Usted se pregunta demasiadas cosas y no da respuesta a ninguna.

—Permita usted la venganza y el país se disolverá en el caos.

—Tendré entonces que hacerle un punto de reflexión. Todo ser humano tiene derecho a la venganza civilizada, llamada por otro nombre: justicia. Pero cuando la justicia se vuelve venal y corrupta, lo común es que las personas recurran al más primitivo desquite. Porque cuando la justicia la construyen los corruptos, el resultado no puede ser otro que el colapso del edificio. ¿Por qué cree que gustan tanto *El conde de Montecristo*, *El padrino*, *Hamlet*, *Fuenteovejuna* o la Lisbeth Salander de *Millenium*? Porque nos encanta ver cómo otros ajustan cuentas con quienes les ultrajan y lastiman. Y porque los motivos que les llevan a vengarse son justos, aunque el vengador sea un gángster como Michael Corleone.

—Eso es pura ficción, lo mismo que las figuras del folklore y de los mitos.

—Dígame que no se regodea y disfruta cuando el bueno de la película patea y machaca a golpes una y otra y otra vez a los desalmados que entran a la casa de usted, asesinan a su esposa y violan a su hija. ¿Se acuerda de *Death Wish*? Ese era el tema. Fue una de las películas más taquilleras de su tiempo. Cómo sería que hicieron cinco secuelas de ella. Un indicio entre muchos del Edmond Dantès que llevamos todos dentro. Solo cuando los motivos son ruines, la venganza es detestable.

—Si usted lo dice.

—No solo lo digo, lo afirmo. La magistrada no asesinó a Cardona por motivos mezquinos, sino porque estaba convencida de que el sistema de justicia no repararía el asesinato de su hija.

—¿Y qué quiere, que pongamos en los tribunales ángeles y serafines? No importa cómo lo mire ni que agote los ejemplos: lo que hizo la magistrada estuvo mal.

—Estuvo mal porque el sistema de justicia no está bien. Sobre todo en las altas esferas. Que una magistrada de la talla de Rosalía Albayeros, para obtener justicia, tenga que ejecutar a un criminal debería a usted decirle algo.

—¿Ah, sí? ¿Y qué debería decirme?

—Al asesinar a Cardona, la magistrada enviaba este mensaje: cómo estará la justicia en el país que ni yo misma me fío de ella.

—Exagera usted, licenciado.

—¿Usted cree? De seguir como estamos, uno de estos días colgarán en la puerta de la Corte Suprema un rótulo que diga: «Cerrada por defunción».

—Lo que usted llama justicia no es otra cosa que el régimen de la guillotina. Y yo le digo *summum ius summa iniuria,* el exceso de justicia es injusticia. Lo bueno y lo justo se pervierten cuando son llevados a la exageración.

—La muerte de Cardona fue un acto de justicia porque el sistema no estaba, ni está, en condiciones de otorgársela a la magistrada Albayeros. El sistema juzgaría a Cardona y en pocos meses estaría otra vez en la calle.

—Eso lo dudo mucho.

—¿Quiere que le enumere los casos de venalidad que han sucedido en nuestro país durante los últimos veinte años o tiene miedo a quedarse dormido?

—Lo primero que se busca en un crimen es el motivo, ¿no es así? —dijo Ortiz Cedeño—. Pues a mí me parece que debió de haber uno muy poderoso para que la magistrada rompiera ese vínculo que todos los abogados tenemos con la ley y la violara de manera tan flagrante al tomarse la justicia por su mano.

—¿Le parece un motivo poco poderoso que un miserable asesinara a Kore Esquivel? —preguntó Cañas con sorna—.

Pero sí, debo admitir que había otro motivo, además de la certeza de la magistrada de que el sistema de justicia liberaría más pronto que tarde a Cardona. Y era que, si Rosalía Albayeros no lo asesinaba, en el juicio que se siguiera saldría a relucir la relación amorosa de Kore con Cardona, el asunto de la prevaricación y la extorsión de la cual la magistrada había sido objeto por el caso Matthäus, extorsión que se vio obligada a aceptar pensando que con ello salvaría la vida a Kore. Y esa era una vergüenza que Rosalía Albayeros no estaba dispuesta a soportar. ¿Quién no hubiera liberado a los Matthäus con tal de rescatar a su hija? Al diablo, debió de decirse, con los principios, con el ordenamiento jurídico y las leyes. ¿Qué creía el desgraciado de Cardona, que solo él podía jugar con las personas, intimidarlas, humillarlas y asesinarlas? Vamos, licenciado, hoy es el día de la Merced, día de piedad y compasión para con los que sufren el mal ajeno. ¿No le encoge el corazón castigar a un ser humano que a lo largo de su vida perdió a su hijo varón, que fue engañada por su esposo y que, tras sacrificar su ética, su carrera y sus principios para salvar la vida de su hija, fue burlada por el asesino?¿No le llama todo eso a la clemencia? ¿O es usted de los que hubiesen preferido que Cardona fuera absuelto?

—Y usted, ¿se atrevería a decir todo lo que ha dicho a esta audiencia —abrió los brazos con un ademán dramático—, si se hiciera silencio y le dieran un micrófono?

—Lo haría con mucho gusto, si usted me acompañara en la…

Ortiz Cedeño colocó una mano en el hombro de Cañas, y forzando una sonrisa dijo:

—Disculpe si lo interrumpo, Alfonso. Acabo de ver a un colega con el que necesito hablar.

Cañas aprovechó la ocasión para darle la puntilla.

—¿Y qué vamos a hacer sin usted ahora? —dijo poniendo cara de mártir.

Ortiz Cedeño se perdió entre el gentío y Cañas se volvió hacia mí con semblante travieso.

—No se ría. Este es un asunto muy grave —me dijo—. *Nam oportet et haereses esse*, aconsejó el apóstol a los romanos: conviene que haya herejes entre vosotros. Y eso es lo que me gusta hacer de vez en cuando. Jugar a ser hereje altera el sistema nervioso de los comodones y los conformistas, el de quienes creen vivir en el mejor de los mundos posibles y el de los que prefieren el silencio cómplice a denunciar a los traficantes de la justicia...

Hasta nosotros llegaban siseos y comentarios en voz baja. Alguien desde el micrófono situado en el estrado pedía guardar silencio y Cañas interrumpió su discurso. El acto protocolario del Día del Abogado iba a comenzar.

Fuera del recinto llovía a mares. El repiqueteo del agua sobre la cubierta de la carpa dificultaba escuchar las palabras del presentador. Y mi mente se distrajo al recordar que había sido justo un día de septiembre del año anterior que, en medio de un inclemente aguacero, había mantenido mi primera entrevista con Alejandro Cruz. Tal vez la memoria quiso traerme ese recuerdo porque solo unos días antes le había visitado para contarle que mi pesquisa no había dado más de sí y para agradecerle su atención mientras estuve inmerso en ella.

Mi sorpresa fue encontrarme con un hombre transformado, pletórico de ánimo y de salud. Le pregunté cómo le había ido desde la última vez que nos vimos y me contestó que tal vez demasiado bien. Seguía muy activo en su negocio y estaba otra vez en plena posesión de su casa, la cual había terminado de arreglar. Su esposa Ofelia había recuperado el humor y sus hijas olvidado el incidente, si es que alguna vez habían tenido conciencia de él. Pero se había vuelto más cauto.

—Nadie está a salvo del pasado —me dijo—. ¿Cómo se explica, si no, que una jovencita de diecinueve años haya podido alterar y dañar la vida de tantas personas, veinte años después de su muerte?

Le hablé de la teoría de Suárez sobre la Osa Mayor, sus líneas y sus estrellas. Y a pesar del buen talante que mostraba ese día, no pudo evitar decirme una vez más lo que pensaba de la magistrada Albayeros.

—Debió de ser muy conocedora de la naturaleza humana para haber engañado a tantas personas a un tiempo. De mi experiencia con ella, sin embargo, deduje que poseía una notable virtud, además de su talento. Y era creer que solo ella tenía la razón y que los demás solo decíamos tonteras. Sin duda se creía un Moisés bajando del Sinaí con unas tablas a las que todos debían someterse. Para su desgracia, habría de descubrir que aquellos a los que pretendía imponer su ley les importaban un pito las tablas, pues preferían el becerro de oro. ¿Que cómo me siento después de lo ocurrido?

Se quedó pensando unos segundos con una sonrisa cínica, se quitó las gafas y se frotó con suavidad los párpados.

—Hay un personaje de la *Odisea*, una maga llamada Circe, que era capaz de convertir a los hombres en cerdos —dijo—. La magistrada no tenía ese don, pero siempre que me acuerdo de ella no puedo dejar de sentirme, si no como un cerdo, sí como un perfecto imbécil.

Así las cosas, llegó diciembre. Se había cumplido casi un año del crimen. Volvía la Navidad. Yo había empezado a salir con Sara Lucía Fonseca, una excompañera de la universidad a quien, lo digo con total candidez, pues tengo suficiente edad para reconocerlo sin sonrojo, me costaba sostener la mirada. Sara Lucía era una joven encantadora y yo un tímido sin redención que no se atrevía a pasarse de la raya lo más mínimo con ella.

Mediaba ya el último mes del año cuando, un viernes, me invitó a una cena en su casa. Quería presentarme a sus padres, quienes celebraban esa noche un convivio navideño con familiares y amigos. Y yo acepté, no sin alguna reticencia, pues tenía la impresión de que no me sentiría cómodo en una reunión con personas desconocidas y bastante mayores que yo.

En cuanto crucé el umbral de la casa, me percaté de que me encontraba en un entorno conservador de señoras y señores que hablaban en voz baja y daban pequeños sorbos a sus bebidas con británica urbanidad. Sobre una mesa de caoba cubierta de blanco mantel en la que navegaban dos guirnaldas de buganvilias nazarenas y amarillas, campeaba una bandeja de rosbif rodajado en finas lonchas, flanqueada por un colorido séquito de chalupas de cerámica con ejotes hervidos, champiñones al ajillo, salsa de carne, arvejas salteadas y ensalada de brócoli, manzana y nueces. Iluminada por una suave luz cenital, la mesa atraía las miradas de los comensales y proyectaba sobre sus rostros un vago reverbero de lujuria.

En el curso de la cena, los invitados volverían al bufé para repetirse alguna delicadeza del menú, pero siempre siguiendo la civilizada norma de no parecer un glotón en casa ajena. Y a los postres, Sarita y yo nos levantamos para servirnos una porción de pastel de almendra, una galleta de jengibre y algún dulce de la Antigua.

Nos estábamos sirviendo entre bromas y comentarios golosos cuando una señora se acercó a nosotros y susurró a Sara Lucía una apostilla sobre el pastel. Ambas rieron a un tiempo y Sarita, volviéndose a mí, me dijo:

—Rodrigo, te presento a María Teresa de Castejón.

Di un paso adelante, le tendí la mano y me presenté.

—Rodrigo Láynez, mucho gusto.

Sentí en sus dedos un temblor y observé que su semblante adquiría un rictus a medio camino entre la sorpresa y el desconcierto. Pero no hubo más. La señora correspondió al mucho gusto y se retiró a su mesa sin haberse servido el pastel.

Sería ya la medianoche cuando los invitados empezaron a despedirse, hábito cortés y prolongado con el que los comensales comunican a los anfitriones que han tenido una velada feliz y que les da pena marcharse.

Andaba yo también en esas cuando la señora de Castejón se acercó esbozando una coqueta sonrisa y le dijo a Sara:

—¿Te puedo robar un minuto a este guapo caballero?

Y sin más preámbulo, me tomó de un brazo e hizo un aparte conmigo junto a un ficus que adornaba el vestíbulo.

—Esto tiene que ser cosa de la Providencia —comentó—. No se lo va a creer, pero llevo semanas buscándolo infructuosamente y mire dónde lo he venido a encontrar, en casa de unos amigos.

Ante una declaración así, lo propio es poner cara de circunstancias, pero la mera verdad es que todavía no sé qué es poner cara de circunstancias, así que no puse ninguna. Solo me quedé como una estatua.

—En los últimos meses he tratado de hablar sin éxito con el señor Alejandro Cruz, usted ya sabe a quién me refiero —me dijo—. Desde que murió la magistrada, le he llamado varias veces, le he escrito, he recurrido a personas que le conocen. Imposible. La última vez que lo intenté, su secretaria me dijo simple y llanamente que el señor Cruz no quería hablar conmigo.

—¿Lo conoce en persona?

—Hablamos en una ocasión. Pero me temo no haber sido franca con él y creo que todavía lo resiente. Y mi propósito en buscarle es pedirle perdón.

Al observar mi gesto de sorpresa, la señora se apresuró a decir:

—Mi nombre es María Teresa de Castejón, pero, por razones que no vienen al caso, me presenté al señor Cruz con el nombre de Graciela Jurado.

Ahí se me abrió la boca.

—Supe de la conversación entre ustedes. El señor Cruz me la refirió en detalle —le dije.

—Cuando usted se presentó hace un rato y mencionó su nombre, quedé desconcertada. Me habían contado que se dedicaba al noble propósito de limpiar el nombre de Rosalía Albayeros, por eso le estaba buscando.

—Trabajé con la magistrada un tiempo y, es verdad, investigué durante unos meses las causas y las circunstancias de su muerte. ¿Quién se lo dijo?

—La secretaria del señor Cruz, pero no quiso darme la dirección ni el teléfono de usted.

Nos estábamos quedando solos y la señora de Castejón, alias Graciela Jurado, apresuró la charla.

—Poseo una información importante que darle. Sé que es valiosa y tengo muchísimo interés en que la incorpore a la que haya logrado reunir sobre el caso Albayeros. Más allá de lo que el señor Cruz le haya dicho de mí, le prometo ser sincera. Desde que la magistrada murió, ya no tengo nada que ocultar.

Abrió su pequeño bolso de mano y extrajo una tarjeta.

—Llámeme mañana, se lo ruego. Salgo de viaje después de Navidad y, ahora que he tenido la fortuna de conocerlo, siento que, si me voy sin hablarle, no podré dormir tranquila. Si lo que pretende es reivindicar el nombre de Rosalía Albayeros, no se arrepentirá de escuchar lo que tengo que decirle.

Y esto dicho, se dirigió rápidamente a la puerta principal y desapareció tras ella.

Se me ocurrió entonces pensar que su expresión de súplica al despedirse debió de ser la misma que le mostró a Cruz cuando le pidió que se aliara con la magistrada para encausar a Cardona. Y dudé de que fuese una buena idea caer con los pies fríos en la misma palangana. Yo había recogido velas y no quería saber más del caso Albayeros. Pero siendo mi curiosidad mayor que mi desconfianza, llamé a la señora, concertamos una cita y dos días más tarde nos reunimos en su casa, un chalé de los años veinte con retoques y aditamentos de *art déco*, situado en la Zona 9.

Me recibió con expresivas muestras de gratitud y cortesía, me ofreció café con champurradas y fresco de rosa de Jamaica. Y ya acomodados en un recogido salón de la casa, rompió a hablar en un tono que pretendía ser sereno, pero dejando entrever grietas emotivas que le costaba disimular.

—Como le supongo enterado de cuanto hablé con el señor Cruz —empezó diciendo—, iré directamente al punto que me interesa tratar con usted. Cometí un grave error y fue contarle a Alejandro Cruz que Cardona y Kore habían sido amantes.

Con un temblor en la espalda, reparé al momento que no había sido la magistrada, sino ella, Graciela Jurado, quien puso en marcha la secuencia de acciones que habrían de desembocar en el asesinato de Cardona. Aquella distinguida señora era la estrella que faltaba en la ecuación de Mauricio Suárez, la que prendió el reguero de pólvora, la persona que, utilizando a Cruz como intermediario, inspiró a la magistrada Albayeros el circuito de ambiciones, rencores e intrigas que habría de concluir en el asesinato de Cardona.

Me enderecé en la butaca.

—Pero usted sabía lo que podía suceder si Cruz le contaba eso a la magistrada Albayeros —le dije a modo de reproche.

—No, por Dios, no lo sabía. O peor aún, no pude preverlo. Lo que hice por la magistrada, lo hice de buena fe. No soy tan inteligente como para haber anticipado que las cosas se pudieran salir de su cauce. Solo pulsé el botón equivocado. Mi intención era obtener justicia para Kore y a la vez procurar la paz de espíritu a una mujer que había sufrido muchísimo y que llevaba veinte años culpándose por la muerte de su hija. No lo pensé y llevo desde entonces esa carga en mi conciencia.

Alzó su mirada a la altura de la mía.

—Entiendo que el señor Cruz no quiera verme —dijo compungida—. Inducirle a que convenciera a la magistrada de que se resarciera de Cardona puso en marcha una secuencia trágica. Lo siento de veras. Y usted supone ahora para mí la oportunidad de redimirme, contándole un secreto que nadie conoce y que usted sabrá utilizar de la manera más conveniente en bien de la magistrada Albayeros.

Se llevó un pañuelo de mano a los labios. Su respiración era irregular y trataba de contenerse. No lo consiguió hasta que, tras prolongados esfuerzos, pudo al fin volver a hablar.

—La prensa, los medios, muchísima gente, han atribuido el crimen a una venganza personal de la magistrada por el asesinato de su hija, pero la verdad es bastante más compleja y comienza con la crónica de un desamor. O, mejor dicho, de dos desamores.

La observé con perplejidad. El desamor, ¿qué era eso? ¿A quién o quiénes se refería?

—Los sicólogos llamamos desamor al estado emocional que sigue a la ruptura de una pareja. Y hubo uno que conocí muy bien. Luego de dos meses de una sofocante relación con Cardona, Kore me contó que había empezado a notar cierto enfriamiento en él. Discutían a menudo y los encuentros eran cada vez más irregulares e infrecuentes. Kore era precipitada y celosa. Y ante el cambio que se había producido en Cardona, decidió seguirlo de manera asidua.

—¿Lo sospechaba por algún indicio, algún detalle especial?

—Llamadas telefónicas que Cardona contestaba en clave, misteriosos maletines que guardaba en una caja fuerte escondida en un clóset, amistades extrañas, visitas de extranjeros. Todo eso llevó a Kore a la incómoda sensación de que Cardona le ocultaba secretos que, en una relación íntima como la que ambos mantenían, no deberían existir. Kore pensaba que el amor entre ambos no tendría nunca fin. Así éramos de ingenuas en aquella edad.

»No descubrió gran cosa en un principio. Los movimientos de Cardona eran normales: visitas a oficinas bancarias, al Palacio de Justicia, a bufetes de abogados o bien almuerzos de negocios que terminaban a las tantas de la noche. Se dio un caso en que lo siguió a algún ministerio o a la Torre de Tribunales, no recuerdo bien. Cardona entró con uno de sus maletines en la mano y salió de allí sin él. O el de otra ocasión en que perdió su rastro en Aeronáutica Civil, donde Cardona se subió a un helicóptero y estuvo ausente una semana.

»Cierto día, el automóvil de Cardona se detuvo en una esquina del Edifico Avia, en la Zona 10, a la hora del almuerzo. Kore detuvo su Vespa y, para su asombro y horror, vio que su madre salía precipitadamente del edificio, entraba en el carro y se abrazaba a Cardona.

»El vehículo arrancó sin tregua y Kore lo siguió aturdida. Minutos más tarde, el carro de la pareja entraba al estacionamiento del edificio en el que Cardona tenía sus encuentros con Kore. Su primera intención fue subir al apartamento, llamar a la puerta y armar un escándalo a los dos, pero lo pensó mejor y prefirió esperar, decisión extravagante para una mujer tan acelerada como lo era ella. Y allí se quedó, en la pura calle, con el casco puesto a modo de máscara, caminando de un lado a otro de la acera.

»Unos veinte minutos después, escondida tras unas gafas oscuras y un pañuelo que le cubría la cabeza, la magistrada Albayeros abandonaba precipitadamente el edificio y se subía al Uber que le esperaba en la puerta.

»Kore no sabía qué hacer ni a dónde ir. La vida se le escapaba del pecho, pero no podía regresar a su casa. No hubiera sabido enfrentar a su madre sin provocar un grave pleito entre las dos. Cuando menos en eso fue prudente. Me lo contó por teléfono durante casi una hora. A ratos fuera de sí, otros llorando. Se sentía engañada por su propia madre, le había robado su hombre, decía. Le pedí que se calmara, que me dijese dónde se encontraba para hablar con ella en persona.

Pero Kore no era una mujer que se calmara con facilidad. No quiso que nos reuniéramos y esa fue la última vez que hablé con ella. Lo que ese día sucedió después, lo ignoro.

—Tuvo un encuentro violento esa noche con Cardona, según he podido saber. Y la clave de la agarrada debió de ser la doble relación que Cardona sostenía con ella y con su madre. En lugar de reclamárselo a la magistrada, Kore se lo reclamó a Cardona. A él le cargó toda la culpa. Lo que debió de encolerizarlo más si cabe, pues, ese mismo día, la magistrada se le había resistido a exonerar a los Matthäus.

—En un día, el depredador había perdido a sus presas más preciadas.

—Algo así. Kore le amenazó con denunciar sus trapicheos y sus negocios turbios y ahí fue donde se acabó la paciencia y la sonrisa de Ronald McDonald.

—¿Cómo dice?

—Yo me entiendo, señora, disculpe. Cardona asesinó a Kore esa noche, la hizo desaparecer y, a la mañana siguiente, recurrió a un desalmado conocido por el nombre de *El Churuco* y acordó con él simular que Kore había sido secuestrada para así doblegar la voluntad de la magistrada en la apelación que Cardona había interpuesto en favor de los Matthäus.

La señora que decía llamarse Graciela Jurado palideció.

—No me diga eso. ¡Virgen Santa, qué horror…!

Repitió qué horror varias veces, en tono cada vez más apagado, hasta que su voz se desvaneció.

—Todo lo que me ha contado, señora, me sorprende y me confunde —le dije—, pero más allá del cúmulo de despropósitos que tuvieron lugar esos días hay algo que no me cabe en la cabeza. ¿Cómo pudo caer la magistrada en brazos de un tipo como Cardona?

—Rosalía Albayeros vivía una espléndida madurez aquellos días. ¿Qué podía esperarse de ella, que se encerrara en un convento de clausura? Hay ciertas debilidades contra las cuales la voluntad es impotente. Tal vez haya usted escuchado alguna vez aquella canción que decía «dama, dama/de alta cuna, de baja cama/señora de su señor/mujer por un vividor». Mi intuición apunta a que el sexo había sido para ella una experiencia insulsa, si no desabrida, hasta que cayó en las redes del depredador, que para eso se pintaba solo. El amor carnal nada tiene que ver con las castas o las clases, sino con el irresistible y misterioso deseo que provoca un cuerpo, un rostro, unos labios, y el de entrar en contacto con ellos. De golpe, todas las convenciones sociales desaparecen. Y Rosalía Albayeros cedió a ese impulso cuando, pese a la distancia que solía poner entre ella y los hombres, Cardona se le acercó. El maldito tenía ángel. Conocía como nadie la danza de la conquista y ella ignoraba lo que le esperaba en el lecho. Nunca lo había sabido, me figuro, hasta que Cardona hizo de ella una obra maestra de la capitulación al placer. O eso debió de pensar, pues la magistrada no pretendía una relación estable ni era amor lo que buscaba. Solo pretendía la satisfacción física que probablemente no había sentido nunca. Pero querámoslo o no, estas relaciones calan, se meten en tu carne y tu cerebro, ocupan cada hora de tu existencia, te abstraen, te trastornan y se apoderan de ti cada vez que la memoria te trae el recuerdo del delirio vivido con el depredador a solas.

»Y esta es la respuesta a su pregunta, licenciado: fue el desventurado de Cardona quien la hizo mujer, quien abrió su cuerpo a recónditos registros que desconocía de sí misma, a placeres ignorados, al éxtasis que te avasalla y esclaviza. Cardona necesitaba el voto de la magistrada en la Corte de Apelaciones, si quería anular la sentencia contra los Matthäus, y concibió la perversa idea de enamorar a Rosalía Albayeros para usarla con ese fin. Y por más que sus enemigos la hayan crucificado por eso, hay que comprender a una mujer de cuarenta y pocos años que, de improviso, se siente halagada por el acercamiento de un hombre muy atractivo y casi diez años más joven que ella. A mitad de camino de su vida, Rosalía Albayeros era una mujer emocionalmente descompensada, y no solo por su divorcio de *Mr. Clean*, la muerte trágica de su hijo o la mala relación con su hija, sino porque carecía de la inteligencia emocional necesaria para defenderse. Solo su armadura racional la protegía. Pero esa protección es insuficiente cuando las pasiones demandan la parte que les corresponde en la vida de las personas y, en un ataque insospechado y brutal, derrumban toda la racionalidad que albergaban hasta entonces. Es algo que conocemos bien los sicólogos. Las personas más racionales son a menudo las más fáciles de engañar, y de humillar, por la pasión amorosa. Y eso fue lo que sucedió. La magistrada poseía un impulso carnal dormido que solo Cardona supo despertar. Fue como una fiebre incontrolable que acaso no tuviera explicación para ella, pero tampoco debió de importarle demasiado. Se había vuelto adicta a Cardona como otros al alcohol o la heroína.

»El amor duró lo que el depredador necesitaba que durase, es decir, hasta el momento que le pidió a la magistrada su voto para liberar a los Matthäus y ella se lo negó. Ese fue el error de Cardona: creer que seducir equivalía a dominar. No niego que tal cosa suceda a veces, pero este no fue el caso de doña Rosalía. Cardona se había apoderado de su cuerpo, pero no pudo hacer lo mismo con su mente. En ese territorio, la magistrada era más fuerte que él. Y así, cuando Cardona le pidió inclinar el voto de la apelación, se encontró con la horma de su zapato.

»La ruptura entre ambos debió de ocurrir el mismo día que Kore descubrió a los dos amantes besándose dentro de un carro y cuando, una hora más tarde, vio salir con premura a su madre del apartamento de Cardona.

¿Se puede imaginar la tensión que ese día vivieron los tres?

»Rosalía Albayeros humillada tras descubrir las verdaderas intenciones de Cardona.

»Kore, enfrentada a su madre por pensar que le había sustraído a su amante.

»Y Cardona, echando chispas por no haber conseguido el voto de la magistrada para liberar a los Matthäus.

»Por eso le digo que no fue un desamor, sino dos. Pobre magistrada. La primavera que había encendido sus sentidos, el feliz episodio que por un tiempo le hizo pensar que con él difuminaba su pasado, se extinguió con la misma fugacidad que había venido. Y pobre Kore. La aurora de amor que con diecinueve años vivía se volvió de pronto ocaso cuando el depredador decidió seducir a la magistrada por motivos espurios y mantuvo en secreto su relación con las dos. ¿Hay algo más repugnante y odioso? Solo así se puede entender, con esto y lo que usted me ha dicho, que Cardona asesinara a Kore tras el violento tú por tú que tuvieron esa noche y que, a la mañana siguiente, hiciera creer a la magistrada Albayeros que su hija estaba secuestrada y que el precio del rescate era su voto favorable en la Corte de Apelaciones a favor de tres traficantes de narcóticos.

»Cuando evoco aquellos días se me encoge el corazón. Madre e hija tenían una relación difícil. Y sin embargo, se amaban, por más que no fueron capaces de admitirlo. Puede suponer lo que significó para la magistrada descubrir, veinte años más tarde, ¡veinte años!, que ambas habían sido amantes del mismo depredador. Es casi seguro que, durante todo ese tiempo, la magistrada sospechara que Cardona podía haber sido el asesino de su hija, pero no tenía cómo probarlo. Los frenos que le imponían su rectitud y su respeto a las leyes le impedían hacer otra cosa que esperar y seguir buscando a Kore.

—¿Por qué no le dijo todo esto a Cruz, por qué no le advirtió de esta perversa relación que habían mantenido los tres? Estoy seguro de que habría actuado con la magistrada de otro modo.

—Pensé que no tenía por qué saberlo. Mi intención era aliviar el dolor de la señora Albayeros. A pesar de que no me hablaba, siempre sentí por ella un gran cariño. Pero ya ve, el camino del infierno está empedrado de buenas intenciones. Y solo ahora puedo entender qué pasó. Cuando Cruz le reveló a la magistrada que el amante de su hija había sido Cardona, toda la templanza y la mesura de las que Rosalía Albayeros había hecho gala durante tanto tiempo se desbordaron. Su conciencia jurídica le pedía atrapar al canalla, juzgarlo y condenarlo conforme a las leyes por el asesinato de Kore, pero nunca encontró modo de probarlo. Fue en esa reunión con Alejandro Cruz cuando su corazón le pidió a gritos resarcirse por la burla de que su hija y ella habían sido objeto. Y entre obedecer a la ley y obedecer a las instancias que le exigía el corazón, prevaleció el corazón. Y allí mismo, mientras hablaba con Cruz, resolvió quitarle la vida a Cardona. De ahí su acrimonia con Cruz y su deseo de apartarlo del caso. No necesitaba a nadie para vengarse, quería hacerlo ella sola.

—Y vaya si lo hizo.

—Rosalía Albayeros era una mujer inteligente —dijo como si hablara para sí—. Diseñó el plan para que la Fiscalía atrapara a Cardona, utilizando a Cruz como señuelo, y matar al asesino de su hija cuando fuese más vulnerable. Aunque en realidad no lo mató, lo ejecutó, como se ejecutaba antes a los reos, con las manos atadas a la espalda. Solo tuvo que tirar del gatillo de la pistola que su padre le había regalado cuando ella tenía la edad de Kore.

Inclinó la cabeza y se cubrió la frente con la palma de la mano en una pose que revelaba su pesar por el error cometido, o tal vez por la vergüenza.

—La magistrada tenía un lado oscuro que durante veinte años consiguió sofocar a base de una heroica disciplina. Pero cuando comprendió que la razón no es suficiente para equilibrar la vida y que los sentimientos la alteraban de manera irrevocable, toda la rectitud que había sido su razón de ser hasta entonces se volvió sed de venganza. Entender estas cosas no es sencillo, pero algo sabemos los sicólogos de la necesaria reparación de daños que el corazón humano necesita y del equilibrio emocional que ese resarcimiento proporciona. Los antiguos griegos tenían razón: lo más importante en la vida es el equilibrio emocional y, cuando este se rompe, todo el orden del Universo peligra. Rosalía Albayeros no tenía ya ninguna razón para vivir; su desequilibrio emocional la había llevado al borde del arrecife. Le dolía la vida, su vida, sus errores, y el alto precio que había tenido que pagar por ellos. Le dolía la pérdida de Kore y no haber podido tener con ella la afectiva relación que hubiera deseado. Pero más que otra cosa le dolía no haber sido capaz de entregarle a su hija el amor que ya no podría dispensarle nunca. Y cuando pienso que fue mi imprudencia la causa de su trágico final me cuesta... no puedo...

Enderezó el torso, apartó la mano de su frente y dirigió sus ojos a mí. Estaba llorando y las lágrimas corrían por sus mejillas como lluvia sobre el cristal.

Una de las debilidades de ser joven es no saber detectar cuando alguien te dice la verdad o te engaña, pero tuve la impresión de que, quien para mí sería siempre Graciela Jurado, era sincera. Sus miradas y sus gestos, compungidos unas veces, huidizos otras, me hacían pensar que era así.

Se inclinó hacia mí, colocó sus manos sobre la mías y dijo en voz baja:

—Gracias, licenciado. Y disculpe haberle usado como paño de lágrimas. Tenía que hablar de esto con alguien y no sabía a quién decírselo.

Solo una mujer puede percibir en toda su hondura lo que siente otra mujer, pero si bien mi sensibilidad no era lo bastante sutil como para captar las contradictorias emociones de Graciela Jurado, sus lágrimas me movieron a la piedad. Había desatado los demonios de la magistrada y desencadenado con ello una tragedia. Y esa imprudencia la llevaba en su cintura desde entonces como si fuera un cilicio. Caminamos por la vida con un reo y un juez a cada lado y a ella la abrumaba sin duda la presencia de tan agobiante compañía. Su historia me perseguiría mucho tiempo, pero su indulto implícito de la magistrada me hizo invocar, una vez más, la clemencia hacia una mujer que, como Rosalía Albayeros, había atraído hacia sí un destino tan aciago.

Me despedí de Graciela Jurado con palabras de consuelo, no tan elocuentes como hubiese querido, pero sí sentidas y sinceras. Quiero creer que con los años podrá superar su culpa. El tiempo es un excepcional curalotodo que, si bien deja cicatrices, acaba cerrando las llagas y nos hace ver lo mucho que importa olvidar para seguir viviendo y sobrevivir así a lo mal vivido.

En cuanto a mí, solo diré que me casé con Sara Lucía, tuve hijos y una casa con jardín donde nunca construí una piscina. Para entonces ya era un hombre diferente. El caso de la magistrada me había quitado la venda que me impedía ver las realidades inherentes a mi oficio y consiguió devolverme el interés por indagar, argüir, probar, refutar, defender.

La investigación sobre el crimen alteró, sin embargo, la idea que yo tenía de la justicia. Aprendí que la búsqueda del absoluto, de cualquier absoluto, acaba siempre en inútiles derramamientos de sangre. Pragmático por necesidad, escéptico por experiencia, el oficio me haría así. Desde entonces, siempre que me pongo la toga y entro en un tribunal, me digo en voz baja: no vengo aquí a obtener justicia, vengo a obtener el mejor fallo posible para mi cliente. Tal es el precio que se tiene que pagar a veces por bajar a tierra las grandes palabras, las ilusiones y los sueños.

No quisiera concluir mi relato sin confesar mi tenaz reticencia a pronunciarme sobre el crimen cometido por la magistrada Albayeros. No lo hice en los años que siguieron al mismo ni tampoco lo haré ahora. Cada quien sabe, o pretende saber, lo que es justo o injusto. Desde esta óptica, cualquier fallo que yo pudiera emitir sobre el crimen serviría de muy poco. Pues, a semejanza de lo que sucede con el arte, la belleza o la verdad, la justicia no reside en la sabiduría de quienes la imparten, sino en los ojos de quienes la observan. Tal es la razón de que nunca haya querido erigirme en juez de quien un día fue mi preceptora. Mas, si por un azar me viese forzado a expresar mi sentir por ella, pediría que, de todos los posibles fallos que pudieran arbitrarse sobre su crimen, se eligiera el más compasivo. En eso basaría mi ponencia, si fuese su abogado defensor, y todavía hoy me ilusiona pensar que a Rosalía Albayeros le habría gustado que así fuese.

Nota del autor

Tal y como se suele advertir al final de las películas, el autor quisiera también subrayar que este libro es una obra de ficción y que cualquier parecido con hechos y personas reales, vivas o ya fallecidas, sería pura coincidencia. Incluso me atrevería a afirmar que, comparada con la realidad, esta novela es más inocente que una escoba. No sobra decir sin embargo que, si los hechos y los personajes de una obra de ficción se parecen a la realidad, ello se debe a que la realidad ha sido transformada en un relato con el deliberado propósito de entenderla mejor. El resultado de esa mutación es un artificio narrativo que bien podría calificarse de *realidad inventada*. Tal es el espacio de la literatura, esa mágica y seductora tierra de nadie donde la vida real y la imaginada se funden en una historia distinta a la realidad, pero al mismo tiempo semejante a ella.

Índice